人生戏码

刘一达"虫儿系列"
京味小说丛书

酒虫儿

刘一达 著

作家出版社

目录

『虫儿系列』

序

　　虫儿，地道的北京土话。虫儿者，行家里手之意，并无褒贬。古人有望子成龙之美好愿望；京城有：不成龙，也要成条虫儿之如意期盼。京城乃八百七十多载皇都，自古即首善之区，政治文化中心。帝都虽有皇家文化统领八方，传统习俗潜移默化，但天子脚下之臣民，并非多出本土，居民五方杂处，背景不一，地位参差，性格迥异，既有帝都文化之奴性，圆滑，温顺；又有燕赵故地文化之刚烈，豪爽，热情，真率。文化不同，性格使然，数百年间，演绎出许许多多悲天悯人，壮怀激烈，可歌可泣之人物和故事，然纵观这些人物故事，达官显贵，名流翘楚树碑者多，市井小民，凡夫俗子立传者少。其实，论人生之精彩，故事之曲折，当属市井小民，凡夫俗子。"虫儿系列"即是为小人物立传之书。作者乃老北京人，从事职业记者二十多年，深入胡同，采访了近万人，不乏小人物中之虫儿者，其奇端异事，匠心独具，故事妙趣横生，闻所未闻。之前，作者对虫儿多有描写，或报刊连载，或成书出版，或改编影视，在社会广有传播，经数年,《虫儿》之拥趸粉丝者众多。为满足读者阅读之快意，藏书之乐趣，从众《虫儿》之中，选取《人虫儿》《画虫儿》《酒虫儿》，成"虫儿系列"，以飨诸君，供后世玩赏。

"盖板杨"是拎着两瓶"二锅头",来医院看鲁爷的。

鲁爷是京城有名儿的"酒虫儿",七十三了,正是"槛儿年"。几个月之前,酒进嗓子眼以后,到了胃里,他感觉有点儿不顺溜;咬咬牙、晃晃身子,把那股子辣水儿给顺下去了,但下酒菜却堵在了那儿。

疼,冒了一身汗,老牙差点儿没咬碎。儿子儿媳见状,赶紧叫车拉着他到医院。两天以后,胃镜检查,发现长了东西,再一活检化验,是癌。

老爷子不愧有"酒虫儿"的雅号,做手术前,非要喝酒,大夫怎么劝也不行,最后"破天荒"开了戒。下手术台,三分之二的胃给切下去了,但麻药的劲儿过去,鲁爷的酒瘾来了,央告儿子,把吸管插到酒瓶子里,又痛痛快快儿吸进去二两。

由打住院,鲁爷的酒没断。他给"盖板杨"打电话,要见他。

"盖板杨"问他:"能吃点儿什么?"

"大侄子,你啥也甭带,我什么也不缺。"鲁爷在电话里说,但快挂电话时，他找补一句，"方便的话，带两瓶'二嚼子'就得活。"北京人嘴里的"二嚼子"，就是"二锅头"酒。

"得活"，这是鲁爷爱说的口头语。

鲁爷，大号鲁永祥，退休前是金属结构厂的钣金工。他迄小在黑白铁铺学徒，能做一手钣金绝活儿。

早年，京城一些高大建筑上的徽标，都出自他的手。最让鲁爷露脸的是二十世纪五十年代，京城的"十大建筑"之一，军事博物馆上面的五星军徽的徽标，就是他和同事的杰作。

这军徽的徽标，您在下面看没有多大，但把它卸下来，放在地面上，它却有几间房那么大。这个徽标，是当年鲁爷他们用拍子，一点一点儿拍出来的。

鲁爷不到四十岁，就是厂里的八级工了。那会儿的八级工相当于工程师，有的八级工比工程师工资还高。虽然鲁爷有五个孩子，老伴儿是家庭妇女，但他喝酒从来不差钱。

鲁爷说他三岁就学会了喝酒，从学徒期满开始，顿顿不离酒，活到七十多，他喝的酒有一游泳池。当然，这未免有吹牛之嫌。

他喝酒之所以在京城有名儿，是因为"锈钉子就酒"的事儿。

京城嗜酒的老少爷儿们都知道，早年间，北京人喝酒没下酒菜的时候，一把花生米或一个松花蛋，一头蒜或一根葱，能喝下半斤八两。更有甚者，能拿生锈的钉子当下酒菜。这个段子，或者叫传说，一直流传到现在。

鲁爷住家东城，他住的那条胡同口儿有个小酒铺，店主姓季，就是"久仁居"的小老板季三的老爸。"季家酒铺"从解放前一直开到"文革"。鲁爷是那儿的常客。

二十世纪八十年代，有个记者采访"季家酒铺"的老东家。聊老北京酒铺的时候，这位季爷说起了老北京的酒腻子，拿锈钉子就酒的事儿。

记者觉得新鲜，把"锈钉子就酒"写到文章里。在报上发表以后，勾起一些老北京的回忆。但有位家是南方的老记者看了，认为这是不可能的事儿，于是写文章讥讽，说这是记者道听途说，写的假新闻。

这位记者年轻不服气，只好请季爷核实。季爷说出了鲁爷，告诉记者拿锈钉子就酒的人还在。于是记者来采访鲁爷。

鲁爷性格豪爽，听年轻记者说有人质疑把锈钉子当下酒菜，哈哈大笑，让记者出门现买了一瓶"二锅头"。

当时鲁爷还住平房，正值北京雨季，房子返潮。他从老门上，起出来一个锈迹斑斑的铁钉子，在嘴里嘬了一下，吧唧吧唧，喝一口酒，接着再嘬一下，再喝一口酒。如此这般，一枚锈钉子，不到半个小时，让他把那瓶"二锅头"给喝干了。

记者有照片为证，又写了一篇文章在报上发表，把那个老记者的嘴给堵上了，也让鲁爷出了名儿。

"盖板杨"到医院，见到鲁爷，感到吃惊。不知是精神的力量，还是他的癌症属于早期，他气血充盈，面色红润，思维敏捷，眼里有神。他心说，这哪像一个癌症病人？简直像是跑到这儿疗养，蹭吃蹭喝的。

"真不想到这儿来。大侄子，这是咱们能待着的地方吗？"鲁爷的嗓门洪亮，说话底气十足。

"您到底做没做手术呀？""盖板杨"将信将疑地问道。

病房里散发着浓浓的酒味儿，"盖板杨"感觉这儿的酒气，倒有点儿像"久仁居"，那是他和鲁爷常去腻酒的小饭馆。

他看了一眼鲁爷，感觉他的五脏六腑，甚至身上的每根骨头，都让酒浸泡过，血管里流动的不是血，而是酒。所以他身上的每个汗毛孔、每根头发散发出来的都是酒气。

"手术？哈哈哈，做没做，回头你问问大夫去。"鲁爷笑道。

"瞧您身上插的这些管子，还用问谁呀？"

"可说呢，喝到这把年纪，想不到躺在这儿，不让动窝儿，还这么多管子伺候着，你说这是什么待遇吧？"

"'高干'待遇。""盖板杨"逗了他一句。

"临动手术才有意思呢。"

"怎么啦？"

"大夫不让喝酒。"

"马上就手术了，您还喝呢？""盖板杨"扑哧笑了。

"不喝酒，怎么手术呀？"

"喝醉了，还能手术呀？"

"我跟大夫说，醉了好呀，省得你们打麻药了。"

"那是一码事儿吗？"

"结果僵在这儿了，我是不喝酒，不上手术台。大夫是喝了酒，坚决不做手术。"

"那怎么办？"

"人家大夫一天做几个手术都排着队呢，排到我这儿不容易，最后，我儿子出了个馊主意。手术那天，在酒瓶子里灌上水，上面滴了两滴酒来蒙我。您想，酒这东西，你蒙得了别人，蒙得了我吗？我可是酒精考验了大半辈子的主儿。哈哈，一口，我就瞪起眼睛来了。大夫护士都候着呢，怎么办？我跟儿子说，麻利儿的，'二锅头'！大夫给拦住了，我说，这是上手术台，还是上断头台？"

"瞧您说的！"

鲁爷亮着高音大嗓："老北京，囚犯到菜市口开刀问斩，还让喝两碗'烧刀子'呢，别说一个小小的手术了！大夫说，酒后手术风险可大，如果有什么意外，后果自负。我说都活到七十三了，我还在乎死吗？秦始皇的时候，六十不死就活埋。照这么说，我还赚着十多年呢！我跟大夫说，踏踏实实做您的手术，活着出门，我给您作揖。死在手术台上，我给您磕头。"

"盖板杨"笑了，说道："死了，您怎么磕头呀？"

"大夫写了一堆医院和患者的协议，我儿子签完了字，我签。这才网开一面，让我把这手术给做喽。"鲁爷说得非常轻松，好像那个癌细胞是长在别人身上，他在聊别人的手术。

跟鲁爷住一个病房的老头，对"盖板杨"说："喝酒上手术台，也就是这位爷！给他做手术的是有名的老大夫，一般大夫谁敢开这个口子？"

鲁爷把"盖板杨"叫到身边，压低声音说："您猜怎么着，敢情这老大夫跟咱们一路。"

"也喝？"

"不喝，他能对我特殊照顾？酒友！"

"盖板杨"笑道："人家喝，也是象征性的吧？有几个像咱们似的拿酒当饭？"

鲁爷笑了笑道："那倒是。不过，只要是喝酒，就知道喝酒不是要命，是惜命！"

跟他住同病房的老头撇了撇嘴，哂笑道："看您喝酒，您那不是惜命，是玩命吧？"

老头儿有六十多岁，是个退休的中学教师，得的是跟鲁爷一样的病。手术后一直在做放疗，吃不下饭，瘦得剩下一把骨头了。说话嘿儿喽带喘，跟鲁爷的精气神相比，简直是一个春初，一个秋后。

"我们俩都被大夫判了'死缓'，跟他说三个月，跟我说半年。"他对"盖板杨"说。

"别听大夫的，您瞧这老爷子不是活得也挺欢实吗？""盖板杨"指了指鲁爷对他说。

"他是仗着酒呢！"

"您喝吗？"

"我？不瞒您说，长这么大，一根烟没抽过，一口酒也没喝过。"

鲁爷在一旁搭腔："您说您这辈子冤不冤呀？"

"盖板杨"笑道："也许跟您的职业有关。"

"可我不抽烟，前几年查出了肺癌；不喝酒，现在又发现了胃癌。这可倒好，肺切了一半，胃，这不又没了多一半儿。"老头苦笑了一下说。

"现在想抽想喝，来不及了吧？""盖板杨"看着这位瘦骨嶙峋的老人，嘿然一笑说。

"嗐，哪儿还喝得动酒呀？"

"盖板杨"看了他一眼，心说，保不齐明儿就见不着这老头了。

"大侄子！"鲁爷让"盖板杨"找了把椅子，坐到他床前，笑道，"电话里忘了跟你说，让你给我带两样东西来。"

有照片为证一枚锈钉子在鲁爷嘴里嚼了几下一瓶二锅头给喝干了

"带什么呀？"

"带俩酒杯来。"

"酒杯？"

"你瞧，他们限制我喝酒，不给我备酒杯。平时，我喝酒就用这个。"鲁爷从枕头下面摸出一个玻璃药瓶。

"还带什么？""盖板杨"问道。

"我想让你帮我找个锈钉子带来。"

"锈钉子？"

"做完手术后，我一直吃流食，小米粥大夫都不让喝。喝酒得有下酒菜呀！"鲁爷咯咯笑起来。

"盖板杨"猛然想起鲁爷拿锈钉子当下酒菜的茬儿，忍不住笑了："您呀，可真是爷！"

"什么爷，到了我现在的这个时候，也是孙子了！大侄子，说归说笑归笑，大半个胃没了，癌细胞还扩散了。大夫已经给我宣判死刑了，满打满算，半年。你说我还能喝几天？"

"这……这可不好说。"鲁爷的这几句话让"盖板杨"心里发凉，一种莫名其妙的酸楚油然而生。

"所以，我一天也落不下，得见天喝，不喝酒，不如让我'咔嚓'一下，痛快喽①！"

"酒是您的命嘛。""盖板杨"笑道。

"那倒是。大侄子，你信不信命运轮回这一说？"

"怎么个轮回法？"

---

① "咔嚓"一下，痛快喽：死了的意思。

"小时候，我们在学走路之前，整天在床上躺着；老了，我们在大限临近'走'之前，是不是也是整天在床上躺着？小时候，我们在懂事之前，一直混沌懵懂着；老了，我们在'走'之前，是不是也糊涂车子了？"

"盖板杨"点了点头说："这就是您说的轮回？"

"所以嘛，年轻那会儿，我喝酒没下酒菜，只好唧嘞锈钉子；现在我躺在这儿，想喝酒了，还是得拿锈钉子当下酒菜，这是不是命运的轮回呀？"鲁爷径自笑起来。

"您说得是。我记着您说的，回头就给您踅摸锈钉子去！"

"我们这个酒友没白交呀！"鲁爷说着欠了欠身，举着那个小药瓶，让"盖板杨"把带来的酒打开，"大侄子，给我满上！"

"干吗？这就开喝？""盖板杨"诧异道，"我可没带下酒菜。"

"白嘴就不能喝吗？"鲁爷笑道。

"留神护士跟您急。""盖板杨"不想打开这瓶酒，尽管鲁爷一个劲儿说他离不开酒，但到这会儿了，"盖板杨"知道酒对人身体的伤害。

"护士？哈哈，护士才管不了我呢！那几个孩子跟我没的说。麻利儿把酒打开，不能让你白拿呀！"

"盖板杨'不情愿地出门，看了看楼道，楼道空无一人。他回来把酒打开，给鲁爷拿着的药瓶倒满。

"你不陪我喝一口吗？"鲁爷笑道。

"就一口！""盖板杨"把鲁爷手里的药瓶拿过来，一仰脖，都把它喝了下去。

"嗯，这才是你，'盖板杨'！"鲁爷拍了拍巴掌。

"盖板杨"又给那小药瓶倒满酒，递给鲁爷。鲁爷接过来喝了一口，眯细了眼睛，看了一眼"盖板杨"，笑道："这口酒喝出什么味道来了吗？"

"嗯，有点儿苦不唧儿的，可我没咂摸出这里的味儿呀！""盖板杨"意味深长地看着鲁爷，咂了咂嘴。

说老实话，由打接到鲁爷电话，"盖板杨"心里就开始琢磨，鲁爷找他肯定有事儿。及至见到他，虽然他一直兴致勃勃地聊喝酒，但"盖板杨"心里明白，老爷子的一只脚已经踏进了"鬼门关"；在谢幕之前找他，是不是要交代什么后事？

"你哪儿有这灵性？你的心思都在盖板儿上呢。"鲁爷拿起药瓶，啜了一口酒，笑道。

"鲁爷，不过哈哈儿，您叫我过来，绝不是为了这两瓶酒。""盖板杨"直视着鲁爷说。

"嗯，前天詹爷到我这儿来了。"鲁爷瞥了"盖板杨"一眼，换了一种语气说，"他说有个露脸的活儿，得你出山，怕你不接，特意借我的面子，跟你张这个嘴。"

"这詹爷，有什么活儿，直接跟我张嘴不结了，还用着劳您大驾吗？"

"不是那么回事儿，大侄子，如今你也是腕儿了。不差嘛的人找你做活儿，你应吗？"鲁爷笑道。

"盖板杨"看了他一眼，不言声了。

"什么活儿呢？"沉了一下，"盖板杨"问道。

"具体什么活儿，詹爷没跟我说，但是他说，这活儿跟东单的那个小白楼有关。"

"什么？小白楼？""盖板杨"顿时吃了一惊。

"嗯，小白楼！"鲁爷又重复了一句。

这句话像拿针扎了"盖板杨"一下，他诧异地盯着鲁爷问道："小白楼？小白楼什么活儿？它早已经拆了！"

"庙拆了，神还在，楼没了，魂儿还在呀！你怎么糊涂了呢？"鲁爷把药瓶里的酒干掉，又让"盖板杨"给他倒满一瓶子。

"这……这……""盖板杨"不知说什么好了。

鲁爷笑了笑说："你别这这这了，答应他怎么样？给你师叔一个面子。哈哈，我不是拿病说事儿，也许你做完这活儿，我能不能见到都不好说了。"

这话让"盖板杨"听了鼻子发酸："还有什么可说的？您都说出这话了。"

"那咱们可就君子一言了！"鲁爷伸出手来，让"盖板杨"拍了一下。

第二章

"盖板杨"，大号杨正元，甭多介绍，也是拿喝酒当喝水的"酒虫儿"。不过，单看他的身量和块头儿，您绝对想象不到他的胃里能盛下一斤到二斤白酒，还得说是高度白酒。当然，他的块头儿和酒量，跟鲁爷比起来，要矮下半截。

"盖板杨"的身高刚够一米六，矮还不说，让他着了半辈子急的是瘦，吃什么都不长肉，他的小蛮腰，让想减肥的姑娘得羡慕死。

其貌不扬，又是那么瘦、那么矮的人，居然是"酒虫儿"？没见过他喝酒的人，打赌的话，百分之百得输。这也许是"盖板杨"在酒场上，最能迷惑人的地方。

他性格比较孤僻，平时沉默寡言，属于三脚踹不出一个屁来的主儿。上中学的时候，他的外号叫"焖子货"。想想吧，"焖子货"是什么样？"焖子货"还能在酒场上喝出雄风来？

"盖板杨"喝酒还有一绝，这也是他在喝酒上，唯一可以自傲的事儿，那就是喝了这么多年酒，从来没喷①过。他喝酒走肾，那肾称得上是不锈钢的过滤器。

有一年，北城的五个酒腻子级的"酒虫儿"，找他"碴酒"。"碴"是北京土话，没事找事儿，叫"找碴儿"；主动挑衅，叫"叫碴呗儿"；约人斗殴，叫"碴架"。

那些年，京城流行"碴杵儿"，所谓"杵儿"，就是出头拔尖儿的意思，北京人也叫"拔创"。

您想"拔创"，说自己两手能举起二百斤，得，您不是能耐吗？马上有人过来叫板，他能举起二百五十斤；您说您一顿能吃三十个包子，好，先别逞能，立马儿有人说，他能吃四十个，不信就试试；您说你一口气能喝一桶水，麻烦了，有人找上门来，他能喝两桶，看谁的能耐大！

也不知是谁，传出"盖板杨"一次能喝两瓶"二锅头"。北城的"酒虫儿"听了，心里不服气，于是派人到东城打听"盖板杨"。

这人一见了"盖板杨"，鼻子差点儿没给气歪了。就"盖板杨"的五脊六兽的个儿，能喝两斤"二锅头"？他也真敢开牙！

偏偏有好事的从中"拴对儿"。北城的"酒虫儿"坐不住了，他们攒了五个酒腻子级别的"酒虫儿"，设了一个局，跟"盖板杨"叫了"碴呗儿"，京城酒界也管这叫"碴酒"。

"盖板杨"不是爱张扬的人，但哑巴吃饺子，心里有数。接到"挑战书"，这个"焖子货"不能再"焖"了，他知道北城的"酒虫儿"等于把他架火山口上了。去吧，不知对方水有多深，把自己

①　喷：醉酒后呕吐。

"淹浸"了。不去吧，给东城的"酒虫儿"跌份儿。最后，在鲁爷的撺掇下，他赴了这次酒局。

那次酒局，喝得真可谓壮烈，四箱"二锅头"喝到最后就剩下空瓶子了。对方五个人轮番上阵，"盖板杨"等于一人对五个"酒虫儿"。喝了多少酒，他自己都不知道了，在床上躺了五天才缓过来。

鲁爷一直在他旁边助阵，后来他问鲁爷喝了多少瓶，鲁爷伸出四个手指头。乖乖，四瓶高度白酒！多亏在开喝前，鲁爷偷着让他吃了两个馒头垫底儿；否则，那天"盖板杨"真有可能"壮烈"了。

跟他对喝的五个人，当场都喝喷了，醉卧沙场。"盖板杨"喝到最后，依然面不改色，没说酒话，关键是一直没吐。这次"磕酒"，让"盖板杨"露了大脸，连鲁爷都对他刮目相看了。

"盖板杨"的岁数比鲁爷小一轮，按酒场排序，他跟鲁爷是同辈。但鲁爷跟"盖板杨"的师傅"麻片儿李"李义山是把兄弟，所以他管鲁爷叫师叔，鲁爷管他叫大侄子。

说起来"盖板杨"也是六十开外的人了，但他并不把自己归到老人堆里，他细瘦的身材，多年未变。也许是因为从没结过婚，没有家室拖累，也无养儿养女的烦恼，所以他的模样这些年也没多大变化。他是属于四十岁看上去像六十岁，六十岁看上去像四十岁的那种人。

"盖板杨"显年轻的原因，是脑袋上的毛儿不但浓密，而且没几根白的。别人说他少相的时候，他常常会把这归结到那个"酒"字。

"瞧见没，这就是喝酒带来的好处。"那神情就好像他拿了酒厂多少广告费似的。

但他这岁数的人禁不住细看，第一眼看，他四十多岁；第二眼看，他五十多岁；再多几眼，就原形毕露了。因为常年喝酒，他的脸色发黯，本来就小眼抹（读吗）撒的，又让酒气熏了几十年，这双眼睛已变得黯淡无光。眼皮松弛，眼窝也往里眍了，双眸深邃无神，并被两个眼袋坠得已然失去了光泽。

酒桌上的他，还是那么老成持重。但几两酒下肚，他便会变得沉闷，甚至目光有些呆滞迟缓，像是若有所思，又像是陶醉于酒，给人以置身于外、游离于人的感觉。

不过，"盖板杨"只要不喝酒，进入匠人的角色，就不是"焖子货"。那又是另外一种神情了，其状态跟喝酒时判若两人。

杨正元之所以叫"盖板杨"，肯定有典故。这个绰号是怎么来的呢？要弄清这个，您首先得了解什么叫盖板儿。要说清楚盖板儿，您得知道京城玩鸟的主儿。

京城的玩主，跟其他地方的玩主有所不同，玩什么都讲究要玩到极致，这也许是长年在皇上眼皮子底下生活的缘故。

拿玩鸟儿来说吧，真正的玩主不是玩"百灵""画眉""黄雀"这样的"武鸟"，而是玩"红子""靛颏"这样的"文鸟"。

"文鸟"不文，野性十足，但越难伺候的鸟儿，越难调驯的鸟儿，北京人越爱玩。因为这才能显出您玩的本事，当然也能显出您的身份。容易养的鸟儿，是个人都能玩，那还叫玩主吗？

玩"红子""靛颏"这样的鸟儿，得从"雏儿"开始驯化，最后能保证它叫出的音儿正，不能带出一丁点脏口儿。

跟人一样，鸟儿一旦荣华富贵了，首先得有好的宅子，鸟儿的宅子就是鸟笼子。京城玩鸟的主儿对鸟笼子的讲究，可以用登峰造极来形容。

　　玩鸟儿的主儿离不开鸟笼子，鸟笼子有"北派"和"南派"之分。"北派"是圆形的鸟笼子，以天津为代表。"南派"的鸟笼子以方形为主，以苏州为代表。

　　北方的好笼子出自天津，据说当年宫里"造办处"的把式，从宫里出来，奔了天津，当然也把玩意儿带到了天津。河北涿州也有几位做鸟笼子的名家，但没法跟天津的名家比。做盖板儿的得说京城，天津、河北也有高手，但跟北京的没法比。

　　一个鸟笼子，从底板儿、条子、拉门儿、抓杠、鸟食罐儿，到盖板儿、抓钩等等，无一不含着种种的讲究和说法。所用的材料有竹材、瘿木、象牙、玉、金、银、铜等。

　　当然，同样是一个鸟笼子，得分谁做的。普通的笼子，也许几十块钱、几百块钱就能买到一个可心的。而出自名家之手的，您得照着几千甚至几万往外掏银子。

　　如果条子的材质是小叶紫檀，成色地道，又是宫里"造办处"的工，经过有名望之人的把玩，这个笼子不是"文玩"，得是"文物"了。

　　您想要？上拍卖会，掏一二百万抢拍到手，算您捡了"大漏儿"。鸟儿住的"宅子"，比人住的宅子都贵？哎，人住的宅子有的是，鸟儿住的这种"宅子"就这么一个！什么叫"物以稀为贵"呀？

　　鸟儿吃饭喝水的家伙儿叫鸟食罐儿，讲究的一个笼子，要具备"满堂"，即"四罐一抹儿"。同样是"四罐一抹儿"，宫里的"官窑"，价值几百万，普通的也许只用几十块钱。

　　像人住的豪宅一样，鸟笼子的每个部位都是"上讲儿"的。单说笼子的盖板儿，鸟笼子的盖板儿并不是笼子可有可无的配搭儿，

柳飞元所以叫盖板扬您……

得首先了解怎么叫盖板儿

它既是"房子"的屋顶，又是一件装饰物件。鸟笼子上不上档次，玩鸟儿的主儿有没有范儿，全在这盖板儿上。

从这个意思上说，盖板儿又是鸟笼子显鼻子显眼的装饰物。自然，装饰物讲究的是工艺，如同天坛祈年殿的穹栱，但祈年殿穹栱的艺术装饰，您是从殿内往上看来欣赏的。鸟笼子的盖板儿，您是能拿在手里直观的。

鸟笼子的盖板儿以铜制为主，铜分青铜（紫铜）、黄铜，工分"胎儿工"和"錾工"。"胎儿"，北京人会念成"摊儿"，它是事先做好"胎儿"，也就是"模子"来压制的，做出的活儿规矩、工整。

"錾工"，则是用錾子等工具，在铜片上，根据设计的图样，用手一点一点儿地錾出来。显然，"錾活儿"要比"胎活儿"吃功夫。

"胎活儿"一般是匠气十足的大路货，一个铜制的盖板儿，撑死了也就是几十块钱。但如果是"錾活儿"，那价码可就是无底洞了。錾工的工艺有胶丝、浮雕、镂雕、圆雕、两面雕、浅刻、镶嵌、錾金、鎏金等。当然，"錾工"也得看是谁的活儿。

当然，京城玩盖板儿和做盖板儿的辉煌时代已经过去，上了玩主们的"收藏谱"。在圈里留名的几位大家已然作古，但人死了，玩意儿还在，遗风还在。眼下，京城能叫得响的"錾活儿"名家，首推"盖板杨"了。您如果有"盖板杨"的盖板儿，等于手里攥着至少两万块钱。

一个鸟笼子上的盖板儿值两万块钱？您还别嘬舌头，别说两万，出四万块钱您买一件"盖板杨"的玩意儿，您还真淘换不到。还是那句话，什么叫"物以稀为贵"呀？

当然，京城玩鸟笼子的主儿，绝对不会稀松二五眼。他们知道谁的活儿是"匠心"，谁的活儿是"匠气"。"匠心"和"匠气"，您别看就一字之差，艺术品位上却差着十万八千里。"盖板杨"没有点绝活儿，绝对入不了京城玩主的法眼。

"錾活儿"虽说是用手錾，但一般干活儿的工匠要先设计好图样，然后再"移"到铜片儿上。在铜片上錾刻打磨，图样通常是"梅兰竹菊""福禄寿喜""龙凤呈祥""八仙过海"之类的。

"盖板杨"的绝活儿是不重复传统套路，也不事先画图设计，也不先打好小样儿，而是即兴发挥，即古人谈论绘画妙手时所说的"遗貌取神"。所有的图样都在他脑子里，像一个画家，随性泼墨。他可以根据当时的灵感，比如今天下雪，他可以錾出一个"程门立雪"或"三顾茅庐"图。今天喝了酒，高兴，他可以錾出"竹林七贤"或"李白举杯邀明月"图。他乘兴把大致图錾出来，然后再一点一点地用他特制的工具精雕细琢，直到自己满意为止。

跟一般的工匠不一样，他把自己的每件活儿，都看成是一件艺术作品，而且信奉慢工出细活的真理，绝对不着急，一丝不苟。

有一年，搞外贸的詹爷让他錾一个跟祝寿有关的盖板儿。原来他的朋友林杰的老父亲喜欢玩鸟儿，过八十八"米寿"。詹爷跟"盖板杨"是"久仁居"的酒友，关系莫逆，想让他做一个盖板儿送老爷子当寿礼。找到"盖板杨"，提出做一个《五福捧寿图》。

"盖板杨"听后，想了想说："《五福捧寿图》题材太俗气，我给你錾一个《孙猴儿大闹蟠桃会》吧，孙猴儿把王母娘娘的蟠桃偷来，献给他老父亲多好呀！"

詹爷听后，觉得这个主意不错："得，就照您说的做吧。"

"盖板杨"对詹爷说："我的活儿慢，您告诉他可不能急。"

"得，我知道您活儿细，不急。"詹爷出于客情儿，说出的这句话。您想给人家祝寿的礼，有日子管着呢，他能不急吗？

"那您听我话儿吧。""盖板杨"说。

詹爷没想到这一听话儿，"听"了一年多才得着。等到"盖板杨"把那个《孙猴儿大闹蟠桃会》的盖板儿给他时，林杰的老父亲已然去了八宝山。过了"米寿"不到半年，老爷子突发心脏病"走"了。到了儿，也没见到"孙猴儿从蟠桃会偷的蟠桃"。

詹爷领教了"盖板杨"的慢工，但他并没埋怨"盖板杨"，因为他拿出来的活儿确实是精品。人物栩栩如生，每根头发丝儿都那么分明。这个盖板儿，他给了林杰，林杰在手里没焐热，就被一个朋友掏两万块钱买走了。而詹爷从"盖板杨"那儿，是两千块钱拿的。

"盖板杨"的活儿慢，一是活儿细；二是他本来就是慢性子。当然，还有一个很重要的原因，是他的酒瘾造成的。

他干一切事儿，都听酒指挥，酒可以让他产生激情和艺术灵感，酒也会让他产生失意和意志的消沉。一旦受这种酒意支配，他便会在困顿中变得慵懒，自然，也就无心去摸錾子和刻刀了。

京城玩鸟笼子的都知道"盖板杨"是"酒虫儿"。说到他的时候，必然会说到酒，好像他是酒的代名词。找他錾活儿，拎着好酒比拿着钱管用。

说来也怪，酒成全了"盖板杨"，也毁了"盖板杨"。酒让他錾出来的盖板儿有诗情画意，精美绝伦；酒也让他一件活儿能做两三年，作品很少；酒让他活得逍遥自在，每天乐哉乐哉；酒也让他六十好几了，依然孤独一人，生活经常处于无序状态。

　　说起来，"盖板杨"的专业是花丝镶嵌，錾鸟笼子的盖板儿属于"业余爱好"。世界上的事儿有时就是这样造化弄人，某个专业您可能干一辈子，末了儿也未准有什么作为；相反，您不经意干的某件事，却偏偏让您扬腕儿。这不能说是歪打正着，只能说是"有心栽花花不发，无意插柳柳成荫"。

第
三
章

　　人的身份是随着名气一起往上拔高的。这些年"盖板杨"的名气，随着他的绝活儿被玩主们认可，越来越响。

　　有了名儿，自然身价也看涨，一般人找"盖板杨"订活儿，他已然不接。朋友找他，他也要看远近亲疏，酌情对待，让人家慢慢候着去了。如果"盖板杨"的"活儿"不是这么金贵，鲁爷不会在病中舍脸，特地把他请到医院来。

　　鲁爷性情直率，跟"盖板杨"不玩弯弯儿绕，直截了当地说出了小白楼。至于说为什么要他接小白楼的活儿，鲁爷让"盖板杨"去找詹爷，因为这是詹爷私下揽的活儿。

　　在说小白楼的时候，鲁爷意味深长地凝视着"盖板杨"，多余的话没说。但"盖板杨"已经从他的眼神里，看出他多少知道自己跟小白楼的关系。

　　小白楼是"盖板杨"心里抹不去的影子，而且他一生的命运，都跟这小白楼有关。唉，这里的故事又有多少人知道呢？"盖板杨"想起这些，心里就隐隐发痛。

其实这座小白楼，早在几年前就拆了。拆迁之前，"盖板杨"隔三岔五便跑过去，跟即将消逝的建筑相面。

这座小楼的每块石头，每个门窗，甚至每个砖缝儿都印在他脑子里了。当然印在他心里的，是住在小白楼里的那个姑娘汪小凤。

小白楼实在太结实了，牢固程度如同小白楼的主人在"盖板杨"脑子里的印象。拆楼的工人费了大劲，铲车和推土机愣没撼动它，末了儿，只好动了炸药。为拆一个三层小楼采取爆破技术，这在京城的拆迁中很少见。

当然，爆炸采取的是消声技术。拆楼的时候，"盖板杨"特地跑过去，考验自己的心脏。听到"轰"的一声巨响，小白楼在轰然倒塌的那一瞬间，他忍不住热泪盈眶。

这座小白楼在东单附近的胡同里，它之所以在东城有名儿，一是它的设计独特。小白楼的真正主人，是当年协和医院的外科医生德国人莫克林。

莫克林的医术高明，是洛克菲勒专门把他从德国特聘到协和医院的，当然待遇也很高。莫克林很有钱，也爱折腾，在东城买了一个四合院，把夫人从德国接到了北京。

他的夫人谱儿大，是慕尼黑有名的庄园主的女儿。来北京后，经常思念在德国住的小楼，平时难免要念秧儿，于是莫克林动了盖楼的念头。

民国初年的京城，国门洞开，兴起了崇洋之风，吃的穿的用的以洋货为尊，住房也不例外。东单的南边不远，就是东交民巷使馆区，西边是王府井商业街，所以，一些留洋回来的大宅门少爷，还有在北京做事的外国人，或建或改，纷纷盖起了小洋楼。这些小洋楼现在在东单的胡同里，依然可以见到。

这种崇洋之风让莫克林脑洞大开，为了满足夫人的要求，他从德国请来了设计师，参照夫人在德国老宅的样式，设计出图纸。又从德国请来工匠，把四合院拆平，在原地盖起了这座小白楼。

这座小白楼有三层高，既有欧洲中世纪巴洛克风格，又有后期洛可可的格调。小楼的基座是一水的花岗岩石头，外立面是从德国进口的白色马赛克瓷片。德国人干活精细，小楼盖得典雅精致，白色的外墙在周围灰砖灰瓦的平房中，显鼻子显眼。

另一个让小白楼出名儿的原因，是它闹过"鬼"。虽然它不是老北京的"四大凶宅"，但也"凶"得邪性。"盖板杨"小的时候，就听老人念叨过，小白楼前后两个楼主都碰上了"鬼"，不明不白地死了。

"盖板杨"住的胡同，离小白楼有两站地。他接触这个小楼的时候，楼主已然换了两拨儿，当时的主人是国家某部的局长汪本基。

局长，当时在胡同里的人看来，已经是不得了的大官了。按那会儿的待遇，局长上下班有专车接送。别的不说，就有专用汽车这一条，您说这官儿小得了吗？要知道，那会儿北京的一般平民百姓，家里连辆自行车都没有。

汪本基的风度倒也像个大官，他长得身材修长，五官端正，浓眉大眼，谈吐不凡，身上有股子帅劲儿。汪本基是上海滩的"富二代"。他父亲解放前是上海有名的富商，手底下有贸易、船业、粮油、丝绸等十多个大公司。

尽管汪本基从小养尊处优，但他念高中时，接触了上海的中共地下党，革命让他身上基本看不出有公子哥的做派，后来考上了北京大学。在北大念书的时候，他是中共北平地下党城工部的骨干。

他本来是想加入中共的，但当时中共北平地下党的领导认为，他的家庭背景比较特殊，适合做统战工作，所以让他留在了党外。他也确实为北平的和平解放做了许多工作，正因为如此，北平解放后，他进了政务院的部委当了局级领导；同时还作为无党派民主人士，进了政协。

局长，属于"高干"，在一般人看来，局长多少得有点儿架子，何况汪本基又是富商的儿子。但在"盖板杨"的印象里，他非常谦和，言谈举止一点儿不像官儿。

也不知道怎么搞的，"盖板杨"第一次到汪本基家，见到他时，一直以为他是唱戏的，也许是因为汪本基长得帅吧？

汪本基算是一个文化人，喜欢戏曲、音乐，也爱好书画和古董收藏，更喜欢吃喝，烹饪。

汪家当时雇着保姆和厨师。厨师是汪本基特意从上海高薪请过来的。他的朋友多，每到星期天，家里总要摆席设宴，请戏曲界、音乐界、书画界的名流到家里，品尝淮扬菜和上海本帮的肴馔。

席间，大家兴之所至，还要唱两口儿"皮黄"，或者勾几笔丹青。热闹劲儿有点儿像老北京的堂会。当时的小白楼，成了名流雅集之所。

"盖板杨"父亲老杨是中学教师，教过汪本基的大女儿汪小曼。他的老同学画家钱大悲，是汪本基的朋友。因为这层关系，老杨和钱大悲带着"盖板杨"，参加了汪家的星期天聚会。

这是"盖板杨"第一次进小白楼。当时他十五岁，正上初中二年级，身高只有一米五几，小鼻子小眼小脑袋瓜，身上的零部件也透着小巧玲珑。可别看他长得不起眼儿，但他画的画儿在北京的中学里已经小有名气了。

"盖板杨"他妈怀他的时候，闹了一场大病，他生下来只有四斤多，像个小猫儿，连医院接生的大夫都怀疑他能不能活下来。他妈甚至都想把他放弃了，因为在他之前，两个男孩都因难产而生下来就夭折了。正因为如此，老杨舍不得抛弃这个孩子。老杨有两个女儿，就想有个男孩儿。

"盖板杨"命大，在医院的"暖箱"里待了两个多月，奇迹般地活了下来。

孩提时代的"盖板杨"就瘦小枯干，看上去永远给人营养不良的感觉。其实他并不亏嘴，家里好吃好喝，老杨夫妇都先尽着这个儿子吃。只是他吃得再好，也变不成身上的肉。

"盖板杨"很小便显露出艺术天赋。他在上小学时，画过整本的小人书。尽管是临摹，但也有一些是自己的艺术想象。

老杨在中学是教语文的，但也喜欢绘画，看到儿子对画儿这么痴迷，便给他找了位老师。

老师是张大千的弟子，水平自不必说。但教了他一年，就对老杨说，这孩子画儿悟性忒高，我实在教不了他了。人家说出这话，老杨只好作罢。

"盖板杨"临摹的天赋极高，他画的戏票、电影票、公交月票，甚至当时的粮票，都能以假乱真。老杨胆儿小了，怕他惹事儿，不得不对他"约法三章"，限制他不能再画这类"作品"。

他上初一的时候，老杨把他临摹的一幅王雪涛的花鸟儿和一幅刘继卣的虎,送给了一位朋友。没承想这位朋友以为这两幅画儿是真迹,装裱好,拿到荣宝斋,居然让年轻的营业员打了眼,把这两幅画挂了出去。

后来,这事儿被"盖板杨"发现,告诉了父亲。老杨为人谨慎,生怕会引起麻烦,又不敢跟画店吐露实情,只好自己掏腰包,把这两幅"真迹"买了下来。

"盖板杨"在上中学的时候,因为平时不爱说话,比较蔫儿,被同学起了"焖子货"的外号。可谁能想到这个"焖子货"这么有才呢?

其实,在"盖板杨"第一次进小白楼之前,汪本基已经从画家钱大悲嘴里,知道他是个很有才的小画家了。老杨之所以带"盖板杨"见汪本基,也有点儿"攀高枝"的隐情。

老杨只有"盖板杨"这一个儿子,当爹的谁没有望子成龙的奢望?但什么年头儿都一样,平民百姓没枝没蔓儿,想出人头地很难。遇上高人,说句话,胜过你扑腾一辈子的努力。

在老杨教过的学生里,汪小曼的父亲官儿最大。他曾借家访的机会,见过汪本基和汪太太,看出他们比较温和厚道。既然儿子有这么高的艺术天赋,他想借汪本基的关系,让自己的儿子出息一下。

"盖板杨"哪知道父亲的良苦用心?在胡同平房长大的孩子,进到这座小洋楼房,自然感到什么都新鲜。因为以前看到的只是楼的外形,所以进来之后,他特别想看看楼里的装饰。趁大人们寒暄聊天的工夫,自己蔫不出溜地上了楼。

小白楼内部造型完全是按巴洛克的风格设计的,包括楼梯、灯饰和彩色玻璃，其原材料都是当初莫克林从德国运过来的。这种带着洋味儿的独特建筑风格，尤其是造型各异的楼梯栏杆和楼顶华丽的吊灯，让"盖板杨"感到非常新奇。

德国人做工精细，讲究质量。虽然小楼更换了几拨儿主人，盖起来也有半个多世纪了，但内部结构和装饰仍完好如初，楼道挂着几幅油画和中国山水画儿。小楼的顶层是两个独立的房间，房门的欧式造型也让"盖板杨"觉得新鲜。

他看着看着，蓦然发现在二楼对着楼梯的位置有一个玄关，上方是一个用纯金錾刻的浮雕头像。这是一个留着大胡子的外国人，穿着皇家有爵位的礼服，器宇轩昂，威风凛凛。

头像的錾工极其精细，连胡须和头发丝都看得清清楚楚。"盖板杨"印象极深的是头像錾得非常逼真，可以说人物栩栩如生，尤其是他的眼神，目光炯炯。虽然是侧着脸的，但"盖板杨"在跟头像对视时，总觉得这个老外的眼睛一直在凝视着他。让他感到惶然的是，他走到哪儿，回过头去看，都好像老头在注视着他，脸上流露出的是含蓄深沉、似笑非笑的表情。

他试了几次，想摆脱开老头的视线，但都无济于事。老头的目光一直在追着他，弄得他浑身上下不自在。出于艺术的本能，他当时真想把这头像给临摹下来，但想到自己是来小白楼做客的，便不得不放下了这个念头。又多看了头像一会儿，争取把这头像"印"在自己的脑子里。

这老外是谁呢？从装束上看，肯定不是现代的人。怎这么活灵活现？谁錾雕的呢？一定也是外国人了。"盖板杨"对这幅浮雕头像不由得浮想联翩。

他不错眼珠地盯着这幅头像，外国老头儿的眉眼深深地印在了他的脑子里。看到最后，那老头像是从金板上走出来，蔼然地对他微笑，他竟然忘了身处何处，情不自禁地踮起脚，想伸出右手去摸摸他的脸。正在这时，突然身后传来脚步声，随后是一声惊讶："哎，小家伙儿想干吗？留神摔着。"

"盖板杨"吃了一惊，急忙回身，一看，原来是汪本基的夫人。

她有五十岁左右，身材不高，长得富态，圆脸大眼，气质雍容，穿着紧身的旗袍，一看便知是大宅门里出来的。

"我想……看看。""盖板杨"用错愕的眼神看着她说，一时不知说什么好了。

"这是真人的头像你知道吗？"汪太太并没嗔怪"盖板杨"，面带微笑地对他说，"摸它，留神烫手，千万别有这念头！"

"噢。""盖板杨"赶紧看了看自己的手，好像真被烫了似的。其实，那头像挂的地方很高，他根本够不着。

他看着汪太太，面带羞涩地点了点头，心里纳闷：为什么它会烫手呢？他刚才看头像的时候，并没觉得它会发热呀？

"你就是那个小画家吧？"汪太太打量着他笑着问道。

"嗯。""盖板杨"有些腼腆地笑了笑。

汪太太用手摸了摸他的脑袋瓜儿，温和地笑道："他们正在说你呢，去吧，下楼让大伙见见你。"

"嗯。""盖板杨"冲汪太太点了点头，转身又看了一眼那个头像，恋恋不舍地下了楼。

在一楼的客厅，老杨正拿着两幅画儿，饶有兴致地让汪本基和聚会的朋友鉴赏。这两幅画儿，一幅是王雪涛的花鸟，一幅是刘继卣的虎。汪本基和在场的几位画家，都以为是真迹，对两位画家的画风表示赞赏。

其实，这是"盖板杨"临摹的，被老杨的朋友拿到荣宝斋，以假乱真挂笔单的那两幅画儿。老杨怕惹事儿，从荣宝斋买回来，一直没敢往外露，今儿是讨好汪本基，特地拿到小白楼来显摆。

"哦?"老杨没想到儿子临摹的画儿，居然让汪本基也看走了眼，心里不由得打起卦来①。他不敢隐瞒实情，只好说出实底儿："不才冒昧了! 实不相瞒，这两幅画儿是家中犬子临摹的拙作。"为了显示自己有国学底子，他特意用了两句文言。

"啊，这是你儿子临摹的?"众人不由得唏嘘，陡然惊叹。

"这小家伙儿真是难得的艺术人才呀! 嗯，了不得，了不得!"汪本基拿起画儿，又仔细地看了一遍，啧啧赞叹道。

"是呀，天才呀!"众人纷纷捧喝道。

听到这样的赞许，老杨乐得合不拢嘴了。他对大家拱手道："承蒙各位前辈的褒奖，犬子虽有雕虫小技，尚年少无知，若有大的发展，还要仰仗各位前辈多多提携呀!"

"你儿子呢?"汪本基爱才，一定要见见"盖板杨"。

正这工夫，"盖板杨"下楼了，老杨把他拉到汪本基面前："快叫汪伯伯。"

"汪伯伯好!""盖板杨"仰起脸来看着汪本基，问了一声好。

"杨老师教子有方嘛，孩子多有出息呀!"汪本基把"盖板杨"夸奖了一番。

---

① 打起卦来：打卦，老北京土话，即遇到意想不到的事，心里盘算，不知如何是好的意思。

"承蒙您抬爱！"老杨对汪本基微微一笑，诺诺道。

"画得这么好，你是跟谁学的？"汪本基拍了拍"盖板杨"的肩膀，随口问了他几个问题。但此时"盖板杨"的脑子里还转悠着那个头像，汪本基说的话，他并没听进去，多亏老杨在一旁支应着，他才没露怯。

"这孩子脑子里想的就是画儿，平时就不爱说话。"老杨对汪本基解释道。

"这孩子是有些杵窝子，搞艺术的人都是这样，不是痴就是癫，很正常。"画家钱大悲也替"盖板杨"打了个圆场。

"'神童'！嗯，看他画的画儿，很有艺术天赋，是个可塑之才！"汪本基笑着对老杨说。

看得出来汪本基挺喜欢"盖板杨"，在开饭之前，他特地让保姆杜婶，拿了一盒进口的高级巧克力奶糖送给他。当时，虽然三年困难时期已过，但买奶糖还得要票儿，而且很贵，胡同里的孩子难得一见，更甭说吃了。

"汪先生够有面子的，别忘了，他可是'高干'呀。"事后，画家钱大悲对老杨说。

人在生命旅途中，也许很偶然的一步路，就会改变命运的轨迹。当然，当局者迷，有些人在迈出这一步时，还意识不到未来的发展。杨家父子这次到小白楼来，表面看是小门小户的人，进大宅门里开了开眼，其实这次来，却改变了"盖板杨"的后来的命运。

没错儿，汪本基给"盖板杨"留下了慈善仁厚的印象，但让他刻骨铭心的是后来发生的故事。

第
四
章

多少年以后，"盖板杨"都没忘小白楼的那个金板头像。头像让他产生过许多奇思妙想，却一直没有答案。

那天，小白楼的聚会，席面儿非常丰盛。汪本基特意让厨师烹了几道大伙儿平时吃不到的菜肴，一道是红烧河豚，这是汪本基的老朋友开车从江南给他拉过来的。

"盖板杨"小的时候，北京的菜市场和合作社（当时的副食店），贴着许多彩色挂图。上面是各种野生河豚的图片，标明河豚有剧毒，吃了就会死人。但河豚味道鲜美，吊人胃口，那会儿，每年都有人因吃河豚而送命。

当然，野生河豚虽有剧毒，但高手厨师自有处理它的办法。小白楼的厨师便是烹制河豚的高手，所以汪先生特地让大家一起分享这道美味佳肴。

河豚烧好后，放在一个小瓷钵里，每人一条，上面浇汁，看上去色香浓郁。按北京的老规矩，一般家宴，没成人的孩子是不能跟大人一起上桌的。但汪本基比较开明，不但给"盖板杨"留出了座位，而且也给他上了一道烧河豚。

但"盖板杨"脑子里转悠的是那个头像，所以只是象征性地拿筷子比画了两下。烧河豚挺诱人，但他没敢吃，只是这道菜让他觉得挺神奇，所以印象深刻。

开席后，大人们开始喝酒。在他们推杯换盏的时候，"盖板杨"受好奇心驱使，悄没声地离开了席面，又跑到二楼的玄关处。

他抬起脑袋，一眼看到了墙上嵌着的头像，那头像跟有什么魔力似的，他的心神一下就被外国老人的眼神给牵了过去。他不错眼珠地注视着老人，心中暗想这是什么人雕刻的呢？把这位老人给雕活了。

他忍不住又跷起脚来，想去摸一下那个头像。恰在这时，隐约听到从楼上传来悠扬的小提琴声。他猛然一惊，开始还以为是收音机里传出来的，但一曲未完，又换了一个曲子。他屏住了呼吸，竖起耳朵听了听，这才发现小提琴声是从三楼的房间里传出来的。

他愣了一下，循声摸到了房门，等一首轻快的曲子终了，他不由自主地敲了敲门。只听到屋里的琴声戛然而止，随后传来银铃般的声音："谁呀？请进。"

"盖板杨"推开屋门，原来是个女孩在屋里拉小提琴。她的左手拿着琴，右手拿着弦弓，前面是个乐谱架子，显然"盖板杨"的出现，让她感到很诧异。

"盖板杨"也吃了一惊，他的惊讶不只是被美妙的琴声所打动，而是拉琴的这个女孩在他推门的瞬间，脸上呈现出的那种惊愕的表情，让他感到心灵的一种震颤。

他在刹那间，想到了俄国画家列宾的那幅名画《意外归来》。

这幅画里小男孩和小女孩，见到被流放的父亲时的表情，让他难以忘怀。在见到拉琴女孩的瞬间，《意外归来》的画面突然复活了。关键是女孩令人惊艳的容貌和端庄文雅的神态，让他感到一种意外的惊艳。

那会儿的"盖板杨"虽然还不是画家，但他捕捉美的敏感和能力已经具备。这种敏锐的感觉是常人难以想象的，而且也是只可意会难以言传的，何况他那时已经进入了青春期。这个漂亮的女孩在惊诧的刹那间产生的那种美感，像"镜头"一样植入他的心田，让他刻骨铭心。

"你是……"女孩儿的年龄与他相仿，脸上流露出天真无邪的样子，瞪大眼睛问道。

"我……""盖板杨"的心突突猛跳，脸倏地红了。一时语塞，愣愣地看着这个女孩。

"你是谁呢？"女孩冲他嫣然一笑。

她的笑是那么纯净，眼神像山泉那么清澈，明净。他猛然一惊，身子仿佛被这眼神牵着，走进了一片明媚与奇异的天地。

"我是……"本来就不爱说话的"盖板杨"突然觉得自己窘迫起来。他想不出什么合适的词儿，说明他推开女孩闺房的理由。

"哦，你是我姐姐小曼老师的儿子吧？"女孩想起什么，微微一笑说道。

"嗯，对。""盖板杨"点了点头。

"你喜欢画画儿对吧？听我姐姐说你的画还获过奖？"女孩放下手里的琴，用手掠了一下秀发，歪着脑袋笑着问。

"不是什么大奖。""盖板杨"淡然一笑说，"你是……"

"我叫汪小凤，小曼是我姐姐。你请坐吧。"她指着床边的一把椅子，淡然一笑，像是一个小主人在招待客人。

汪小凤的落落大方和从容娴静，让"盖板杨"局促的心放松下来。

"你的小提琴拉得真好！我是被你的琴声吸引过来的。""盖板杨"这时才想起应该说的话。

"你也喜欢音乐吗？"

"嗯，非常喜欢。"

"也喜欢小提琴？"

"喜欢。不过，我只是喜欢听，可是不会拉。"

"那也好呀！"

"拉小提琴很难吧？"

"只要入了门儿，就不觉得难了。"汪小凤看了"盖板杨"一眼，莞尔一笑说。

"你拉得真好。""盖板杨"恭维了一句。

也许是"盖板杨"的那一番夸奖，让她感到得意，或许是知道"盖板杨"喜欢听小提琴曲，她想在他面前露一手。总之，那天她显得异常兴奋，一边翻着乐谱，一边问"盖板杨"："你喜欢听什么曲子呢？维瓦尔第、巴赫、门德尔松？还是德沃夏克、马斯涅、帕格尼尼、柴可夫斯基？"

她说了一大串著名乐曲家的名字。

"你觉得谁的曲子好听呢？"这些音乐家的名字，"盖板杨"都觉得耳生，他不无羞涩地说道。

"好吧，我给你拉一首塔尔蒂尼的曲子吧。"

"好呀好呀！""盖板杨"显得异常激动，但一直不敢正眼看她。

其实在这之前，他对西洋音乐并不感兴趣。汪小凤说的那些音乐家，他还是头一次听说，但他巴不得能听汪小凤为他拉一曲，所以脸上流露出的表情，好像他对这些作曲家很熟悉似的。

汪小凤将乐谱固定好，把小提琴架在左颚下，拿起弦弓，调了调音，随着琴弦发出的流畅的旋律。"盖板杨"被美妙的音韵带到一个奇幻的梦境之中。

汪小凤拉得非常投入，她娴熟地运用弦弓，专注的神情让"盖板杨"为之一惊；而这种神情摄入他的眼帘，也深深地印在他的心里，像照相机一样留下了底片。

随着弓弦相碰发出起伏跌宕的滑音和颤音，汪小凤仿佛进入了一个神秘的奇境，流水般的悠扬韵律和跌宕起伏的颤音所呈现出的情景，时而好像是清明湛蓝的天空，时而宛如玄妙幽深的夜晚。曲调营造的情景如梦如幻，悠然迷离，恍若天边，令"盖板杨"神往和憧憬，并且产生了美妙的遐思。在他陶醉于奇思妙想的冥想之时，琴声随着柔美的滑音渐渐减弱，仿佛马车声渐行渐远。

"太美妙了！"汪小凤收弓有两三分钟，"盖板杨"还愣愣地看着她，沉浸在美妙的琴声里，他的耳边依然萦绕着奇妙的旋律。

"好听吗？"汪小凤冲"盖板杨"微微一笑，问道。

"真是太好听了！我简直要陶醉了。"

"是吗？陶醉了？"显然汪小凤得到这样的赞誉，有些兴奋。

她放下小提琴，转身对"盖板杨"说道："你知道这是什么曲子吗？"

"不知道。""盖板杨"摇了摇头，他真的不知道，这曲子他头一次听。

"这是意大利的小提琴家塔尔蒂尼的《G小调小提琴奏鸣曲》，也叫《魔鬼的颤音奏鸣曲》。"

"什么，魔鬼的颤音？怎么听着那么吓人？"

"你没听出魔鬼的颤音来吗？"

"盖板杨"愣了一下，疑惑地摇了摇头说："没有听出'魔鬼'，但颤音听出来了。"

"哦，那你的乐感还是蛮好的呢。"汪小凤径自笑起来。

"为什么叫魔鬼的颤音呢？""盖板杨"惑然不解地问道。

"这是塔尔蒂尼遇见了魔鬼，魔鬼传授给他的演奏方法。"

"什么？他遇见了魔鬼？真的吗？"

"真的。不过是在梦里。传说塔尔蒂尼在梦里，跟魔鬼签了一个协议，那个魔鬼答应心甘情愿当他仆人，一切都照塔尔蒂尼的意愿来办。塔尔蒂尼想，为什么不把我的小提琴也交给魔鬼呢？于是就让魔鬼用小提琴作曲。想不到他作出来的曲子是那么美妙绝伦，让塔尔蒂尼更加留恋人间的幸福。他被魔鬼的演奏惊醒了，马上拿起小提琴追寻梦里魔鬼演奏的曲子，但没能如愿。他接着冥思苦想梦里的旋律和音韵，终于完成了这个《魔鬼的颤音奏鸣曲》。"

"哦，原来世上竟有这么神奇的事儿！""盖板杨"被汪小凤的这个故事深深吸引。当然，更让他感到迷惑的，是汪小凤脸上的一颦一笑。他的神魂已经被小凤的美貌给勾住了，眼睛一刻也没离开汪小凤。

"是呀，音乐本身就很奇妙嘛。你画画儿的时候，有没有这种奇妙的感觉？"汪小凤笑着问道。

"嗯。感觉……""盖板杨"正要说什么，汪太太推门进来了，看到女儿跟"盖板杨"正聊着，她对汪小凤说："快下楼吃饭吧。"又转过身对"盖板杨"道："你这小家伙儿，怎么吃着半截饭，跑到这儿聊天来了？"

"我……""盖板杨"一时不知说什么好了。

"你们认识吗？"汪太太温和地笑着问道。

"不认识。""盖板杨"摇了摇头说。

"哦。快下去吧，你爸爸找你呢。"汪太太对"盖板杨"说着，随两个孩子一起下了楼。

"盖板杨"自从在汪本基家见到汪小凤后，他的耳边一直萦绕着悠扬悦耳的《魔鬼的颤音奏鸣曲》。随着乐曲的旋律，他的眼前浮现出汪小凤拉小提琴时的样子。她那专注的神情和溢满阳光的笑意，无时无刻不在牵动着他的神经，仿佛汪小凤拉的不是小提琴的琴弦，而是他的心弦。

事后，"盖板杨"打听出来，汪小凤是汪本基的小女儿。她上边还有一个姐姐汪小曼，比她大三岁。

汪家就这两个"千金"，没有男孩儿。小凤天生丽质，容貌闭月羞花，皮肤冰清玉洁，聪明伶俐，楚楚动人，是汪本基的掌上明珠。

汪小凤五六岁时，汪先生就让她开始学小提琴。十岁的时候，拜中央音乐学院的教授为师，这让她的音乐技法有了突破，而且日趋成熟。她不到十四岁，就参加了全国青少年小提琴比赛，并且拿了银奖，可谓少年成名。

让"盖板杨"感到懊恼的是，那天跟汪小凤见面时，没有跟她吐露内心最想说的一句话。也不知为什么，"盖板杨"见了她会那么局促。是她的花容月貌让他惊羡，还是她天真无邪的微笑，让他内心的杂念自然而然地自我收敛，他也无法说清楚。

其实，他平时见到女孩也很腼腆，一说话就脸红。可别的女孩对他的态度是漠然的，但汪小凤却对他是那么亲热，那么自如，那么落落大方。为他拉琴，为他讲故事，而且对他的微笑是那么甜美，令他什么时候想起来，都会春心荡漾。

他觉得汪小凤的微笑，是两心相悦之后碰撞出来的情感火花，这种情感是真挚的，既不是情，也不是爱，是两小无猜的天真无邪，又是这种纯洁无瑕的自然流露。她的眼神是那么干净，清澈，透亮。这种可以映出心灵的微笑和眼神，是那么让他激动，那么让他刻骨铭心，以至于到现在还印在脑子里，时常浮现在他眼前。

汪小凤的这个微笑，似乎被"盖板杨"永远定格在那个美妙的瞬间了。这微笑一直与他如影相随，当然他思念这种微笑就是思念汪小凤。也许是冥冥之中的某种天意，那天，汪小凤拉的是塔尔蒂尼的《魔鬼的颤音奏鸣曲》，这支曲子让"盖板杨"被"魔鬼"缠上了身。后来他始终没有摆脱汪小凤的影子，而且还跟塔尔蒂尼一样，喜欢沉溺在梦中，与相爱的人在一起耳鬓厮磨。

在别人看来，"盖板杨"的这种痴念是有病，但他却以为别人是在用世俗的眼光看他，所以无法理解他对汪小凤的爱意，更别说走进他的内心世界了。

那次在小白楼的聚会，让他留下了无尽的思念，也让他有了牵挂和期盼，有了神思和遐想。

他本来以为还有机会再进小白楼，还能见到汪小凤。但阴差阳

错，后来，虽然他因为特殊的机缘进过这个小楼，但已然是物是人
非。他曾经与汪小凤见过面，但也是在胡同里擦肩而过，追逐的是
她的背影。

第五章

　　那次小白楼聚会，"盖板杨"也给汪本基留下了非常好的印象。时隔不久，在小白楼的一次聚会上，汪本基见到了老杨，俩人又聊起了"盖板杨"。汪本基认为他是"神童"，应该提前报考艺术院校。

　　汪本基的想法正中老杨下怀。老杨巴不得儿子早点在画坛显山露水，于是顺水推舟恳请汪本基帮忙。正好汪本基有个老同学是中央美院的副院长，他给老同学写了一封推荐信。

　　因为"盖板杨"的画儿，在全国少年美术展览中得过铜奖，凭借着作品和推荐信，中央美院同意"盖板杨"提前参加高考。如果文化考试能及格，中央美院就破格让他入学。

　　假如"盖板杨"能顺顺当当考上中央美院，他无疑会走另外一条人生之路。但天有不测风云，在他复习快一年，准备参加全国高考时，1966年发生"文革"。别说参加高考，他连学都上不成了，而且，他爹老杨和汪本基也先后成了"黑五类"，被抄家，受批判，上大学成了他的一场梦。

　　其实，让"盖板杨"感到懊恼和惋惜的，不是没上成大学，而是耽误了他跟汪小凤见面的机会，使他与汪小凤的痴心和爱恋，没有从幻想变成现实。

　　这之前，望子成龙的老杨，当然不想让儿子错过这次提前高考的机会。他对"盖板杨"要求极严，除了每天正常的上课之外，给他恶补高中的文化课，准备高考冲刺。

　　您想一个初二的学生，直接参加高考，需要付出多大的努力吧。老杨本身就是中学老师，又动员"盖板杨"的姐姐给他辅导。"盖板杨"除了上学，回家就是复习。

　　高中三年的功课要在不到一年的时间里消化，"盖板杨"的脑袋像灌了铅，几乎没有任何空隙时间来想小白楼的事儿，直到"文革"爆发。

　　老杨本来对儿子考中央美院信心满满，没想到来了政治运动，他自身都难保了，儿子就更顾不上了。不过，这样一来，倒是解放了"盖板杨"，紧绷的琴弦突然松弛下来。

　　心一旦沉静下来，脑子里就有"诗和远方"了。这一"远方"不要紧，他的耳边响起了塔尔蒂尼的《魔鬼的颤音奏鸣曲》，随着乐曲的旋律，眼前浮现出汪小凤纯洁的面容。

　　他仿佛又回到了小白楼，回到了汪小凤的闺房。非常奇怪的是那个金板头像，无数次走进他的梦境，那个大胡子外国老头仿佛成了圣诞老人，脸上的笑容也有了善意。

　　有一次，"盖板杨"在恍然中，又来到小白楼，看到了那个外国老人的头像，老头好像在金板上冲他微笑。他好奇地注视着老人，突然他的视线模糊起来，金板上的老人不见了。他一下愣住了，下意识地揉了揉眼睛，再睁眼时，老人的面孔变成了汪小凤的面容。

这是怎么回事呢？还没等他醒过味来，汪小凤笑呵呵地从金板上跳了出来。

"啊，是你，小凤？"他欣喜若狂，情不自禁地叫起来。

"嗯。"汪小凤冲他嫣然一笑，"是我呀！小画家，你好吗？"

"好。我……""盖板杨"突然变得木讷起来，一时竟不知说什么好了。

"你是不是一直在想我？"汪小凤笑道。

"是呀！我每天都在想你。"

"想我，你怎么不来找我呀？"

"我……你高兴我找你吗？"

"当然，我也一直在想你。"

"真的？""盖板杨"异常激动地问道。

"是真的呀！"汪小凤冲他甜甜地笑了笑。

这正是印在他脑子里的那个他熟悉的笑容。他一往情深地看着眼前的汪小凤。

"你真可爱！"他真想跑过去，把汪小凤抱在怀里。

"你也好可爱！"汪小凤说着，款款地向他走过来，站在他面前，微微一笑问道，"你还画画儿吗？"

"我，哦，我还画……你还拉小提琴吗？""盖板杨"含情脉脉地凝视着她。

"当然在拉琴呀！"汪小凤点了点头说道。

"你的小提琴拉得太美妙了。也不知道为什么，晚上睡不着觉的时候，我常常会听到你拉的小提琴曲。"

"你能听到我在拉琴！真的吗？太有意思了！"听"盖板杨"夸她，汪小凤显得异常兴奋。

"真的，我不骗你。"

"你还想听吗？"

"当然啦！我非常非常想听。"

"想听什么曲子呢？"汪小凤温柔地看着他。

这时，他才发现汪小凤手里拿着小提琴，听"盖板杨"说喜欢听她拉琴，汪小凤开始调音。

"我想听塔尔蒂尼……""盖板杨"说。

"我就知道你想听《魔鬼的颤音奏鸣曲》。"汪小凤轻轻掠了一下秀发，对他微微一笑说。

只见她左手按弦，右手拉弓，小提琴发出了优美的旋律。"盖板杨"很快就沉浸在玄妙幽深的琴韵中……

一曲终了，"盖板杨"还陶醉在乐曲所营造的魔幻境界里，他动情动容地拍着手说："太美妙了！再拉一曲吧！"

蓦然，他发现汪小凤不见了。人呢？他急忙冲出小白楼，去找汪小凤，但是当他来到胡同，转身一看，小白楼也不见了。

"小凤！小凤！"他急切地喊道。

"什么小缝大缝儿的？"他妈妈给了他一巴掌。"盖板杨"揉了揉眼睛，才知道刚才是在梦里。

梦里的汪小凤怎么那么真实生动呢？"盖板杨"拧着眉毛想了几天，他对梦里的场景回味无穷，也想再回到梦里，与汪小凤重逢，但这怎么可能呢？

盖衣杨没忘小曾楼金梅头像

更想见的是汪小凤

人的思念一旦进入冥想的状态，这种念想儿很快就会变成一种痴念。这种冥思苦想的痴念，很容易让人产生一种幻想，幻想多了，就会产生幻觉。

自从"盖板杨"在梦里，跟汪小凤见面后，这种由痴念产生的幻觉经常出现。

有一次，他在东单公交车站等车的时候，看见一个女孩儿特像汪小凤。他身不由己地跟了上去，跟到灯市西口，眼看就到女孩儿的身后了，他情难自禁喊了两声："小凤！小凤！"

那个女孩儿吓了一跳，回头一看是长得瘦小枯干的中学生。当时，京城的年轻人正流行"拍花子"，这女孩儿以为"盖板杨"要拍她，不由得"怒从心头起，恶向胆边生"，对"盖板杨"骂道："你眼睛长后脑勺上了吧？"

"我……"

"盖板杨"正要解释，那女孩儿照他的脸就是一个大嘴巴。他被打得半天没醒过味来，等他明白自己认错了人，那女孩儿早就无影无踪了。

当然，对汪小凤的冥思苦想，不如直接去小白楼找她。"盖板杨"不糊涂，知道这是最好的主意，但小白楼是随便什么人都能进的吗？

他家住的那条胡同离小白楼，坐公交车有三站地，为了能见到汪小凤，他真是绞尽脑汁。不知多少次了，他悄没声儿地跑到小白楼所在的那条胡同口，憋着在这儿能见到汪小凤。但非常奇怪，他去了无数次，一次也没碰上过她。

他原想在小白楼的楼下，也许能听到小凤练琴的琴声。但不知为什么，他在楼下徘徊了不知多少次，琴声是听到了，但这声音只是他的幻觉而已。小白楼的构造极其讲究，房间隔音效果忒好，外面听不到里头任何声音。

小白楼的门是欧式的铁门，门的右上方有个黑色的门铃。"盖板杨"看过这个门铃多少回，就是不敢按。按了门铃，如果汪家的人出来开门，我说什么呀？想到这儿，他的心里不由自主地打起鼓来。

在楼门口等，他怕碰上汪家的大人。只能躲在远处，悄没声儿地窥视着小楼，期盼着能看到汪小凤的身影。但每次在这儿等，希望都变成了失望。

一天，"盖板杨"在胡同口儿，远远地看到汪本基坐着他的"华沙"牌轿车回家。他趁汪本基进了院，轿车司机检修车的空当儿，走了过去。

"叔叔，您能告诉我汪小凤……哦，小凤什么时候放学吗？"他问那个司机。

"小凤？你认识她吗？"司机看上去有四十多岁，个子高高的，打量着"盖板杨"问道。

"嗯，我认识她。"

"你找她有什么事儿吗？"

"有件东西要给她。""盖板杨"把想了多少天的词儿说了出来。

"哦，她平时不在家呀。"司机告诉他，"她在海淀上学，平时住校，只有星期六晚上回家，星期天再返校。"

"哦，知道了。"一种失落感油然而生。他终于明白平时见不到汪小凤的原因了。

他谢过司机，留恋地望着小白楼，默默地转身回家了。

"盖板杨"说要送给汪小凤一件东西，并没撒谎。对汪小凤的痴念，激发了他的创作灵感，他把小凤在他脑子里挥之不去的形象，复制在油布上，居然花了一个月的工夫，为小凤画了一幅油画。

这幅油画与列宾的《意外归来》有异曲同工的味道。再现的是那天他在小白楼，小凤见到他的瞬间场景：小凤站乐谱架前，手里拿着小提琴，在他推门瞬间，她的脸上流露出惊诧的表情。这种神情既有少女的天真无邪，又有对出现在自己面前的这个人的猜测与爱慕。那天小凤看到他的诧异表情，让他立马儿想到了这幅名画儿。

"盖板杨"对小凤脸上的神情，反反复复琢磨了几个月，可以说是把他这几个月对小凤的痴念，都凝聚在画上了。这种蕴含着多重内涵的神韵，很容易让人浮想联翩。

尽管画面所呈现的艺术造诣和绘画技巧，与列宾大师的《意外归来》不可同日而语，也无法相提并论，但"盖板杨"真是用心血在画这幅画的，所以画上的汪小凤栩栩如生。让人不可思议的是，后来凡是见过这幅画的人，都说画得不但像汪小凤，而且把汪小凤画活了。

"盖板杨"认为，艺术的天赋分为三个层次。第一个层次，是基础，或者说有素描速写、构图色彩等基本功后，照着别人的作品临摹。再加上自己的艺术想象力，再现人物和场景。

第二个层次，是到现场写生，然后再进行艺术创作。把真实的人物和场景再现出来。

第三个层次是画人也好，画景也罢，身临其境。只需见一面，看几眼，便能通过艺术手段，把人物和景观真实地再现出来，这必须有非凡的天才才能做到。

当时，"盖板杨"的绘画水平，已经能达到第三个层次了。当然这也是他先有第一、第二层次之后才达到的，但他小小年纪能达到这种艺术层次，确实属于天赋。

您别忘了"盖板杨"只跟汪小凤匆匆见了一面。他的脑子像是复印机，看一眼便能把人物的形象复制在脑子里，并且能用艺术手法把她呈现出来。这种艺术再现能力是常人难以达到的，必须有超强的艺术天赋。

这幅画儿画好之后，"盖板杨"便一直想把它交给汪小凤，而且要亲自交到她的手上。但苦等了几个月，始终没有机会，而他又没有勇气去敲小白楼的门。

也许除了画画儿，"盖板杨"在生活中的很多方面都属于白痴。他想不出有更好的主意，能见到汪小凤，只能在胡同口儿死等。那会儿，小白楼所在的那条胡同还是土路，这条胡同都快让他走出脚印儿来了。

一天，"盖板杨"又来到小白楼所在的胡同口，碰上了汪家的保姆杜婶，她是从东单菜市场买菜回来。

杜婶有五十多岁，老北京人，长得五官周正，慈眉善目，待人热情。"盖板杨"跟父亲到小白楼参加聚会时，她认识的"盖板杨"。

"你不是那个小画家吗？这小伙子，一年多不见，长高了。"杜婶看着"盖板杨"笑着问道，"怎么走到这儿来了？"

"我……""盖板杨"迟疑了片刻，还是大着胆子说出了实话，"我是来找小凤的。"

"找汪家的二姑娘？她不在家呀。"

"她去哪儿了？"

"前些日子，她在上海的三姑妈来北京住了几天。走的时候，带着二姑娘一块堆儿到上海玩去了。怎么着？你找二姑娘有事儿？"杜婶问道。

"不，不，哦，是有点儿事。""盖板杨"支支吾吾地说。

"有事儿，你就等她回来。"杜婶蔼然笑道。

"嗯，好吧。""盖板杨"突然觉得杜婶笑容可掬，说话挺随和，是个可信赖的人。他想了想说，"杜婶，以后我要是找小凤，先找您，不不，找您，您再找她行吗？"像是鬼使神差，他脑子灵光一现，想到了这个主意。

"哦，让我给你们……哦，别说了，你杜婶是过来人，这点事儿还不懂吗？不碍的，有什么事你觉着不方便，冲你杜婶说。"她宽慰地笑着说。

"那可真得谢谢您了。""盖板杨"说道。

第六章

　　自从"盖板杨"接触了杜婶以后，他觉得再找小凤心里有底气了，好像他骑着马，杜婶给他拉着缰绳似的。正因为有杜婶这道屏障，他来小白楼，敢按门铃了。

　　"盖板杨"估摸着汪小凤该从上海回来了，便来小白楼找小凤。不知怎这么巧，他按了几次门铃，开门的都是杜婶，而她真成了一道"屏障"。

　　"又来找二姑娘了？"杜婶每次见到"盖板杨"都笑呵呵的，让他感到那么和蔼可亲。

　　"她在吗？""盖板杨"试探着问道。

　　"嗐，她一早就出去了。"杜婶笑道。

　　有时，杜婶也会回头看一看，然后，对"盖板杨"低声说："在呢，可是她妈撂下话儿了，让她在家踏实念书，不让外人找她。主家说了这话，你说我让你进去，那不是砸自己的饭碗吗，你说是不是？等下次来，再说吧。"

　　她说得那么得体，"盖板杨"也无可奈何，只好悻悻地等下次。

但下次再按门铃，杜婶又会说小凤不在家。

"盖板杨"虽然有点儿痴，但并不傻，一次两次说小凤不在，或不能见他，情有可原。但十次八次说这话，不能不让"盖板杨"起疑：是不是她有意拦我呀？可看杜婶脸上那热情亲切的笑容，他又觉得这种疑虑是多余的，甚至还会觉得这么怀疑杜婶，有些对不起她。

不过，没等"盖板杨"说话，杜婶那儿不耐烦了。您想"盖板杨"见天按门铃，她三番五次地跑出去开门，心里能不烦吗？

这天，杜婶问"盖板杨"："瞧你这一趟一趟地跑哟，我都替你累得慌了。你找她到底有什么事儿呀？"

"我……我想送她一样东西。""盖板杨"想了半天，嗫嚅道。

"嗐，闹了半天是送东西呀？这还值得让你一趟一趟地跑这儿按门铃来吗？"杜婶莞尔一笑道。

"我想……"

"你想亲手交给她是不是？不碍的。你信得过杜婶不？"

"嗯，信得过。"

"这不结了？信得过我，你就别劳神费力地往这儿一趟一趟跑了，干脆把你要给二姑娘的东西带来。她要是在呢，你就直接上楼，把东西给她。她要是不在呢，你把东西给我，回头我给她不齐了？"

"嗯。"

"放心吧，我知道你的鬼心眼儿，怕她爸妈知道对不对？不会的，我哪能让她爸她妈知道这事儿呀？"杜婶似乎把着"盖板杨"的脉，说得那么中肯，由不得"盖板杨"对她有什么疑问。

"好吧。就依您说的。""盖板杨"对她点了点头。

转过天，"盖板杨"带着他给小凤画的那幅画儿，来小白楼按门铃，依然是杜婶开的门。

"瞧你来得真是时候。"杜婶笑着对他说。

"怎么？她在？""盖板杨"激动地问道。

"在，我不是就让你进去了吗？刚刚，她妈带她们姐儿俩，到舅舅家串门儿去了。"杜婶笑道。

"盖板杨"心又凉了。

"那……她们什么时候能回来？"他想了想问道。

"怎么也得晚上了吧。你手里拿着的东西，是不是打算送给二姑娘呀？"杜婶问道。

"对呀。"

"得，你先放杜婶这儿吧，等她们回来，我给二姑娘不结了。"

"那就麻烦您了。""盖板杨"迟疑了一下，把手里的画儿递给了杜婶。随后，他又从兜里掏出一个信封，说道，"这封信，您也给小凤好吗？"

"哈哈，我成你们的红娘了。放心吧，我一准儿交给她。你杜婶一天学没上过，写的什么我一个字也不认识，你没有什么可不放心的。"杜婶把那封信收好。

"盖板杨"从杜婶诚恳的话语里，感觉到只要她接过这两样东西，就一定会到小凤手里的。确实像杜婶说的那样，他没有什么可不放心的。

他想象着小凤晚上回了家，杜婶趁她父母不在身边，悄悄把她叫到一边，把他的画儿和那封信交给她，并且会告诉她，这是那个小画家送给她的。

汪小凤看了这幅画儿，一定会被他的才艺所折服。当然，如果她打开那封信，又会被他的激情所感染。这封信是他在脑子里酝酿了三四天，然后一气呵成写出来的，倾注着他初次见面后所有的思念和爱慕之情。

信的结尾，他意味深长地写道：一颗纯朴的心期待着一颗诚挚的心。我在胡同深处，你在胡同深处的小白楼，我像等待夜晚的月亮一样，期盼着你的回信。不管你想不想靠近我，我都希望给我一个回音，哪怕是一句话，一个字！

他的心比较细，随信附了一个信封，上面写着他家的住址，还贴了一张邮票。即便她是铁石心肠，也会被他的这种炽热的情感打动的吧？"盖板杨"心里这么想着。

但是让"盖板杨"纳闷的是，那幅画儿和那封信，交给杜婶以后，如石沉大海，一晃儿二十多天了，他也没有等到汪小凤的回信。他每天看院门口的报箱，结果都失望而归。

难道汪小凤觉得我不如意，不愿意跟我接触？是她本人不愿意呢，还是她父母不允许她接触男孩子呢？是不是她在有意考验我呢？也许她是个非常有内涵的女孩儿，不愿意把自己的真实想法吐露出来，所以先不理我？

"盖板杨"觉得自己的脑子不够用了。他翻来覆去地猜想推测，设计了几十种可能，但最后又被那种朦胧又炽热的爱意所取代了。他坚信汪小凤对他的情感是无法更改的，因为他在小凤见到他第一眼的目光里，发现了他所期待的那种天真无邪的爱意。可为什么她没有任何回音呢？

难道杜婶没有把画儿和信给她吗？想到这儿，他脑子嗡地一下炸了。当天晚上，他便迫不及待地来到小白楼，按响了门铃。不出他所料，开门的正是杜婶。

"你怎么又来了？"杜婶露出和蔼可亲的笑容问道，"吃过晚饭了吗？"

"吃了。"

"找二姑娘来了，是吧？"

"不用问，她肯定不在家。"

"你呀，可真是神人！"杜婶笑道。

"在家，我不是就让你进去了吗？""盖板杨"学着杜婶的口气说。

"嘿嘿，你找的人不在，我让你进去，你也不会进去对不对？"

"我……不想，哦，我今天只想见您。"

"见我？"

"对，我想问问您，我送给小凤的画儿和信，您给她了吗？"

"吆嗬，瞧你这孩子问的，你交派给杜婶的活儿，杜婶能不尽心办吗？那天晚上汪太太她们回来，我就把画儿和信偷着给二姑娘了。怎么，还信不过你杜婶吗？"

"没没。""盖板杨"的脸突然红了，他不好意思地低下头说，"我没信不过您。我只是问问。"

"哦，不碍的，你要信不过杜婶，赶明儿你见到二姑娘，可以亲自问问她，看你的东西我给没给她。"杜婶的脸上依然笑得那么亲切。

"盖板杨"还有什么可怀疑的呢？收到了画儿和信，为什么她连个回音儿都没有呢？他的脑子又转悠回来了。再给她写封信吧。

"盖板杨"想。

那年头，没有网络，没有手机，一般北京人家里也没有电话。人们通讯主要靠写信，当时邮政是城市人际沟通的主角。街头到处是邮筒，住在东西城，头天寄出的信，第二天就能收到，只需四分钱邮票。

"盖板杨"花了两天时间，给汪小凤写了一封措辞委婉又恳切的信。信发出前，他贴在怀里焐了一宿，想让小凤感受到他的体温。

这封信扔进邮筒，便牵住了他的心。他想象着小凤看了这封信的样子，她一定会被他的激情所感动，心情难以平复，会给他回信的。这封回信，她会怎么写呢？他替小凤设计了几个开头。

第二天，他便在院门口等送信的邮差："有我的信吗？"

邮差是个小伙子，看了看他，问道："什么信呀？"

"我的，哦，等一封回信。"他支吾道。

"你给他的信是什么时候寄的？"

"昨……昨天。"

"昨天你给他寄的，今天就等他回信？你也忒急了点儿吧？他可能还没收到呢。"

"哦。""盖板杨"自己都乐了。

但是等了几天，依然没有收到小凤的回音，是这封信写得不诚恳？还是想说的话没有表达出来，没有打动她的心？"盖板杨"又写了一封。

这封信发出去了，还是没有回信，他不信自己的情意打动不了小凤，一连写了十多封信。在发最后一封信的时候，他异想天开，为表达自己像火一样的心，在信封里放进了一根火柴。

但"火柴"也没有点亮小凤的心，别说回信了，他连个纸毛儿都没见到。

"盖板杨"又沉不住气了，想来想去还是得直接见小凤。怎么才能见到她呢？去小白楼，肯定还是汪家的那个保姆挡驾，他已经羞于见这位杜婶了。

他在胡同口等了几天，发现汪家发生了变化。小白楼的外墙上贴满了揭发批判汪本基的大字报，汪本基成了"黑帮"，小白楼的楼门关得死死的，连那个每天开车接送汪本基的司机也见不到了。

汪家一定是倒了霉。他回家听他姐说，汪家已经被红卫兵抄了家。

"盖板杨"在"文革"时，属于"逍遥派"，因为他在"文革"前几个月，一直请假在家复习，准备高考，脑子里除了画画儿，就是汪小凤。

汪家被抄家，汪本基挨了批斗，小凤的日子能好过吗？想到这些，"盖板杨"不禁为汪小凤揪起心来。虽然自己救助不了她，但在这种非常时期，就别给她添堵了。所以，有好长时间，他没再去小白楼所在的那条胡同。他把对小凤的思念都融入画里，那两年，他画了许多中国画和油画。

这时，他爸在学校也被红卫兵给"揪了出来"。老杨是教语文的，特别对古文感兴趣，给学生上课时经常讲《论语》《孟子》《战国策》什么的，这些成了他宣扬"四旧"的罪状。他被打成了"封建思想的残渣余孽""地主阶级的马前卒"。

老杨也不明白自己怎么就成了"马前卒"，而且稀里糊涂地被清理出教师队伍，下放到药材公司下面的一个鹿场去养鹿。鹿场在昌平的山里，交通不便，半年才能回家探亲一次。

父亲走了"背"字之后，"盖板杨"的情绪也十分低落。1968年，知识青年"上山下乡"掀起高潮，他的同学相继去东北、内蒙古和陕西插队走了。他母亲觉得那些地方离北京太远，找学校老师通融，在转过年的开春，"盖板杨"被分到京郊延庆山区插队。

在离开城里到山区插队前，"盖板杨"特别想见汪小凤，哪怕不说话，就见一面呢，他实在是太想她了。

插队的行李准备好，在临行前的一天，他在小白楼徘徊了多半天，也没看到汪小凤的影子。下午太阳落山，天擦黑的时候，他实在憋不住了，咬了咬牙，按响了小白楼的门铃。

门铃响了半天，没人接。难道汪本基不住在这儿了吗？"盖板杨"蓦然看到小白楼墙上的大字报，心里琢磨着汪本基一定是受了冲击，下放到外地去了。"文革"让许多家庭都发生了变故，汪家就是从小白楼搬走，也一点儿不新鲜。

也许再也见不到汪小凤了？想到这儿，他撕心裂肺似的伤心起来。他是怀着怎样沉重的心情，告别小白楼的，现在已经记不清了。只记得离开那条胡同的时候，满眼都是泪。

泪水模糊了他的视线，以至于在东单十字路口过马路时，差点让无轨电车刮到轮子底下。

"想什么呢？眼睛长到姥姥家了！"汽车司机冲他骂道。

他看也没看那司机，脑子里晃动的净是汪小凤的身影。

第七章

　　当年，那些大拨儿轰，成批去东北、内蒙古插队的知青，离开北京的时候，家里的亲人和学校的同学，会成群结队地到火车站相送，但"盖板杨"却没这"待遇"。他属于散兵游勇，插队的地方又是在郊区，所以他到农村插队没有轰轰烈烈的场面。他爸在鹿场回不来，两个姐姐都去内蒙古插队走了，家里只有老妈在。

　　老妈把他送到胡同口，他背着行李，拎着两个画箱子，坐公共汽车到西直门火车站。从那儿坐火车到延庆县城，再坐一天的长途汽车到公社，到他插队的村，还要坐半天的牛车。

　　离开北京，他心情复杂，在情绪上有些忧郁。他这一走，要到年底才能回北京探亲，他放心不下的是汪小凤。

　　他不知道小凤现在是上学，还是像他似的也去插队。假如她也去插队，天各一方，他们再见面的机会就微乎其微了，她会像自己似的思念他吗？在插队的地方，不可能没有男生追她，她会心里默守着对他的真诚吗？

　　假如她收到他的那些信的话，也许对他不会漠然处之的，但毕竟他们没有把话挑明呀！小凤爱别人也是可以理解的，想到小凤被别人所爱，或者去爱别人，他心像被人捅了一刀。

怎么可能呢？在他的潜意识里，汪小凤永远是属于他的，她不可能跟别人在一起。她那清纯的眼神告诉他，她会永远对他一往情深，不会变心的。想到这儿，他心里涌起一股热流。

在公交车上，"盖板杨"是坐在靠窗的位置的，那是上午十点多，车上人不多。北京的四月乍暖还寒，和煦的阳光，带着早春的暖意，照在他身上，让他感到春心萌动。

车到沙滩附近，望着窗外，熟悉的街道，熟悉的老槐树，熟悉的店铺门脸儿，熟悉的老北大红楼，他默默地跟这些小时候常来玩的地方告别。蓦然，他看到马路上几个穿军装的年轻人走了过来，其中有个穿深灰色上衣的女孩，让他眼睛一亮，这身影怎么那么熟悉？汪小凤！他几乎叫出声来。

是在做梦吗？他给了大腿一巴掌，感到了疼，不是在梦里。是自己看走眼了吗？他不错眼珠儿地盯着这几个年轻人，刚好前方的十字路口亮起了红灯，公交车停了下来，他透过车窗看见这几个年轻人说笑着穿过了马路。

是她吗？他屏住呼吸，定睛凝神看着这几个年轻人，没错儿，那个穿深灰色上衣的女孩，正是自己朝思暮想的汪小凤。

真是鬼使神差，苦苦寻觅了那么长时间，居然在这儿看见她了！"盖板杨"激动得心快跳到了嗓子眼。不能错过这个机会，他不顾一切地冲到汽车前面，对司机喊道："师傅，我要下车！快，我要下车！"

司机瞪了他一眼："怎么啦？"

"我，我，必须下车，不然就……麻烦您啦！"他一边拿眼瞄着小凤他们走的方向，一边恳求司机停车。

"你什么东西掉窗外了吗？"身边有个老年乘客问道。

"是呀！东西，东西掉了。师傅，求求您了！"他急切地说。

司机还算通情达理，把车开到路边停了下来。"盖板杨"跳下车，疯了似的朝汪小凤走的方向追了过去；这时，那几个年轻人已经进了沙滩南边的一条胡同。

"小凤，汪小凤！"他扯着嗓子喊道。

胡同里没有回声，"盖板杨"急了，转身又进了另外一条胡同，喊了几声，依然没有回声。这条胡同有个机关宿舍大院，他走了进去，喊了几声，也没人搭理他。

明明看着他们进了这条胡同，怎这么快就失踪了呢？难道是我看走眼了？他愣了片刻，失望地摇了摇脑袋。自己的行李还在公交车上，他不敢再耽误工夫，急忙跑回了车上。

又是一场梦！他对着车上的窗玻璃，苦涩地笑了。

这算是他最后一次见到汪小凤吧？尽管有些扑朔迷离，但"盖板杨"确信那个穿深灰色上衣的女孩就是汪小凤。那几个穿军装的男生，一看就是大院的孩子。

那年头，北京的孩子分为胡同和大院两派。大院，指的是机关宿舍大院和部队宿舍大院。从各方面条件来说，大院的孩子有优势，同时也看不起胡同的孩子。

那会儿实行的是计划经济，一个大院如同一个小社会，吃喝拉撒全都有，通常跟胡同的孩子接触也不多。从某种意义上说，胡同的孩子惹不起大院的孩子。尽管不忱，但两派碴架的话，大院的孩子往往占上风。"盖板杨"对这些也有耳闻，所以对汪小凤跟大院的孩子裹到一起，心里有些别扭。

但这种别扭随着对汪小凤美好的回忆，很快就烟消云散了。他确信汪小凤对他的忠诚，假如小凤能听到他的喊声，肯定会转过身，用那双清澈的眼睛看着他，然后喊着他的名字，扑到他的怀里。

夜里难眠，他在做这种想象的时候，忍不住会抱起枕头来，长久地享受着那种爱意的甜美。

他曾经无数次遐想那街头邂逅，难道这是一种天意吗？在他去山区插队之前，老天爷特意安排他跟汪小凤见一面。尽管一个在车上，一个在路上，而且又那么扑朔迷离，与她失之交臂，但毕竟他们见面了！

他后悔当时没有在周围的胡同多转几圈，多喊她几声，但这些遗憾随着时间的推移，都变成了温暖的回忆。他在偏僻的山村插队，离群索居，过着寂寞苦涩的日子。对汪小凤的美好回忆和思恋，成了他苦寂心灵唯一的寄托。

想起了汪小凤，他就有了对生活的憧憬；想起了汪小凤，他就忘记了生活中的烦恼和忧愁；想起了汪小凤，他就会在心灵深处燃烧起青春的激情。在冥冥之中，汪小凤一直在远方，在幸福的彼岸等着他。

1978年，他从延庆插队回京的时候，已属大龄青年。父母为他找对象的事儿格外上心，也有热心的亲朋好友为他张罗，但他却一概不见。后来，他怕父亲着急上火，给老爷子一粒"宽心丸"："我早就有女朋友了。"

老杨这会儿已经平反，被"落实政策"，又回到中学教书。他对儿子说："既然有女朋友，哪天带家里来，让我和你妈瞧瞧。岁数不小了，赶紧定下来吧。"

"嗯。"他答应得挺痛快，但直到老杨和老伴儿去世，也没见到儿子的女朋友。

他们上哪儿见去？"盖板杨"的女朋友一直在他脑子里呢。

那会儿，"盖板杨"在一家工艺美术厂当技工，专门做花丝镶嵌的工艺品。当时正是改革开放之初，工艺美术品出口量猛增，为了赶制成批出口的工艺品，他经常加班加点。

"一天到晚，累得贼死，哪还顾得上去搞对象呀？"有人替他张罗时，他常常这么说。

当然，这是他的一种托词。其实，汪小凤一直在他心里，他压根儿就没想过去找别的女人。

"盖板杨"是在延庆插队的时候，学会喝酒的。从此，酒就成了他的忠实伴侣，每天早中晚三顿酒。离开酒，他饭吃不香，觉睡不着，活儿干不好。

那会儿，北京人的早点是多年不变的"老三篇"，即油饼、火烧、豆浆。一般的"上班族"，早晨起来，刷完牙洗完脸，奔胡同口儿的小吃店，来碗热豆浆，再来一个火烧俩油饼，齐活。吃完一抹嘴，骑车上班去了。

"盖板杨"的早点与众不同，他不喝豆浆，喝酒，酒也不多喝，二两，多一口不喝，少一口不干。原来他自己有一个医院装葡萄糖液的玻璃瓶子，每天到小吃店吃早点的时候都带着。一个火烧，俩油饼，就着二两酒下肚，一抹嘴，再骑车上班。

到了班上，焖上一大把儿缸子茉莉花茶，酽酽儿的，坐在台案前，一上午不带动窝儿的。他说这种"坐功"，全仗着肚子里的那二两酒。

中午饭，"盖板杨"照样还得有酒，依然是二两。这二两酒进肚，照样是"坐功"，一直让他扛到下班。

晚上的这顿酒，从量上说，就没准谱儿了。跟酒友喝与自己喝，肯定不一样。跟酒友喝，喝二两是喝，喝半斤也是喝，那为什么不照着半斤喝呢？

那会儿，好酒很难淘换，所以碰上好酒，"盖板杨"的策略是"能喝半斤喝八两"。

自己在家喝，要看心情如何。一个人喝"寡酒"，也分"闷酒""苦酒""怨酒""兴酒""情酒"，不同的心情，酒量也不同。

一般喝酒的人都是有酒量管着的，您的酒量是三两，或三两到四两之间，如果您喝酒超过四两，肯定会醉。当然，醉酒也分若干个层次，有微醺与酩酊之分，陶然与沉醉之别。

酒酣耳热，云山雾罩，言多话密，属于微醺的层次；腾云驾雾，脚下踩棉花，属于陶醉的层次；烂醉如泥，人事不知，那就是沉醉了。

酒的妙处是喝进肚以后，会出现不同的境界。这种朦朦胧胧的恍惚境界，是不沾酒的人难以想象的，也是喝酒的人上瘾的主要原因。

"盖板杨"的酒量，常人难以相比，他喝酒，酒量大不说，绝的是他能在喝到几两的时候，心理会出现什么状态。这种状态一来，他的脑子里就会呈现出不同的境界，好像他的胃里装着度量衡。

比如喝到六两的时候，这是他艺术创作的最佳状态。这时候，他的艺术灵感会油然而生，创作的激情会如地下的岩浆一样喷涌。而且思想特别集中，精力也非常旺盛，不让他出好的作品都难。但是，如果这酒多喝两口，或者少喝两口，就出现不了这种状态，您说邪不邪门吧？

他如果想见汪小凤了，也得喝酒。喝到七两到八两之间，也就是喝到七两以后，再喝两小杯或两大口，然后他就会渐渐进入一种陶然状态，眼前出现一种幻觉。这时候，汪小凤就会从远处飘然地走到他的面前，两个人耳鬓厮磨，缠缠绵绵到梦意阑珊。

这种喝酒喝出的境界，是"盖板杨"喝酒上瘾，成为"酒虫儿"之后的事儿。在此之前，他一直为在梦境见到小凤而烦恼，因为人做什么梦是身不由己的。尽管他白天冥思苦想，但是到了晚上，也不会闭上眼就能梦到她。

有一次，他在錾铜版画《琵琶行》时，由白居易诗里那个弹琵琶的美人，联想到汪小凤拉的小提琴。于是突发奇想，用铜板做了一个圆珠笔大小的小提琴模型，这把"小提琴"非常精致。

自从有了这个"小提琴"，"盖板杨"便爱不释手了。夜深人静的时候，他打开录音机，听着塔尔蒂尼的《魔鬼的颤音奏鸣曲》的磁带，手里把玩着这个"小提琴"，脑子里自然会浮现汪小凤的身影。不知多少次，他渴望小凤会从录音机里走出来，但这把"小提琴"把玩了几个月，"魔鬼"的颤音也颤了几个月，他并没有见到小凤的人影。

"盖板杨"心痴，干什么都一根筋。他认准的事儿，便坚信一定是真的，即便撞了南墙也不回头。一次不行，两次；一个月不行，两个月；一年不行，两年。他非要听着塔尔蒂尼的《魔鬼的颤音奏鸣曲》，看到汪小凤从录音机里走出来不可。

真所谓功夫不负苦心人，他的痴心感动了冥冥之中的汪小凤。终于有一天夜里，"盖板杨"喝了酒以后，听着《魔鬼的颤音奏鸣曲》，拿出"小提琴"静观，汪小凤从录音机里"走"了出来。

他惊喜万分，一往情深地看着缥缈而至的汪小凤，像是见到了远方归来的恋人。汪小凤含情脉脉地看着他，像是久别重逢的情人。

他在醉意蒙眬中，紧紧地拥抱着小凤，感受纯洁的爱意。两个人相依相偎，倾诉衷肠，后来到情浓意切时，两个人还宽衣解带上了床，进入温柔之乡，缠绵悱恻，直到天亮才散。"盖板杨"一觉醒来，意犹未尽，发现裤子上湿了一大片。

事后，"盖板杨"心里琢磨为什么能跟汪小凤梦中相见，光听录音磁带和看那个"小提琴"不灵，还是得喝酒。

酒的魔力要比"小提琴"大多了，喝多少酒，才能进入那种状态呢？这是"盖板杨"在后来一点一点儿悟出来的。

多年来，"盖板杨"一直未婚，光棍一个人。外人不明就里，有的说他是因为爱喝酒，才娶不上媳妇，哪个女人愿意找个酒鬼呢？有的说，他长得瘦小枯干，相貌平平，又是一个三脚踹不出一个屁来的"焖子货"，哪个女人能跟他过到一起？还有人说他喝酒伤了身，怀疑他生理有缺陷。

总之，一个独身男人肯定会有个性。人一旦有个性，生活上自然与众不同，也必然会招来许多闲话，但有谁能真正了解"盖板杨"独身的原因呢?

　　他之所以一直未娶,守身如玉,其实心里始终恋着汪小凤。他坚信汪小凤也一直爱着他,不然汪小凤为什么三天两头在梦里跟他相会呢?心里有了汪小凤,他还看得上别的女人吗?

第
八
章

　　鲁爷办事急性子，虽然"盖板杨"在他面前已经答应接小白楼的活儿，但是，第二天，他还是放不下心，给"盖板杨"打了个电话，叮嘱他赶紧见詹爷："话我已经给你带到了，具体什么事儿，你们二两棉花，单谈（弹）吧。"

　　"得嘞鲁爷，我知道了。""盖板杨"在电话里不想跟老爷子啰唆，说了句客气话，把电话挂上了。

　　詹爷，大号詹可维，五十出头，原来是外贸总公司的业务员，后来辞职"下海"，和几个哥儿们成立了一个出口贸易公司。干了十多年，发了点儿财。

　　詹爷路子广，朋友多，人也豪爽义气，跟"盖板杨"比较说得来，他们都是"久仁居"的"酒虫儿"。

　　詹爷喝的是急酒，他一天到晚应酬很多，所以喝酒从不恋桌。当然也不矫情，不管什么酒局，他先斟满三杯酒，说两句客气话，然后一口气干掉，接着再陪大伙儿喝几杯，便起身告辞："抱歉了诸位，还有一个酒局候着我！"

"盖板杨"跟他喝过无数次酒，有时候，詹爷还特意请他一起赴酒局，替他挡酒。每次詹爷提前告辞都说这话，"盖板杨"也闹不清是不是真有酒局在候着他。

"盖板杨"喜欢跟詹爷一起喝酒，因为詹爷从来不喝蹭酒，每次喝酒都会带两瓶酒，摆在酒桌上。他带的都是好酒，甚至有时候还有"茅台""五粮液"。大家伙儿都知道他是搞进出口生意的，银行卡上有的是钱。

这两年，詹爷开始改喝陈年老酒了。他认识一个搞收藏的小哥儿们萧帆，专门收藏各种有名儿的老酒，还在北京建了一个老酒收藏馆，里头光茅台镇出的各种"茅台"就有上万瓶。这个收藏馆有詹爷的股份，您想他喝好酒能不方便吗？

不过，詹爷喝酒跟他做人一样，能当爷，也能当孙子。他能喝几千，甚至上万块钱一瓶的好酒，也能喝几块钱一瓶的酒，关键是看他跟什么人喝，还有就是为什么事儿而喝。

詹爷跟"盖板杨"算是过得着的酒友，平时俩人说话不隔心。"盖板杨"想不明白为什么小白楼的活儿，他要绕个弯儿找鲁爷牵线搭桥，难道这里有什么张不开嘴的隐情吗？

小白楼在七八年前就拆了，在原址上盖起了二十多层的豪华大厦。楼是人盖的，人有生命，楼也有生命，一个人离开了这个世界，还有多少人记得他？一个楼也一样，它拆了，消失了，在原地又盖起了新楼，还有多少人记得这个楼呢？

这是最让"盖板杨"感到痛心的事儿。不管是谁，只要一提起当年东单的小白楼，他心里就像撞倒五味瓶，一种异样的感觉，像几百条虫子在他心口窝抓挠。

小白楼凝聚着他的喜悦、欢乐、幸福、甜美，也凝聚着他的忧郁、苦闷、寂寞、烦恼。小白楼好像他人生命运的转折点，这个转折，既是苦恼的开始，又是幸福的起点。因此，他总觉得小白楼是他撒下爱情种子的地方。

其实，詹爷是个说话办事很痛快的人，难道詹爷知道小白楼是他的心病，所以才不好意思张嘴，让鲁爷出面吗？"盖板杨"琢磨了半天，想不明白詹爷为什么不直接找他。

他给詹爷的手机打了个电话，但半天没人接。詹爷是个大忙人，不接手机是常事儿。

他撂下电话，转身进了厨房。昨天晚上，他本来是想跟汪小凤在梦中相会的，他很想问问她知道不知道小白楼的事儿。但酒喝得没到位，小凤的幻影没有出现。

看看今天晚上吧，他早晨起来，就开始琢磨这事儿，想自己动手做几道可口儿的下酒菜。

别瞧"盖板杨"一个人单挑儿，但小日子过得也有滋有味儿。他爱喝酒，也会做下酒菜，老北京的"酥鱼""卤肉""苏造肉"什么的，是他的绝活儿。

鱼洗干净，正准备上锅呢，有人敲门。"盖板杨"开门一看，原来是他的朋友徐晓东给他送酒来了。

徐晓东的媳妇是做烟酒批发的，"盖板杨"喝的酒，多半是徐晓东帮他按批发价买的。他喝酒的量大，几乎是一天一瓶，所以每次至少买五箱。当然，太好的酒他也喝不起，通常就是"二锅头"。

"咱们不是说好昨天送吗？你怎么今天才来？""盖板杨"对徐晓东嗔怪道。

昨儿晚上，"盖板杨"在家里搜罗半天，只找出半瓶酒。要是徐晓东按事先说好的把酒送来，他的酒喝到位，不是就能见到汪小凤了吗？

"你把我的好事儿都耽误了，知道吗？"他对徐晓东说。

"老师，实在是对不住您了。不瞒您说，酒我都装车上了，但是……"

"是不是又打牌去了？"

"盖板杨"知道他恋麻将桌儿，尽管十赌九输，但他还是一天不摸麻将牌，手痒痒。

"哪儿呀？二乐把我拦住了，非说有重要的事儿跟我说，结果聊起来没完，把给您送酒的事儿给耽误了。"徐晓东拧着眉毛说。

"嗯，还能想起来，就算没忘。""盖板杨"淡然一笑。他嘴上什么也没说，心里却嗔怪：说什么都晚了。跟你说好的事，十有八九，你要打折扣。你办事要是有准谱儿，大伙儿能给你起"冬菜"的外号吗？

冬菜，是用秋后的大白菜晾干后做的。老北京人吃馄饨，往往要放一小掐儿冬菜提味儿，热乎乎的馄饨汤里放点儿冬菜，确实别有风味。但冬菜做起来比较麻烦，又不赚钱，现在已经没人做了。

不过，馄饨汤里没它，人们也照样吃。这就叫有它更好，没它也行。知道什么叫冬菜，您就明白徐晓东为什么能荣获"冬菜"这个雅号了。

徐晓东把十箱酒搬进屋，"盖板杨"随手将事先预备好的酒钱递给他。尽管他没把徐晓东当外人，徐晓东到他家，跟到自己家差不多，做饭、洗碗、洗衣服、搞卫生，什么家务都干，但"盖板杨"没让他花过一分钱，他从来不占任何人的便宜。

徐晓东大大方方把钱收好，嘴里说了两句客气话，转身见"盖板杨"的茶碗干着，赶紧到厨房烧水，给他沏茶。

"你说昨儿二乐拦住你，你们聊什么事儿了？""盖板杨"看了他一眼，问道。

二乐姓宋，二十七八岁，是他唯一的磕过头的徒弟。眼下，在一家民营工艺美术厂当技工。

"老师，我正要跟您说呢，宋二乐新接了一个大活儿。"徐晓东挤咕了一下小眼说。

"什么大活儿？他没跟我说呀？"

"是呀，他跟我说，现在还处于保密阶段，谁都没说。"

"谁都没说，你怎么知道了？""盖板杨"说话有时能一下点到穴位上。

"我不是昨天晚上才知道的吗？他特意嘱咐我，别跟您说。"徐晓东诡秘地一笑，那意思是说，我跟您可从来不隔心。

说起来，"盖板杨"跟徐晓东的关系最近，徐晓东可以说也是他的经纪人。假如"盖板杨"犯了心脏病或者脑梗，第一时间通知的人肯定是徐晓东。

"盖板杨"没儿没女，一直把徐晓东当自己的亲生儿子。但也许是"盖板杨"对他圆滑的心性太了解了，所以始终对他留着一手。

徐晓东有三十五六岁，属于"八〇后"，原本跟"盖板杨"是一个单位的，他中专毕业进厂后，一直在"盖板杨"手下学徒。当然这种师徒关系是大面儿上的，"盖板杨"在工厂算是老师傅，厂子里的头儿指派让他带谁，就是谁。在他看来，只有磕过头的才算是真正拜师，所以他压根儿就不承认他是徐晓东的师傅。

"盖板杨"在工厂干的是花丝镶嵌，这是个非常细致的活儿，来不得半点儿马虎，干这活儿一坐就是大半天。偏偏徐晓东天生是个坐不住的人，坐一会儿心里就长草。

"盖板杨"带他干了几件活儿，险些毁在他手里。多亏"盖板杨"的独具匠心和一双妙手，才让几乎成了废品的器物起死回生，变为精美的艺术品，其中一件还在市里的工艺美术大奖赛上获了银奖。当然，这也成了徐晓东日后吹牛的资本，其实，只有他心里明白这活儿是谁做的。

其实，徐晓东心眼儿不坏，品质还说得过去，为人也热情，但就是心性浮躁，干事不踏实，吹牛撺侃，干事没长性。"盖板杨"最烦这种不务正业的人，所以徐晓东干了三年多，"盖板杨"实在没法再跟他嘬气，找厂子头把他调到了业务科。

徐晓东在业务科干了有三四年，心里又长了草，主动辞职，"跳槽"到了一家保险公司，以后又自己单干。总之，混了十多年，也没混出什么模样儿来。这会儿，他知道"盖板杨"的錾艺出众，做的盖板儿在玩鸟儿的人里名声大噪，于是又来投靠他。

按徐晓东的意思，想全面包装"盖板杨"，把他打造成世界一流的国际品牌。为此，他还找国内有名的策划公司高手当参谋，花了几个月的时间，拿出了一个策划书，但是跟"盖板杨"一谈，老爷子当场就翻了车。

"干吗？想吃烤肉了是吧？你们这是把我往烤炉里烤呀！"

"瞧您想到哪儿去了？我可不是那意思。"徐晓东赶紧解释。

"我有那么金贵吗？还国际品牌，世界一流？玩儿去！哪凉快，哪儿待着你们的！"他把徐晓东骂了个狗血喷头。

但是徐晓东知道他的脾气，几两酒下肚就什么事儿都没有了。他不再跟"盖板杨"提包装的荐儿，但想宣传一下他，扩大他的影响力，于是找了两个报社的记者来采访"盖板杨"。

"盖板杨"一听说是记者采访，顿时拉下脸来，当着记者的面儿，把徐晓东数落了一顿，弄得记者臊眉耷眼地走了。他扭头对徐晓东约法三章，他对登报上电视不感冒，再找记者来采访，以后别登这个门。

尽管"盖板杨"不愿抛头露面，但他做的玩意儿地道，錾艺高超，活儿绝，所以玩主们都认"盖板杨"。因为很少有人见过他，不识庐山真面目，所以玩主们对他的传说也跟着出来了：有的说"盖板杨"是八十多岁的老头儿，一年就做两个盖板；有的说他有特异功能，想錾什么图案，喝几两酒，在铜板上用手一拍就出来了。总之，越传越神奇。

徐晓东听了这些，往往还要添枝加叶。因为玩主们几乎都知道，要找"盖板杨"，只能找徐晓东，这种效果是徐晓东求之不得的。

徐晓东一直觉得"盖板杨"是棵大树，在大树下面好乘凉，于是他整天围着"盖板杨"转，替他跑前跑后，家里外头什么事儿都张罗。他对"盖板杨"说："以后我给您'挎刀'吧。"

"挎刀"是戏曲名词儿，即"跑龙套的"，换句话说就是当"盖板杨"的跟包儿的。

"盖板杨"扑哧一笑："你别给我'挎刀'，给我'挎枪'吧。"

"挎枪"的意思是"拉出去枪毙"。话外音是：你别跟我这儿打镲。

"盖板杨"不需要什么"挎刀"的，他刚六十出头，虽然每天喝酒，但他喝酒有规律，也有节制，酒没伤着他，反倒"养"了他。所以，他身体还说得过去，一切都能自理。

徐晓东跟他的"冬菜"外号一样，有没有他在身边真是无所谓。但徐晓东却需要"盖板杨"，因为他可以利用"盖板杨"干许多事儿。

"盖板杨"一直防着徐晓东，徐晓东对外称他是"盖板杨"的徒弟，他坚决不干。后来徐晓东还想认"盖板杨"为干爹，也被"盖板杨"给否了，他限定徐晓东只能称他为老师，因为这称谓现在已经大众化了。

徐晓东知道"盖板杨"对他有戒心，但他比"盖板杨"更有心计。表面上，一切都听"盖板杨"的，什么事也跟他商量，但私下却干自己想干的事儿。比如找"盖板杨"做盖板，外人都得通过他，他似乎是"盖板杨"的经纪人，但他在"盖板杨"面前却从来不露这些。有活儿了，他会编各种瞎话和说词哄"盖板杨"，谈价儿的时候，他会两头说，中间"骑驴"，吃最想要的那块肉。

"盖板杨"对徐晓东玩的这些小鸡贼，心里明镜儿似的，但他压根儿没露过。一是给徐晓东留点儿"喝汤"的缝儿；二是他把钱的事儿看得很淡，所以对徐晓东也就睁一只眼闭一只眼了。

见徐晓东说话神秘兮兮的劲儿，"盖板杨"以为他又在卖关子，嘿然一笑道："二乐接的是什么活儿呀？至于这样背着人？"

徐晓东笑道："其实他这事儿不想背着别人，就是怕您知道。"

"盖板杨"听了一愣："什么，怕我知道？什么活儿呀？"

"他可是一个劲儿嘱咐我，别跟您说。这事儿您知道就是了，别去问他行吗？"徐晓东迟疑了一下说。

"好吧，你先说说什么事儿吧。"

徐晓东沉了一下，笑道："小白楼的活儿。"

"小白楼？""盖板杨"像被什么东西烫了一下，诧异地直视着徐晓东问道，"小白楼什么活儿？"

"具体什么活儿他没跟我说。他知道小白楼是您的心病，所以不让我告诉您。"

"嗯……""盖板杨"心里糊涂了，鲁爷说詹爷找他是做小白楼的活儿，怎么现在宋二乐接的也是小白楼的活儿？这不是一女找了两个婆家吗？这是一档子事儿，还是两档子事儿呢？

他知道徐晓东的嘴"漏风"，所以詹爷找他的事儿没跟他说。不管怎么着，还是先找詹爷。

"盖板杨"心说：找到詹爷，这个闷葫芦不就解开了吗？

第九章

"盖板杨"一连给詹爷打了两天电话，他的手机一直处于关机状态。他知道詹爷手里不止一部手机，这部手机关机，别的手机也会知道他来电话，不接，是不是有什么事儿？他不会发短信，也不玩微信，这次电话打不通，只能等下次。

他顺便给几个认识詹爷的人打了电话，那几个人都说不知道詹爷干什么呢，听他们的话口儿都挺忙。"盖板杨"也就不跟他们多废话，匆匆挂了电话。

撂下手机，他猛然想到了一个问题。这世界表面看风平浪静的，人们的日子挺悠闲，其实每个人都有自己的天地，各自忙着自己的事儿，酝酿着不可告人或早晚人会知道的故事，自己现在不也是如此吗？

怎么待得好好儿的，鲁爷会告诉他这么一件事儿呢？这件事偏偏又关系到了小白楼，而徐晓东也来添乱，说的还是一档子事儿，这不是大晴天突然飘来一块云吗？他不知道这块云有没有雨，若有雨，又会是什么雨？

烦。烦的时候，"盖板杨"就会想到酒。正琢磨呢，接到了"教授"的电话："杨爷，有日子没见了嘿。今儿中午'久仁居'，咱们不见不散了。"

"教授"打电话向来是这种命令式的语气，没等你找理由回绝他，他把电话挂上了。

"教授"是邢志远的外号，他也是"久仁居"的"酒虫儿"，比"盖板杨"小十多岁，算是"六〇后"。高中毕业后，接他爸爸的班，到乐器厂做笛子、京胡。

后来，乐器厂倒闭，他成立了一个做旅游产品的文化公司，售卖工艺品，正是在这儿，他认识的"盖板杨"。后来文化公司让他给折腾"黄"了。他现在靠什么吃饭养家，"盖板杨"并不清楚，只见他一天到晚，天上一脚地上一脚的还挺忙。

邢志远平时喜欢看书，而且学以致用，酷爱点评时事政治。平时"盖板杨"怕见他，因为他是"话痨"，聊起时事政治没完没了，比政治家还政治家。听起来，他上知天文，下通地理，没有他不懂的。偏偏"盖板杨"烦他的神侃，所以他话匣子一打开，赶紧溜之乎也，不愿意跟他这儿瞎耽误工夫。

邢志远记忆力超强，他看书的特点是只看高深艰涩的大部头理论书籍。小说、诗歌、散文等文学作品，他认为都是扯"闲篇儿"，不屑一顾。马克思的《资本论》比砖头还厚，一般人觉得难啃，他说自己至少看过两遍。黑格尔的哲学著作晦涩艰深，但只要是翻译的，他都读过。信不信由你，反正他能说黑格尔的名句，而且还能告诉你在书里的哪一页。

他看书的目的，不是为了求知，也不是为了著说，简单说是为了跟人叫板。他能很快把作者的观点消化在自己的大脑里，然后迅速成为批判和否定的靶子，接着再拿起自己的武器，跟对手直接交锋。

他恨自己未能生在风流的"魏晋时代"，但身上却有"阮籍之风"，阮籍能做青白眼，青眼看朋友，白眼看俗人。他认为自己的白眼，是看那些所谓名人、大家的，他的使命就是对这些人进行挑战。所以他的白眼瞅谁都不顺眼，瞅谁都想咬两口，跟谁都爱搬杠，而且一搬就搬到姥姥家。

邢志远以轻狂为脱俗，以畅饮为洗脑，他之所以喜欢和"盖板杨"这样的"酒虫儿"在一起，是因为他藐视权贵，甘居草根儿，其实他压根儿也不是贵族。

他喝酒也有理论，就是向世人证明，人越喝酒越聪明，记忆力也越好。谁不信，他当场给你背诗，他能一口气把《离骚》一字不落地背下来，一般人没这好脑子，当然也没他的酒量。

有一年，他买了一本某大学教授写的哲学书。看了以后，对这位教授的观点产生了质疑，为此专门跑到教授所在的大学，找人家辩论。

教授跟他岁数差不多，是个南方人，见他拎着"二锅头"来的，不知道他是哪路神仙，有点儿发毛，想闪了[1]。

他在楼道里，一把将教授给薅住，理直气壮跟人家掰扯[2]："既然你的书在社会发行，就是文化产品；我花钱买了你的书，我就是消费者；消费者就是你的上帝，你没有权利不见上帝。"

---

[1] 闪了：北京土话，躲闪之意。
[2] 掰扯：北京土话，细说之意，但含有理没理搅三分的意思。

教授见他把"上帝"都搬出来了，不得不见了。没想到这一见不要紧，差点儿要了命。敢情这位爷不是来跟教授打架的，而是来"绑架"的。

他把教授的书拿出来，一边喝着"二锅头"，一边给他讲黑格尔和尼采、叔本华。口若悬河，容不得教授插嘴，从下午两点一直讲到夜里十二点，这中间谁拦着他说话，他跟谁急。

教授坐在那儿又渴又饿，低着脑袋合着眼，迷迷糊糊打了几个盹儿，邢志远带来的一瓶酒也见了底，这才收兵。

临完，他对教授一瞪眼："我的观点您服不服？"教授恨不得给他跪下，赶紧说了三个"服"字。他心说，我再不服他，他得扶我了，扶着我上医院急救了！

"瞧见没有？连大学教授都服咱啦！"事后，邢志远把这事儿讲给"久仁居"的"酒虫儿"们听。

"是呀，你是教授的教授。""酒虫儿"们哈哈笑道。从这儿起，邢志远便得着"教授"这个外号了。

说来好笑，由打邢志远让这些"酒虫儿"戏谑为"教授"以后，他还真把自己当成了教授。有时别人叫他名字，忽略了"教授"的头衔儿，他还挺不高兴，瞪人一眼后，会郑重其事地告诉人家："熟悉我的人都叫我教授。"

当然，当教授要有范儿。他经冬历夏永远是西服，还扎了领带，谢了顶的脑袋，戴着金边眼镜，倒有点儿"教授"的派头。其实，他这也是玩世不恭，有意拿"教授"俩字开涮。

因为他张口闭口教授教授的，人们一闻他满身的酒气，而且说的又是酒话，心里也就释然了。别说他是教授了，喝了酒，他说自已是总理，人们也会付之一笑的。

别瞧他这个假"教授"看不起真教授，但对"盖板杨"却非常敬重。虽然"盖板杨"跟他一样，没有任何头衔儿和名位，但他有真才实学，有中国匠人的匠心和绝活，所以他佩服"盖板杨"，跟他也是能过心的酒友。

"盖板杨"有些日子没在"久仁居"露面了，既然"教授"张嘴了，他不能不去。再说，"久仁居"这地方几天不去，心里就痒痒，他太喜欢在"久仁居"喝酒了。

"久仁居"在和平里的一条胡同里，是仿照老北京样式的小酒馆，现在京城这种酒馆已然难觅了。说起来，这个酒馆的幌子能挑起来，并且一直维持到现在，得念詹爷的好儿。

"久仁居"这地界，原本是个修自行车的门脸；后来租给一个河南人，把门脸翻建，开了家刀削面馆；火了几年，老板改做别的买卖，把它转手给北京人季三。

季三大号季建国，三十出头，属"八〇后"。大学毕业后，到海南一家房地产公司打了几年工，挣了点儿钱，回北京发展。

他把刀削面馆整体翻建，重新装修，门脸儿扩大到三百多平方米，聘了几个原来老字号的退休厨师，专门做老北京家常菜。由于饭菜可口，实惠价廉，一时间生意挺火，每天爆满。小饭馆也因为便民，还上了报纸。

当时，"盖板杨"还有詹爷、鲁爷、苏爷、"教授"、"带鱼"、王景顺、"豆包"是这儿的常客。这些人都是住家离这儿不远，平时也好喝两口儿的主儿，在饭馆打头碰脸地成了熟人。酒又把他们拢到了一起，一来二去的，饭桌成了酒桌，熟人变成了酒友。

季三对这老几位格外关照，不但让他们带酒，而且还让他们自己带菜。他平时也好喝，有时酒瘾上来，也陪他们喝几口。当然，他得盯着买卖，不能撒开了往胃里灌酒。

本来饭馆经营得不错，突然有一天，后厨的头灶①突发脑出血，没有抢救过来。头灶是特级厨师，他一撂挑子，其他厨师也耷拉了肩膀。

厨师要是不玩活儿，饭馆也就离"黄"不远了。果不其然，顾客对饭菜咧了嘴，没几个月的工夫，饭馆的生意直线下降，从昔日的顾客盈门到现在的门可罗雀了。

季三见状想打退堂鼓，改行干别的，但"盖板杨"还有那些"酒虫儿"舍不得让季三走，也不想让这个饭馆倒闭。饭馆"黄"了，他们上哪儿找这么消停的地界喝酒去？

这时候，鲁爷和苏爷站出来说话了，季三要是北京爷儿们，就把这个饭馆改成酒馆。一来把雇厨师和服务员的费用省了；二来恢复一些老北京的小吃和下酒菜，不见得街坊四邻不买账；三来他们这些"酒虫儿"也有喝酒的地方了，何乐而不为呢？

为什么这二位爷撺掇季三开酒馆呢？敢情季三的太爷那辈儿就在京城开酒馆，季家酒铺当年在东单一带非常有名儿，尤其是酒铺的下酒菜。

老北京的酒馆，最早叫"大酒缸"。即把酒缸的半截埋在地下，上面放上盖子当"桌子"。缸里有酒，喝酒的主儿要喝几两，店主拿着"提拉"现从缸里舀，很方便。一般的酒馆门脸不大，有三到

---

① 头灶：灶头，也就是后厨手艺最好的厨师。

五个大酒缸算多的了。

后来有了酒铺和酒馆，酒铺和酒馆里没有大酒缸了。再后来发展为"二荤铺"，也就是除了一般的下酒菜，酒馆还可以给客人炒俩热菜或做炒饼、炒面等主食，但仍然以喝酒为主。"二荤"的意思也在于此。

再后来，又发展到单一的酒馆，但顺便也卖些糖果零食。这种酒铺和酒馆，在二十世纪五六十年代的京城街面儿上随处可见。酒馆的真正销声匿迹，是二十世纪九十年代。

季家酒铺从季三的太爷经营"大酒缸"，一直到他爸爸经营小酒铺，有一百多年的历史了。鲁爷和苏爷都曾在季家的老酒铺喝过酒。

季三的太爷仁义，他开酒铺时，北京人喝的白酒叫"烧刀子"。这"烧刀子"跟现在的"二锅头"一样，只是烈性白酒的俗称，不是品牌，也不是酒的品种。

那会儿，做白酒的作坊统称"烧锅"。北京人喝的白酒，主要是来自京南和京北，京南叫"南路烧酒"，京北叫"北路烧酒"。

不管"南路"还是"北路"，进京城必须要走崇文门，因为崇文门是"税门"，专门收税的。

白酒的税极高，往往高出酒价几倍，所以从"烧锅"出来的酒价儿非常贵。到了酒馆，店主没有不掺水的，一斤白酒兑半斤水是常事。所以老北京的酒馆，往往要特地在店里贴出告示："本店烧酒概不兑水"，其实这是此地无银三百两。

为了逃避关税，老北京专门有一拨儿走私原酒的"酒虫儿"。他们把羊肠子洗干净，然后到南城的大红门、西红门一带的"烧锅"，买现烧出来的原浆酒。这种酒价低酒醇，然后灌进羊肠子里，缠在身上，等夜深人静、月黑风高的时候，溜到城墙根儿下，顺着城墙爬上去，然后再翻进城里。

这纯属要钱不要命的差事，北京的城墙几丈高，掉下去不摔死也得摔残。那当儿①，每年都得摔死十个八个"酒虫儿"。

走私酒属于重罪，被官府给捉住了，脑袋就要搬家。但翻一次城墙得到的利，够"酒虫儿"吃半年的，所以干这营生的前赴后继。

贩私酒犯法，所以"酒虫儿"都跟酒馆的店主勾着，他走私来的酒直接给酒馆，季三的老祖一直买的就是这种酒。喝酒的人向来认口儿，喝对了口儿，他就离不开这家酒铺了。

季氏三代经营这家酒铺，不知"培养"了多少"酒虫儿"，也赢得了好口碑。爷儿几个也没野心，从没想过买卖好点儿要扩张，要大发展。酒铺的四间房是自家的，一动不动经营了一百多年。可惜在"文革"时，季三的爷爷作为小业主被批斗，抄家。老爷子一口气没上来，呜呼了，酒铺也跟着"黄"了。

詹爷比鲁爷和苏爷岁数小，喝酒没赶上"大酒缸"的时代，但听他爸爸说过季家酒铺的事儿。这些年，他全国各地跑，吃过的高级饭店和名家酒楼多了，但一直想找一个像季家酒铺这样的酒馆。弄一壶老酒，几碟下酒菜，跟几个老北京人一起边喝边聊，他觉得那才是神仙过的日子。所以听了鲁爷和苏爷的建议，当场拍了巴掌。

詹爷是做买卖的坯子，给季三出了个主意：降低身价，把饭馆

---

① 那当儿：北京土话，那会儿的意思。

改成小酒馆兼小吃店。换句话说，就是恢复老北京的"二荤铺"。

詹爷脑瓜活泛，提出几个常喝酒的酒友，每人"加傍"五千块钱，作为消费资金，什么时候花完再接着续。为了支持酒馆的改造，他提出所有装修和更换桌椅餐具的费用，都由他负责。

季三是个没主意的人，见这些老朋友如此关心饭馆改造，便对詹爷的主意点了头。

原来饭馆的名字叫"群益轩"，"教授"提出饭馆改酒馆是改头换面，得改名儿，季三让"盖板杨"给起个名儿。"盖板杨"想了三天，想出"久仁居"这个字号。

季三琢磨了半天，没明白"久仁"是什么意思，问"盖板杨"："杨爷，您给解释解释吧。"

"盖板杨"笑道："'久仁'，就是'九人'的谐音呀。常在这儿喝酒的是八位爷，加上你，不正好是九人嘛。"

"这名儿起得好，久是长久之意，仁就是仁义呀。好，好，还是杨爷有水平。""教授"非常认可这仨字儿。

"久仁居"的招牌就这样稀里糊涂地挂出去了。詹爷大包大揽，成了季三的"CEO"，让他把所有厨师都开了，从胡同招聘了几个闲得手心发痒的大妈，掌红案儿，炒家常菜，平时在家做什么，现在就在饭馆做什么。

詹爷还亲自定菜谱：醋熘白菜、土豆丝、烧茄子、焖豆角、熘肉片、炸带鱼、炸丸子、红烧肉、炖排骨……都是北京人平时吃的再普通不过的家常菜，价码儿没有超过十块钱的。

詹爷的意思是炒菜之外，酒馆主打的是下酒菜：从三五块钱的拍黄瓜、煮花生、开花豆、松花蛋，到十块钱左右的拌海蜇头、酱鸭、酱鸭脖、酱肘子、酱牛肉、豆酱、苏造肉、酱干、熏鱼、豆腐干、熏鹌鹑。根据时令还有小葱拌豆腐、拌柳芽、香椿豆、野菜蘸酱，等等。好家伙，在菜单上打出来的下酒菜，居然有八九十道！

这些下酒菜多半是八个"酒虫儿"琢磨出来的。比如熏鱼和酱鸭是"带鱼"夫人的杰作；苏造肉是老北京的一道名小吃，但很多饭馆都不做了，是詹爷找人"挖"出来的；肉皮冻儿，因为冻里有豆儿，所以北京人又叫它"豆酱"，这是"豆包"带过来的。

这些下酒菜，勾着那些"酒虫儿"。让季三没想到的是，这些大妈炒出来的菜接地气，还倍儿受附近居民青睐。"久仁居"开张半年多，宾客盈门，居然赚到钱了。

季三按詹爷的意思，在"久仁居"加盖了二楼，给八个"酒虫儿"单设了一个大的包间。这间房他们专用，所以八位爷几乎天天在"久仁居"喝到深夜。

"盖板杨"一提"久仁居"，肚子里的"酒虫儿"就蠢蠢欲动，开始抓挠。他赶紧把手里的活儿整理了一下，把自己做的熏鱼装在不锈钢饭盒里，准备拿到酒馆吃。临出门，他换了一件外衣，穿上皮鞋，又照了照镜子。

别瞧"盖板杨"腻酒，喝了酒常常让他忘乎所以，但忘了什么，他不忘体面，他觉得人活着得有尊严。尊严俩字往往体现在穿着打扮上，虽然他在吃上往往很随意，但在穿戴上从来不随便。

不过，他的身板儿和长相，再好的行头穿在他身上，也难提气，有时衣服搭配得看上去很滑稽。但他并不在乎别人的眼光，自我感觉良好就得。

"久仁居"离"盖板杨"家只有两站地远，打车不值当的，坐公交又没站，只能腿儿着[①]。

"盖板杨"走到"久仁居"门口的时候，见季三从里头走出来，笑容可掬地说："杨爷，有日子没来了。楼上请了您。"

"盖板杨"一愣，今天什么情况，怎么季三跑门口迎我来了？他看了季三一眼笑道："三儿，今儿怎这么客气呀？"

"一切正常，太阳还是昨天的太阳。"季三跟他打了个哈哈。

"盖板杨"心里犯着嘀咕上了楼，进了包间，一下愣住了，敢情屋里坐着的除了"教授"，还有詹爷。

---

① 腿儿着：北京土话，即走着的意思。

第十章

"盖板杨"找了几天詹爷,一直没找到,想不到这位爷在这儿等着他呢。

"杨爷,是不是觉得我在跟你藏猫儿呢?"詹爷对他嘿然笑道。

"您可真行。""盖板杨"憨然一笑道,"手机一直关着,要不就没人接听。"

"失联了是吧?哈哈。"

"再见不到您,我得登寻人启事去了。"

"把您登报纸的钱省喽,留着咱们喝酒吧。"詹爷笑道。

"找不着您,我怕鲁爷起急呀。您瞧您跟鲁爷说了,鲁爷扭脸找我,我再找您,您又闪了,咱们这是'转影壁'呢?""盖板杨"对詹爷哂笑道。

"得,这事儿怨我,我先给您赔不是,回头,跟您单聊。来来,赔礼不能光动嘴,瞧见没有?这酒喝过吗?"詹爷指了指桌子上摆着的两瓶酒。

"盖板杨"拿起来一看,是八几年的"茅台",怔了一下,看了

久很居

李三在久仁居三楼设了
泡间专为酒虫儿喝酒专用

詹爷一眼道："怎么，今儿喝这个？"

"我拿到这儿，可不是摆着看的。"詹爷笑道。

"教授"一直低着脑袋玩手机，听到这话，抬起头来笑了笑说："不敢喝了吧？"

"我怕烫嘴。""盖板杨"咧了咧嘴说。

"这酒拍卖价，至少两万一瓶！""教授"说道。

"别说八几年的'茅台'，就是当年的，咱们草民喝得起吗？""盖板杨"皱着眉苦笑道。

"这酒地起就不是给草民预备的。"詹爷笑道，"但'酒虫儿'另说，今儿您几位把胃口预备下，这酒我管够！"

"姥姥逮！一瓶两万，一口得多少钱？您管够，我能张不开这嘴吗？回头品两口得了。""盖板杨"放下酒瓶，转身拿出饭盒，对邢志远说："'教授'，熏鱼上午刚做得，您不是得意这口儿吗？来呗！"

"得，我这儿谢杨爷了！""教授"找服务员要了双筷子，夹了块鱼尝了尝，冲"盖板杨"伸出大拇指说，"真地道嘿！"

他们正说着，苏爷和"带鱼"、画家唐思民进来了。

"闻着酒味儿了你们？""教授"笑道。

"还闻着腥味儿了呢！"苏爷一眼看见桌上饭盒里的熏鱼，嘿然笑道。

"瞧瞧吧，今儿詹爷请咱们喝什么？""盖板杨"指着桌上的"茅台"，对刚进来的三位爷说。

"带鱼"一看是八几年"茅台"，嘲了嘲舌头道，"啊，难得呀！这可是酒里的贵族，我有十几年没喝了！"

"詹爷今儿可是'吐血'了。"唐思民啧啧道。

苏爷瞥了一眼笑道："这酒再值钱，我也喝不惯，什么好酒到我嘴里，都不如北京的'二锅头'过瘾。"

"您喝酒就认口儿。"唐思民说。

"那倒是。"苏爷撇了撇嘴笑道。

在"久仁居"的九个"酒虫儿"里，苏爷年龄最大，已经七十有六了。他的酒量比不过"盖板杨"，但他喜欢喝"渗酒"，而且就认清香型的高度白酒。半斤酒，一把开花豆，他坐在那儿，能喝大半天。

苏爷是真正的京城"板儿爷"，"板儿爷"的这个"板儿"，指的是平板三轮车。这种车现在已经被淘汰了，当年却是京城主要的运输工具。

苏爷年轻的时候，拉过洋车，解放后，入了三轮车合作社，蹬着板车给副食店拉水果。后来在食品厂拉汽水，直到退休。他跟胶皮轮子打了一辈子交道，也喝了一辈子酒。他六十多的时候，还能蹬三轮平板车，拉两千多斤重的货。他说这全仗着酒。

他的平板车上，永远放着酒。最初是散装的，他装在了锡壶里，后来是瓶装的"二锅头"，酒瘾上来，他可以随时随地仰脖儿白嘴儿喝两口。这可是实实在在的"酒驾"，不同的是，他"驾"的是平板车。

苏爷的吃食简单，平时车上总要放几个窝头和几块臭豆腐。他吃臭豆腐讲究，总爱在上面滴几滴香油。

那会儿，买豆油、花生油都要票儿，香油透着金贵，逢年过节，每户凭购货本才能买几两。但苏爷在河北老家有一个表弟，是专门磨香油的，每年都给他送两斤。这两斤香油媳妇平时不舍得吃，都留着给苏爷"点"臭豆腐了。

跟喝酒认口儿一样，苏爷对香油点臭豆腐也情有独钟，念念不忘，几天不吃就想。他还时常带着臭豆腐到"久仁居"，弄得"盖板杨"和詹爷也好上了这口儿，烤窝头片儿蘸臭豆腐，竟成了"久仁居"的一道主食。

"苏爷，今带没带臭豆腐来？吃臭豆腐喝'茅台'，蛮有意思滴。""带鱼"看着苏爷笑道。

"这可是绝配！"詹爷忍不住哈哈大笑起来。

在"久仁居"的"酒虫儿"里，"带鱼"是比较斯文的。自然，"带鱼"是他的外号，他的真名叫陈岱怡，江苏泰州人。

陈岱怡虽然在北京生活了几十年，但吴侬软语一直没扳过来，舌头不会打弯儿，不会说北京话的儿化韵。江苏人"王""黄"不分，"怡""鱼"也不分，所以陈岱怡，他自己就念成了"成带鱼"。

陈岱怡在饭馆没叫"久仁居"的时候，就跟这几位"酒虫儿"一起喝酒。每次来，他总是自己带酒和下酒菜，他的下酒菜是装在铝制的饭盒里的。每次带的下酒菜都少不了鱼，或腌或熏或炖或炸，都是他夫人的厨艺，但这一带鱼，就有了"带鱼"的雅号。

北京人把长长的刀鱼叫带鱼，而且在计划经济年代，带鱼是凭购货本供应的主要鱼种，所以北京人对带鱼有特殊的感情。奇怪的是"带鱼"先生偏偏不爱吃带鱼，他夫人给他做的鱼，主要是黄花鱼、鲫鱼、白鲢鱼、鲤鱼什么的。

他夫人跟他是老乡，他们都是二十世纪六十年代初，在北京上的邮电大学，毕业后分到了邮政研究所当了工程师。"带鱼"最早喝的是黄酒，后来在"教授"的诱导下，才改喝白的，而且整天跟这些"酒虫儿"泡在一起，酒量也越来越大。最多的一次，他跟"教授"一块儿，俩人喝了两瓶"五粮液"。

那次是他女儿在美国获得一个全美的科技大奖。他就这么一个女儿，为此他兴奋不已。"五粮液"是他带来的，其他"酒虫儿"就认北京的"二锅头"，只有"教授"陪着他喝这酒，喝到最后，连他自己都惊诧，一瓶下去，居然没有醉意。

"带鱼"平时的酒量撑死了半斤，他喜欢喝"渗酒"，一边就着菜小抿着，一边聊天，所以他跟苏爷和"教授"能喝到一块儿。

"带鱼"跟"教授"非常有意思，俩人平时不见面就想，见了面就掐。"带鱼"爱较真儿，"教授"爱叫板，俩人谁也不服谁，直到一方把另一方喝趴下，这才算"服"，但这个"服"，应该是扶墙的"扶"。扶墙回家，争论的话题也就此翻篇儿，下次见面，俩人又有新的话题相互较劲。

"带鱼"和"教授"正聊着，王景顺和"豆包"进来了。王景顺在房管所当管理员，没头衔，有实权，巴结他的人多，手里拎着两条活鱼，他让季三找后厨给红烧了。

"豆包"的大号叫包建民，是九位爷里岁数最小的，属"七〇后"。大学毕业后，一直"跑单帮"，做环保用品生意。娶了个四川媳妇，会做饭，所以每次来"久仁居"都不空着手，今儿给大伙儿带的是老婆做的泡笋尖。

不过，"豆包"老婆做的菜太辣，"久仁居"的"酒虫儿"里，只有季三喜欢吃，其他人都发怵。每次"豆包"带来泡菜一类的小菜，"盖板杨"也只是象征性夹一筷子尝尝。

"久仁居"这九个"酒虫儿"，职业不同，年龄各异，学识不一样，性格志趣也各不相同，但只有一样是相同的，就是这个"酒"字。

不过，越是这样，这些"酒虫儿"凑到一起才有意思。他们每天在一起喝酒，每天都有聊不完的话题。

除了有病住院的鲁爷，八位爷都凑齐了，詹爷带来的两瓶"茅台"，哪儿够这些"酒虫儿"喝的？大伙儿象征性地喝了两杯，算是"烧"了一回包儿，"炸"了一回富。

按"教授"的说法，一杯这酒上百块钱，两瓶这酒，能买一卡车普通的"二锅头"。即便是这样，苏爷依然不动心，独自喝他的"二锅头"。

两瓶"茅台"酒刚喝完，"教授"跟"带鱼"便掐起来了。"盖板杨"不知道，如今"教授"已经是"网红"，网名"皇城艺侠"，不但是群主，还是"无师有艺者论坛"的版主。在互联网上被称为"意见领袖"，粉丝有十几万。

既然叫"皇城艺侠"，"教授"思考的肯定是艺术上的事儿。这几天，他的注意力放了一家艺术品拍卖公司的秋拍上。

"瞧见没。一对儿清晚期的鸟笼子盖板儿，起拍价两百万。杨爷，过来看看嘿！""教授"打开手机的视频，让"盖板杨"过来看。

"盖板杨"伸过脑袋看了一眼，脸上掠过一道莫名其妙的阴影，嘿然一笑，没说话。

"一个盖板是'桃园三结义'，一个盖板是'竹林七贤'，人物錾得太生动了，有点儿杨爷的艺术风格。""教授"不停地赞叹道。

"我瞜瞜嘿！""豆包"抢过手机，看了起来，"嘿，人物雕得确实地道！上面可写着这是从宫里出来的玩意儿呢。"他嚷道。

"宫里的玩意儿,那是内务府造办处工匠的活儿呀,是不是杨爷?"苏爷喝了一口酒,对"盖板杨"问道。

"苏爷说得对,拍卖图录上写着呢,还真是造办处的嘿。""豆包"说道。

"造办处?哈哈,造办处,不就是造办处吗?""盖板杨"喝了一口酒,心不在焉地打了个哈哈儿。

"嘿,还是杨爷聪明,知道造办处是造办处!""教授"拿"盖板杨"打镲道。

"宫里的,那就应该是皇上玩过的东西。清末的皇上,有谁喜欢玩鸟儿呢?崇尚节俭的道光,肯定不玩;咸丰呢?想玩,没那命;同治,没等玩呢,自己就玩完了;剩下的光绪和宣统,两人谁会玩这个?""教授"拧着眉毛问道。

"那肯定是末代皇帝溥仪了。光绪是个病秧子,整天想着'变法',估计他没心思玩鸟的了。""带鱼"接过话茬儿说。

"对对,溥仪喜欢玩,他在故宫当退位的'逊帝',闲得浑身发痒,什么都喜欢玩儿。""豆包"想了想说。

"教授"突然哈哈大笑道:"我一说皇上,你们就顺着皇上这条线往下捋,可你们怎么忘了,清末那几十年,虽然前后换了四个皇上,但朝廷真正当家的是谁呀?"

苏爷笑道:"慈禧老佛爷呀!"

"对对,老佛爷喜欢玩儿!""豆包"说道。

"你们看看,这么一会儿工夫,我把这对盖板是谁玩过的都给他考证出来了。哈哈,'豆包',图录的说明上没说是谁玩过的吧?""教授"得意地说道。

"没写。""豆包"应声道。

"他们还等着你这个'教授'考证呢。"詹爷凑过来，笑道。

"是呀，什么叫学问呀？""教授"听到詹爷说他"咳嗽"，他不由得"喘起来了"。

"你怎么就能断定是慈禧玩过的呢？""带鱼"把杯里的"茅台"干掉，让服务员打开一瓶"二锅头"，斟满后，一口喝掉，拧着眉毛问"教授"，"你看见她玩过？"他的舌头发硬，北京人说的玩儿，他的发音是"完"。

"废话，我要是亲眼得见慈禧老佛爷玩鸟儿，现在能坐在这儿，跟几位爷一起喝酒吗？'带鱼'先生，您这不是搬杠吗？""教授"咧了咧嘴说道。

"是呀，他没法亲眼得见。"苏爷对"带鱼"说。

"没有亲眼见，你就敢断定那鸟笼子是慈禧玩过的？你的依据是什么？""带鱼"较起真来，能打破砂锅，问（纹）到底。

"那您说这鸟笼子是谁玩儿过的？""教授"喝干酒杯里的酒，反问道。

"我说它是皇上玩过的，也许是咸丰，也许是光绪，也许是宣统，还有可能是乾隆。总之是皇上，而不是皇后。""带鱼"撇了撇嘴说。

"哦，是皇上，不是皇后，为什么？""教授"哂笑了一下，问道。

"因为皇上是男的，皇后是女的，一般玩鸟的，都是男的。""带鱼"释然一笑说。

"那也不见得吧？慈禧老佛爷喜欢玩鸟儿，这可是史料上说的。""教授"反驳道。

"我看'带鱼'说得靠谱儿,'教授'说的这对盖板儿,应该是'红子笼'上的,老北京养'红子'多是爷儿们。妇道人家玩'红子',谁听说过? 慈禧老佛爷是喜欢玩鸟儿,但她玩的应该是八哥、鹦鹉、黄鸟之类的鸟儿。"苏爷笑道。

他说的靠谱儿,因为他就喜欢玩鸟儿,现在养着两只"红子",一只"靛颏"。

"瞧见没有,行家说话了。"詹爷对"教授"说,"你们俩先别开掐,我想听听'教授'的高论,这么一对盖板儿,开价两百万,卖得出去吗?"

"这您得问杨爷,他是盖板大师呀!""教授"笑道。

"杨爷,您说说看?"詹爷对"盖板杨"问道。

"盖板杨"一直闷头喝酒,虽然耳朵一直跟着"教授",但他几乎没搭一句腔,听詹爷问他,他放下酒杯,淡然一笑道:"两个两百万,那就是一个一百万。对吧?"

"教授"不耐烦地说道:"哎呀,听杨爷说话这叫一个累,这儿让您算数呢? 干脆说,就要您一个字或两个字,一对盖板儿两百万,值,还是不值?"

"值,还是不值? 你不是都说了吗?""盖板杨"笑道。

"行,您可真是爷!""教授"无可奈何地说道,"我算服了您了。"

詹爷笑着对"教授"说:"你别难为杨爷了,这种话,越是行里人越不好明说。你不是'教授'和'版主'吗? 发表一下你的权威观点吧?"

"教授"拿筷子夹了一块豆酱,喝了一大口酒,用手背擦了擦嘴，嘿然笑道："我的意见嘛，当然是物有所值了。首先是这个盖板是人工錾雕的，艺术水平极高。"

他又打开了手机，对众人说："你们看两个盖板上的这十个人物，真是绝了，个个活灵活现，就这艺术水平，现代人绝对做不出来了。我估计这种绝活已经失传了，是不是杨爷？"他看着"盖板杨"问道。

"也许吧。""盖板杨"抬起脑袋，看了看他。

"什么叫也许呀？您老人家说话，不能痛快一点儿吗？是，还是不是？""教授"瞪了"盖板杨"一眼。

"是。'教授'说的话，能说不是吗？""盖板杨"笑了笑说。

"还有它的收藏价值。大家都知道物以稀为贵。甭管它是皇上玩过的，还是慈禧老佛爷玩过的，总之是从皇宫里出来的玩意儿。跟玩瓷器一样，'官窑'的东西，跟'民窑'的能一样吗？况且这世界上就这么一对儿！所以我说这对盖板儿两百万，值！唐思民，你说呢？""教授"说完，把目光投向画家老唐。

唐思民正跟王景顺聊房子的事儿，听"教授"点名，"嗯"了一声，扭过脸对"教授"说："今儿的'茅台'酒让你喝美了是不是？又给我们开起艺术课来。盖板儿是特殊艺术，按艺术分类来说，算是工艺美术。现在工艺美术也分大师级的和一般人的作品，大师级的价值自然高，如今一幅齐白石、张大千的山水或写意花鸟画儿，都拍到了上千万，这对宫里造办处大师的作品两百万，应该说不贵。"

王景顺点了点头说道："两百万是起拍价，也许能三百万成交呢。"

苏爷对"教授"笑道："两百万？听你这通儿吹，这盖板儿不是你的吧？"

"教授"咧了咧嘴说道："我的？我们家要有这东西，该惊动派出所警察了。"

"那我问问你，你要是手里有两百万，买不买这对盖板儿？"苏爷问道。

王景顺搭腔道："买了，你就赚了，二百万买，四百万卖呀！"

"您饶了我吧，我可没这野心。""教授"笑道。

"豆包"接过话茬儿道："你们平时不上网不知道，咱们'教授'现在是版主了，粉丝有几十万。他一天到晚忙着呢，思考的都是国家大事。"

"他眼里，看什么都是国家大事，哼，有那么严重吗？""带鱼"这会儿的酒劲儿恰到好处，开始要跟"教授"争辩了。

"咱别扯远了嘿！"这时，詹爷对"教授"说，"在盖板上，咱们都是'棒槌'，真正的行家是'盖板杨'，他还没说话呢。"

"盖板杨"莫名其妙地笑了笑，对詹爷道："他们可不是你说的'棒槌'，您瞧'教授'刚才说得多有水平呀？"

"杨爷，他是研究艺术的。您不上网，不知道，人家现在是'网红'，网上大名鼎鼎的'皇城艺侠'。""豆包"插话道。

"盖板杨"忍不住哈哈大笑起来，原来上拍的这一对盖板儿正是他的早期作品。前些年，被人花八百块钱买走，现在做了旧，摇身一变成了宫里造办处的玩意儿，居然以假乱真，还让这些"棒槌"演绎出这么多故事来。对此，他只能暗自感到荒唐可笑。

当然，以他的做人准则，他不会捅破这层窗户纸，折大伙儿的面子，更没必要去砸那位造假者的"饭碗"，也许他家里出了什么意外，急需这笔钱呢？

不过，假话重复百遍就会成为真话，重复千遍，就会变成真理。当大多数人都认为这是宫里的，他突然站出来说，这是我的作品，人们也许会怀疑他不是骗子就是疯子或傻子。所以他对付这种事儿的最明智的办法就是俩字：认头。就像在戏园子看戏，明明知道武松打死的是假老虎，也要当真老虎看，并且还要拍巴掌。

"盖板杨"不说话了，盖板的话题就翻篇儿了。这会儿，"教授"跟王景顺就拍卖的猫腻话题又辩论上了，"带鱼"对这个话题很感兴趣，他是"教授"观点的反对者，没聊几句，便开始交锋。

这时詹爷站起来，跟挨着"盖板杨"的唐思民换了个位置。坐下后，对"盖板杨"说："他们聊他们的，咱俩说说小白楼的事儿。"

"好呀。""盖板杨"说道。

詹爷端起酒杯跟他碰了一下，一仰脖干掉，看了一眼"盖板杨"说道："小白楼的事儿鲁爷跟你说了？"

"说了，小白楼什么事儿？""盖板杨"问道。

"当然有事儿。"

"小白楼已经拆了有七八年了。"

"是呀，它要不拆，还不会有这档子事儿呢！"詹爷诡秘地一笑说。

"盖板杨"从他说话的语气里似乎听出什么碴口儿，诧异地问道："真的吗？"

第十一章

詹爷性格豪爽，虽然岁数比"盖板杨"还小，但在"久仁居"这九位爷里，却有老大的范儿，平时老哥儿几个有点什么事儿，也常跟他要主意。他说话也是直来直去，从来不会拐弯儿。

"盖板杨"听他的话口儿，以为小白楼出了什么事儿，忙问他："难道是小白楼的主人回来了？"

"还真让你说对了。"詹爷笑道。

"是汪家的人吗？""盖板杨"心里不由得打了个激灵。

"汪家？"詹爷沉了一下，说道，"你说的是解放后小白楼的主人，不是他。现在找你的人，是小白楼本主的后代。"

"本主？"

"对，就是当年盖小白楼的德国人。"

"你是说当年在协和医院当医生的德国人莫克林吗？""盖板杨"想了想，问道。

"对。是莫克林的重孙子尼尔森。"詹爷说道。

"他的重孙子？""盖板杨"算了算说道，"现在也得有四五十岁了吧？"

"哪儿呀？只有三十出头，跟我儿子岁数差不多。"

"哦，德国人！他来北京找小白楼有什么事儿呢？""盖板杨"纳着闷儿问道。

詹爷迟疑了一下说道："你也许不知道，当年，莫克林盖完小白楼，为了纪念他爷爷威尔逊，特意让老北京的工匠，雕了个威尔逊的纯金头像。这个头像雕得十分传神，一直挂在小白楼的二楼。"

"我怎么不知道小白楼的这个头像呢？""盖板杨"笑道。他当然知道这个头像。

"你见过吧？"

"见过。"

"后来听说把这个头像拿到冶炼厂，给化成了金块儿。"

"只是听说，到底怎么回事儿，我并不知道。反正那小楼'闹鬼'的时候，这头像就没了。"

"但莫克林的后人还记得小白楼的这个头像。两年前，他们在德国的一本杂志上，看到德国的建筑设计师设计的作品中，居然有北京的这座小白楼，当然还有这个设计师在中国设计的火车站、教堂和医院。小白楼是他设计的比较得意的作品。这个设计者在德国非常有名。"

"可惜呀！他已经死了，那个小白楼也没了。""盖板杨"感慨道。

"是呀，小白楼拆了确实可惜。"詹爷也叹息道，"楼是拆了，但莫克林的后人见到小白楼的老照片，想起了那个威尔逊的头像，因为威尔逊是他们家族中唯一被德国皇室授过爵位的。他们家族后来发达跟这位前辈有直接关系，而且头像雕得又是那么传神，所以他们决定不惜任何代价，让中国的工匠重新复制一个头像。"

"什么，复制？"

"对，他们多方查询，最后查到了那个纯金的头像是老北京工匠'麻片儿李'的杰作。于是他们委托会中国话的尼尔森，来完成这件事。尼尔森在跟我聊这事儿时，我一下想到了您。"

"您认识那个德国人尼尔森？"

"我儿子不是在德国吗，他跟尼尔森是一家德国公司的同事。"

"这事儿，您怎么会想起我呢？"

"因为您是'麻片儿李'的徒弟呀！"

"哦，您知道我是'麻片儿李'的徒弟？"

"当然。可我知道您现在是大师了，一般的活儿不接。"

"大师？您别骂人嘿。以咱们的关系，您张嘴直说要做什么活儿，我能不接吗？"

"万一您手头忙呢？"

"忙？那得分是谁的活儿？"

"没辙，我只好请鲁爷出面。鲁爷跟'麻片儿李'是把兄弟，再说他的面子比我大，您说是不是？"

"那您干吗这两天躲着我呢？""盖板杨"直截了当地问道。

"嘻，我没承想半路会杀出个程咬金，把小白楼这活儿给戗了。"詹爷皱着眉，喝了一口酒说道。

"谁呀？"

"何彦生，您应该知道这个人吧？"

"何彦生？""盖板杨"听了，猛然一惊。

"他说他才是'麻片儿李'的入室弟子,'麻片儿李'就他这一个徒弟。"

"他是'麻片儿李'的徒弟,嗯,您信吗?"

"不是我背后说人坏话,实话实说,他拿踩咕人不当事儿,说他自己拿过多少全国大奖,是国家级的工艺美术大师,而您什么都不是,退休时才是个中级职称。"

"盖板杨"漫不经心地笑了笑说:"没错儿,在技术职称上我什么都不是,只是一个普通的工匠而已。德国人很看重这些吗?"

"是呀,他们并不了解您这么多年怀才不遇,一直受排挤。凭真本事,您才是真正的大师级工匠,论绝活儿,谁有您知名度高?可这些老外不看这些,他们更看重的是人的学历、职称、职务和名位。这几样,姓何的都比您有优势,所以他们选择了他。"詹爷叹了口气说。

"那好呀,德国人选择了他,就让他去干好了。""盖板杨"不屑一顾地说。

"我是觉得这事儿办得有点儿窝囊,德国人这么做,不是拿我打镲吗?姓何的也是挡横,已经跟德国人说好了,他出来裹什么乱?"

"他以为这是露脸的活儿吧?也许又能挣到一笔欧元。我了解他,凡是这种活儿,他当仁不让。""盖板杨"冷笑道。

"不行。杨爷,这两天我一直在琢磨,这活儿他们不让您干,谁也甭干了。我怎么着也得把它给搅'黄'喽。"

"有这个必要吗?詹爷,咱们还是踏踏实实喝酒,别操那份闲心了。""盖板杨"淡然一笑说道。

"对,喝着!"詹爷端起酒杯,跟"盖板杨"一口干掉,"杨爷,我把实底都告诉您了，您听了不会心里熬惝，怪罪我吧？"

"怪罪您什么，这叫事儿吗？""盖板杨"笑道。

詹爷沉了一下，问道："您交给我一个实底，姓何的说的有没有谱儿？难道'麻片儿李'真的就他这么一个徒弟吗？"

"盖板杨"笑道："他在许多场合都说过这话。嘴长在他脸上，他这么说，谁能去堵他的嘴？再说，他说是'麻片儿李'的儿子，跟听的人有一毛钱的关系吗？"

"那到底是不是呢？"

"他说是，就是吧。""盖板杨"不以为然地笑了笑。

"你们行里的事儿，听着那么复杂，我还是相信您说的话。"詹爷斟满一杯酒，径自干掉，说道，"不过，这事儿我跟那姓何的还没画句号。"

"您一天到晚那么忙，何必为这种事儿劳神？""盖板杨"喝了一口酒说道。

詹爷依然感到心里不平衡，咧了咧嘴说："哼，他觉得这是个甜买卖给争了过去，但别忘了那句话：没有金刚钻，别揽瓷器活。揽过去了，也会成烫手山芋的。不信，咱们走着瞧。"

"盖板杨"看着他，不置可否地笑了笑。

这顿酒边喝边聊，中间不断有人撂下酒杯，提前告辞。喝到最后，只剩下"盖板杨"和"教授"了。

"教授"一向敬重"盖板杨"，散了酒席，出门打车，把"盖板杨"送回家。

"盖板杨"进了家门，给自己泡了杯酽茶。他习惯用紫砂壶泡茶，然后直接对着壶嘴小啜。几口茶咽下去，他脑子渐渐清醒过来，詹爷说的话也一句一句在脑子里翻腾出来。

小白楼的活儿，被何彦生给戗走，这是多栽面儿的事儿。他跟詹爷说是不足挂齿的小事一桩，而且对他来说已经是过眼云烟。有那么轻巧吗？云烟说过去就能过去吗？

他突然想起徐晓东跟他说的，宋二乐接下了小白楼的活儿，难道他干的也是德国人尼尔森的活儿吗？

何彦生，他有几年没见过这个人了。说老实话，"盖板杨"听见这个名字，心里就有一种硌硬的感觉，像吃热汤面，发现碗里漂着一只苍蝇。

"麻片儿李"就他一个徒弟！何彦生二十多年前，就在大庭广众之下公开这么说。

"盖板杨"听了，只是付之一笑。他不想跟他争辩，也不想捅破那层窗户纸。他觉得这实在没有什么意义。何况那时何彦生在事业上正如日中天，"盖板杨"不想因为这些，毁了他的前程。

不知多少次，"盖板杨"在喝了酒之后，自己敲打自己：一定要给他留点儿面子。尽管何彦生对他的打压，已经到了一般人难以忍受的地步，但"盖板杨"仍然坚守自己的诺言，把那个"忍"字扛到了现在。

这些年，"盖板杨"始终认为：嗓子再好，能唱出好听的歌来，才是好歌手。何彦生说他是"麻片儿李"的徒弟，但是他这些年，没錾出过一件有"麻片儿李"风格的作品来，这个徒弟只是徒有虚名而已。

"盖板杨"却一直没放下手里的錾子。他是"麻片儿李"徒弟，不是用嘴说出来的，是干出来的，作品摆在那儿，能证明一切。

　　"盖板杨"在延庆山村插队七年多，最大的收获就是在那个偏僻的小山村，有幸认识了"麻片儿李"，俩人的患难之交，成就了"盖板杨"。

第十二章

"麻片儿李"大号李义山，山东人，寸头方脸，直鼻圆眼，敦实个儿，因为脸上有十几颗非常显眼的麻子，所以得了这个外号。

有麻子，为什么不叫"麻子李"，而叫他"麻片儿李"呢？原来他是在金片儿、银片儿或铜片儿上施展錾艺的工匠，所以才叫他"麻片儿李"。他是老北京前门外"奉记"红炉的"头火"，也就是掌门的工匠。

老北京的红炉，也叫金炉，是专门回炉金器银器的。这是什么买卖呢？简单说就是"废物利用"，您手里有一对祖传的金镯子或银香炉，时间长，磨损了，或不喜欢了，您便可以拿到红炉。红炉的工匠会把它回炉熔化，然后，按您可心的样式，重新给您打一对儿。

京城做买卖讲究扎堆儿，所以有"茶叶一条街""玉器一条街""小吃一条街"等名堂。当年，京城的红炉主要集中在前门外廊坊头条、二条、三条。这行最红火的时候，有京城"四十八家红炉"之称。

这么多红炉在"一条街"上，谁的买卖"叫座"，就得凭真本事了。红炉的真本事是工匠的活儿出众。当年"奉记"在"四十八家红炉"中独占鳌头，凭的就是"麻片儿李"的绝活儿。

"麻片儿李"是以手艺扬的名，他能把一块金疙瘩，用特制的拍子，拍成薄薄的金箔，薄到什么份儿上呢？如蝉翼，如饴纸，而且铺开以后不散不乱，这一绝活现在几乎失传。"麻片儿李"的另外一手绝活儿，就是"錾艺"，也就是现在"盖板杨"手上的功夫。

北平解放以后，黄金被国家列为特殊物资，不允许私人经营，所以京城所有红炉和金店都关张改行。"麻片儿李"一直在一家工艺美术厂当工匠，原来的绝活儿基本上没有用武之地了。

当年"奉记"红炉因为有"麻片儿李"，在老北京红火一时。但"奉记"再红火，也是东家的，"麻片儿李"只是一个工匠而已。

按说，他的这种出身和成分，不会受什么冲击。偏偏"麻片儿李"脾气耿直，而且是离不开酒的"酒虫儿"，这两样儿让他倒了霉。

常言道：酒话只当耳旁风。"麻片儿李"喝高了，也会有说话不把门的时候。自然，他说的都是酒话，酒醒之后，他说的是什么连自己都记不得了。

但说者无心，听者有意。让他没想到的是，他曾经说过的那些酒话，被跟他有短儿的人想起来了，而且当成了"正话"，对他兴师问罪。比如他给宋美龄打过一副金耳坠子，给孔祥熙做过一个纯金的蒋介石浮雕像，这是蒋介石五十岁生日时，孔祥熙送给他的礼物。还有，他给一个德国人做过家族的徽章和家族前辈的头像。

这些都是他喝酒时说出来的，这些事都上了揭发他的大字报。

别的不说，单是给蒋介石做雕像这一条，就够他喝一壶的①，又加上给德国人做徽章和头像。于是"麻片儿李"成了"国民党反动派和法西斯的走狗"。这罪状还小吗？

说起来，"麻片儿李"还算造化。他的"罪状"已经在公安分局挂了号，就在警察对他捉拿归案，准备下大狱的根节儿上，一个"根红苗正"的老工人站出来，替他说了几句好话。

原来在解放初期抗美援朝时，"麻片儿李"曾经给志愿军做过军功章，受到过政府的褒奖。有这一大功劳，才免除了他的牢狱之灾。

这位仗义执言的老工人，就是"酒虫儿"鲁爷。鲁爷是"麻片儿李"的把兄弟，"麻片儿李"走了"月白运"，他岂能袖手旁观，所以不怕吃挂落儿，拼尽全力保了自己的把兄弟。鲁爷曾经当过劳模，他说话还是占地方的。

虽然没把"麻片儿李"往大狱里送，但"工人阶级队伍"是不能让他这种"异己分子"再待下去了。于是，他被工厂开除，发配到偏远的延庆小山村劳动改造。

"盖板杨"到那个鸟儿都不拉屎的小山村插队落户时，"麻片儿李"已经在这儿两年多了。他当时已经六十大几，媳妇跟他划清政治界限离了婚，几个孩子也离他而去，他成了真正的孤家寡人。因为他的肋条骨折了三根，落了一身的病，走道儿也迤逦歪斜了。

那当儿，"麻片儿李"已然没法下地干活了。当然，那个山村的村民开门就是山，也没地可种。生产队长看他可怜，让他看管队

_____
① 够喝一壶的：北京的俗语，够他一呛的意思。

里的两头骡子、三头驴，挣点工分，不至于挨饿。于是，他跟这几个牲口搭了伴儿。

那时，村里拢共二十多户人家，只有"盖板杨"和"麻片儿李"是城里人，当地人把城里人也叫"北京人"。"盖板杨"和"麻片儿李"虽然年龄悬殊，经历不同，但命运相近，这两个"北京人"很快就凑到了一块儿。

当时，"盖板杨"长得瘦小枯干，一副营养不良、永远睡不醒的样儿。队长看他的身板儿拿不起力气活，便让他在生产队磨豆腐。磨豆腐得用"麻片儿李"喂的驴拉磨，所以俩人天天得见面。

开始，"盖板杨"跟村里的小学老师搭伙住，后来，他干脆搬到了队部旁边的草房，跟看牲口的"麻片儿李"住到了一起。

磨豆腐的活儿主要是晚上，"马不吃夜草不肥"，"麻片儿李"喂牲口也是晚上，牲口白天拉活儿。他一整天几乎没什么事儿，俩人便有坐在一起聊天的时间。

刚到山村插队时，"盖板杨"因为思念汪小凤，内心忧郁惆怅，沉默寡言，整天拿着画夹子素描写生，像一个聋哑人。但"麻片儿李"好像有什么魔力，能把他的嘴撬开，而且俩人到一块儿有聊不完的话题。

别看"盖板杨"是三脚踹不出一个屁来的"焖子货"，但骨子里清高，能让他看上眼的人不多。尽管走道迤逦歪斜的"麻片儿李"，表面看是个没文化的糙人，但他对艺术却有超凡脱俗的独到见解。尤其是对历史上那些郁郁不得志却有奇才的画家，如徐渭、八大山人、虚谷、凡·高、高更等等，有着自己的偏爱。

他的一些艺术高论，让"盖板杨"暗自称奇，他没想到这位看上去再普通不过的工匠，会看过那么多书，知道那么多画家。只可惜他怀才不遇，这么多年没遇到知音，"盖板杨"心里暗忖。

"麻片儿李"对"盖板杨"的命运，也感到十分惋惜。他看了"盖板杨"的画儿，认为他是一个奇才，他对艺术的理解和感悟，超过了一般画家。他认为"盖板杨"至少也是大学教授的水平。

两人在一起，不但有相见恨晚之慨，更有惺惺相惜之恤。当然，他们两个人能拴到一起，"孟不离焦，焦不离孟"，不能不说到这个"酒"字。

"麻片儿李"的遭遇，跟酒不是没有一点儿关系，所以，挨批之后，他发誓今生今世再不沾酒。在单位受审的一年多，他一直在小黑屋里囚着，上哪儿找酒喝？所以，他就此把酒戒了。

发配到山村劳动改造以后，村里的合作社虽然有散酒卖，但村里人穷，平常很少有人喝酒，"麻片儿李"也就一直没沾酒。

"盖板杨"这会儿还不会喝酒，而且闻到酒味儿就恶心。搬到"麻片儿李"的小屋以后，俩人别说喝酒，平时都很少提到这个"酒"字。

那年春天，"麻片儿李"在喂青花骡子的时候，赶上这牲口发情，炸了蹶子，一蹄子把他的大腿踢成了骨折。村里赤脚医生把他的骨头给接上，还给了"盖板杨"一瓶卫生酒精，让他帮着擦"麻片儿李"的伤口。

这瓶酒精勾起了"麻片儿李"的酒瘾，赶上他的大腿疼得钻心，他没让"盖板杨"拿酒精擦腿，而是让他把酒精兑上水，大腿疼的时候，就喝一口。这一开戒，便刹不住车了，几天的工夫，一瓶酒精愣让他给喝没了。

　　对于喝酒的人来说，想喝酒没酒的时候，就像用小刀割他的肉。"盖板杨"看他犯了酒瘾时的那种百爪挠心的痛苦样儿，实在是于心不忍。

　　也是巧劲，跟"盖板杨"一块儿磨豆腐的老胡头有个儿子，在县里的酒厂上班，酒厂有用白薯干酿的酒，内部职工买，三毛钱一斤。"盖板杨"托老胡头买了二十斤，五斤给了老胡，剩下的都给了"麻片儿李"。

　　由打"麻片儿李"开了酒戒，他的话就更多了。为了能让"盖板杨"接着给他买酒，他在聊天的时候，经常抖个"包袱"，拴个"扣子"，且听下回分解。

　　想下回分解？那好，您把酒备上。其实，他不"下回分解"，想喝酒了，"盖板杨"也会给他去淘换的。

　　青花骡子这一蹄子，让"麻片儿李"疼了一年多，也让他跟这些牲口分了手。队长没法让一个下不了炕的老人喂牲口了，"麻片儿李"被生产队"养"了起来。这反倒让他的日子更离不开酒了。

第十三章

喝酒的人喜欢找伴儿。天天在一起"泡"着，"麻片儿李"喝酒，"盖板杨"瞧着，他心里觉得别扭。但不管"麻片儿李"怎么劝，"盖板杨"就是对酒无动于衷。

这天，天降大雪，雪花漫天飞舞，把小山村给包裹成一片银白。雪有两三尺厚，挡住了小屋的屋门，"盖板杨"出门都困难。

"这天儿，只能在炕上裹着棉被喝酒了。""麻片儿李"对"盖板杨"说。

"盖板杨"从被窝里钻出来，披羊板皮袄，身上还冷得直哆嗦。他往灶膛里扔了两把干柴，在铁锅里爆了几把黄豆，拿给"麻片儿李"磨牙下酒。

"麻片儿李"感激涕零地说："快进被窝儿，暖暖身子吧。"

"盖板杨"看了看灶台，摇了摇头说："您先喝着，我到队部要点儿棒子面去，中午饭还没辙呢。"

他踏着雪，从队部要了半口袋棒子面，拎回来时，"麻片儿李"还在喝酒。那当儿，他已经开始喝"渗酒"了，一碗酒有三两多，他能坐在那儿喝一上午。

"麻片儿李"看着"盖板杨"从屋外带回来的一身寒气，心疼地把酒碗递给他说："听我的，喝一口，暖暖身子。"

"盖板杨"淡然一笑说："我喝了，您还喝什么？"

"那等于你替我喝了。来吧，喝一口，你就知道酒是好东西了。""麻片儿李"笑道。

"盖板杨"对那天的"麻片儿李"的举动感到莫名其妙。他非要"盖板杨"喝酒，好像他给"麻片儿李"做了什么事，要以酒表达自己的感激之心似的。

"我真不能喝酒，酒味儿我闻着都头晕。""盖板杨"推让道。

"你是不是个汉子？是汉子，就把它喝下去！"也许是看着"盖板杨"磨磨唧唧的劲头不耐烦了，"麻片儿李"玩了一个激将法。

没想到"盖板杨"不吃葱不吃蒜，就吃姜（将），听"麻片儿李"说出了这话，他一咬牙一跺脚说："好吧，您给我满上！"

"麻片儿李"拿起酒坛子，把碗斟满酒，递给了"盖板杨"。只见他端起碗，咕咚咕咚一口气把碗里的酒干了。

"好样的！""麻片儿李"拍着巴掌，对"盖板杨"称赞道。

这是"盖板杨"有生以来第一次沾酒。那碗酒下肚后，他几乎没什么反应，又在锅里爆了几把黄豆，跟"麻片儿李"一起连喝了五六碗。大概有一斤多酒，直喝得他神情恍惚，倒在炕上酩酊。

头一次沾酒，他喝出了美意和快感。那是一种飘飘欲仙的感觉，他仿佛觉得自己的身子飘浮起来，离开了那个小屋，进入一个虚无缥缈的仙境。那里有蓝天白云，风光旖旎，树木茂盛，繁花似锦，人也那么祥和俊美，充满善意。

他在这个奇妙的天地里游荡，同时也幻化成另一种状态的人，那么神清气爽，心旷神怡。这种逍遥自在、神游于天外的感觉，让他流连忘返。

第二天，他睁开眼，从被窝里探出脑袋，看到"麻片儿李"蹲在灶台前，正熬棒楂儿粥。屋子里弥漫着烟气，他仿佛从那个神奇缥缈的世界回到现实，脑子还没完全从那种意境里走出来。

"怎么样爷儿们？好点儿不？""麻片儿李"笑着问他。头天夜里，"盖板杨"喝得已然断片儿，是"麻片儿李"把他给拖进被窝的。

不过，他第一次喝酒的状态，就让"麻片儿李"看出了未来发展的"潜力"。因为他不怵酒，喝到最后还跟"麻片儿李"抢酒喝。另外，他喝醉了酒，不吐，不闹，脸微微发红。喝酒的人都知道有"四大怕"① 一说，其中之一就是红脸蛋的。

"啊，酒这东西确实很神奇！难怪您离不开它。""盖板杨"打了个哈欠说。

"还喝不？"

"喝，当然得喝！"

"嗯，真是喝酒的坯子！后生可畏，焉知来者？""麻片儿李"对他啧啧赞道。

当天晚上，"盖板杨"在铁锅里爆了几把黄豆，俩人又喝了一斤多。那种粗瓷碗，一碗大概有二两酒，"盖板杨"喝到五碗时，头脑还清醒。

---

① 四大怕：流行北京的民间说法。指的是：红脸蛋的（喝酒脸红），吃药片儿的（喝酒前吃解酒护肝药片），梳小辫的（女的），带手绢儿的（喝酒后出汗多的人）。

"麻片儿李"劝他别再喝了，但他还想找头天喝了酒以后的那种感觉，渴望回到那个虚无缥缈的世界。所以又喝了两碗，加起来有八九两酒了，头天晚上的状态还没出现，于是又把自己的碗里倒满了，还要接着喝。

"麻片儿李"看他抢酒的劲头儿，有点儿含糊了。因为白薯干酿的酒，虽然度数比不上高粱、小麦酿的酒，但"盖板杨"买的是直接从酒厂倒出来的原浆酒，度数至少有六十度。"麻片儿李"这个老"酒虫儿"，每次撑死了也就是半斤酒，想不到"盖板杨"会这么能喝。

"盖板杨"又喝了两碗，才渐渐找到头天晚上的那种恍惚状态，他在那种仙境里又度过了一个晚上。

一连两次走进虚幻的仙境，让"盖板杨"尝到了喝酒的魅力。从此，他的生活离不开酒了。

酒让"盖板杨"跟"麻片儿李"的关系更近了。当然，酒虽然是排忧解闷的好东西，但"盖板杨"那会儿还年轻，也是一个有生活追求的人。"麻片儿李"怕他染上酒瘾，整天沉浸在酒里，毁了自己的前程，所以，经常开导他。

这天，"麻片儿李"跟他又聊起了"奉记"红炉的往事。"盖板杨"随口问道："您有徒弟吗？"

"麻片儿李"迟疑了一下，苦笑道："怎么说呢，收过一个徒弟，但这个徒弟水蝎子，不怎么着（蜇）。"

他说了一句北京人爱说的俏皮话。

"是不好好学手艺吗？"

"不是那么回子事儿。我问问你，学做手艺重要，还是学做人重要?"

"当然是学做人重要了。"

"说得对呀!""麻片儿李"叹了口气说,"老北京人有句话,未曾学艺,先学做人。可这个徒弟做人上不行,自然,也学不出好手艺来了。"

"这个徒弟也是北京人吗?"

"是,他姓何,叫何彦生。我跟他爸老何是老酒友,老何在老北京是拉洋车的,给'奉记'的东家拉过'包月',我们是这么认识的。老何在解放后改蹬三轮了。"

"这种三轮车我还坐过。大概到一九六几年,北京才取消。"

"好像是吧。老何平时好喝,我们能喝到一起。他看重我的手艺,认为我的手艺没用武之地,有些可惜。"

"谁说不是呢?"

"有一次,我跟老何在一起喝酒,他借着酒劲,跟我说了实话。敢情他有个儿子,他想让这个儿子跟我学手艺,将来把我的錾活手艺传下去。"

"您答应了?"

"我听了,付之一笑,心说你都认为我的手艺没用武之地了,还想让你儿子学?"

"是呀。"

"可是没想到,过了两天,他把儿子带了来。见到我二话不说,就让他儿子给我磕了三个头,然后让他儿子叫我师傅。接着他破例在前门的'全聚德',请我吃了顿烤鸭。到这份儿上,我已然没了退身步。"

"就这么收的徒弟。当时何彦生有多大年龄？"

"跟你的岁数差不多吧。但他可比你有心眼儿，人也鸡贼。他脑袋瓜好使，可就是没用到正地儿。老何四个闺女，就这么个儿子，把他给宠坏了。"

"我看不完全是宠坏的吧？"

"他没什么爱好，但念书的成绩不错。老何为什么要让他拜我为师？他观念保守，怕儿子考上大学。"

"为什么？"

"大学毕业生是全国分配。老何怕儿子上了大学将来分到天南海北，离自己太远，所以不打算让他考高中，想让他初中毕业去技校，私下让他跟我学门手艺，将来也有个'饭碗'。"

"他爸爸的起点也不高。"

"我当时也是被他的外表迷惑了。初次见面，我看他长得浓眉大眼，仪表堂堂，个头儿也高，人也机灵，心说，只要他沉得下心来，踏踏实实学，将来在錾艺上肯定是把好手儿。"

"结果呢？"

"接触时间长了，我才发现自己看走眼了。敢情这个何彦生拜我为师，是他爸爸的强拉硬扯，强扭的瓜，他自己压根儿就不想跟我学这门手艺。他倒是打开鼻子说亮话，直接跟我挑明，跟我学手艺，学的不是手艺，是名义。他想借我的名儿，将来干点事儿。"

"干什么事？"

"他跟我说，他平时喜欢看书，看过很多中外名著，其中他最喜欢的一本书，叫什么红和黑？"

"《红与黑》，法国作家司汤达写的。""盖板杨"说。

"谁写的就不管他了。这小子跟我说，书里有个人物叫什么连？"

"于连。"

"这个叫于连的人，他爸爸是个运木材的，肯定是社会下层的人。他不想再像他爹似的拉一辈子木头，于是绞尽脑汁想往上爬，最后爱上了伯爵夫人，怎么着怎么着的。我听了简直是下三烂的事儿。可这何彦生偏偏喜欢他。"

"这当然是有原因的。"

"可说呢。他对我说，他家太穷了，五个孩子，他排老五，就他一个男孩。他爸爸蹬了一辈子三轮车，他妈一直给人家当保姆，街坊四邻没人看得起他们家。他上小学的时候，同学就给他编了个顺口溜儿：'何老五何老五，饿着肚子捡白薯，他爸蹬着平板车，他妈给人当保姆。'他说他受了十几年的白眼，长大了还能再挨人瞪吗？所以，他一定要活出个人样儿来！"

"跟您学手艺，也许能改变他的命运。"

"这你可说错了，他压根儿就看不起我这个工匠，一心要当官儿。学手艺不过是'跳板'。我知道他这种心气儿后，心说完了，我收的不是徒弟，是冤家。"

"是呀。"

"我本想找老何明说，把肚子里怎么想的都告诉他，这个徒弟我不认了，解除跟他的关系。但后来一想，我跟他也没什么契约，解除什么关系呀？"

"可他毕竟给您磕过头了。"

"说的是呢。他走到哪儿也是拿这个说话。后来，还是拿是我的徒弟说事儿，托人进了工艺美术厂。"

"他从您这儿学到什么手艺了？"

"实际上什么都没学。他不想学，我也没正经教过他什么。那当儿，他还在中学念书，但时不时来找我，表面上看，我们走得很近，其实他找我，就是闲聊天儿，让我说点子北京的老事儿。我这人喝了酒，便口无遮拦了，什么陈芝麻烂谷子的事都说。但说者无心，听者有意，没想到我闲聊天说的那些事儿，他居然都记住了，成了我的罪状。我没承想毁在他手里了。"

"他能干出这种事儿来？"

"运动来了以后，他就跟那些高干子弟裹在一起，抄家，打砸抢，他一样儿没落下。其实，运动没我什么事儿，我怎么倒的霉呢？"

"是呀，您是工匠出身，跟'黑五类'挨不上呀？"

"可说呢。但运动开始后，我看他戴着红箍儿，整天耀武扬威的，我就把他叫到我们家，劝他不要这么张扬，更不要干伤天害理的事儿，人在做天在看。当师傅的劝劝徒弟，不也是应当的吗？"

"是呀。"

"可是这一劝，让他恨上了我。他认为我这是拦着他，不让他革命，自然这是明面上的话，心里他想的是我拦着他出人头地，这是他从小就埋在脑子里的野心。"

"您这么一说，等于得罪了他。"

"是呀，从此他恨上了我，有恨就有仇，有仇就有恶。他很快就跟我翻了脸，转过身来，给我写大字报，批判我。接着他又揭发我是封建思想的残渣余孽，是资本主义的走狗，把我当年跟他讲的那些老北京的掌故，尤其是给德国人錾过头像的事儿都抖搂出来。有这些罪证，我自然成了'落水狗'，大字报的墨迹未干，我们家给抄了。"

"敢情抄您家，是他带的头？"

"没他，怎么会盯上我呢？这一下，我成了历史罪人。后来的事儿你都知道了。你说我是不是收了个冤家？"

"麻片儿李"说到这儿哽咽了。"盖板杨"不想碰他心灵上的疮疤，也就不再往下问了。

"盖板杨"跟"麻片儿李"聊天时，经常听他念叨自己的錾活儿，但没见过他做的活儿。

那年冬天，天降大雪，冷风呼啸，滴水成冰，俩人不敢出门，躲在屋里喝酒。喝到兴头上，"盖板杨"突然问道："您錾了大半辈子活儿，有没有最得意的作品？"

"最得意的？""麻片儿李"看着"盖板杨"若有所思地说，"最得意的作品，往往也是让人最倒霉的作品。"

"什么呢？"

"麻片儿李"迟疑了一下问道："东单有个鬼屋小白楼，你听说过吗？"

"小白楼我知道，它怎么成了鬼屋？""盖板杨"诧异地问道。

"看来你是不知道闹鬼的事儿。"

"没听人说过呀。"

"小白楼有个金板的外国老头的头像，你听说过吗？"

"知道，我还亲眼见过呢。"

"那就是我的作品。""麻片儿李"漫不经心地笑了笑说道。

"什么？那个老头雕像是您錾出来的！""盖板杨"惊诧道。

"不是我，还能有谁呢？""麻片儿李"喝了一口酒，抹了抹嘴说道。

"啊！您的技艺实在是太高了！那头像简直把人给雕活了。鬼斧神工呀！""盖板杨"闭上眼睛，回忆起自己在小白楼见到那雕像的情景，雕像上老人的眼神又浮现在他脑海里，仿佛老人的头影在他眼前晃悠。

"是呀，要不是把头像给雕'活'了，小白楼怎么会闹鬼呢？""麻片儿李"苦笑了一下。

"您可把我给说糊涂了，难道那个头像把'鬼'给引来了？能不能细说端详？""盖板杨"说道。

"麻片儿李"微微一笑，拿起酒壶晃了晃说："这酒可不多了。"

"盖板杨"心领神会地笑道："得，我给您满上。"

他站起身，把酒桶里剩下的酒，都倒在了酒壶里。看了看有半斤多，显然不够"麻片儿李"喝的，他带着歉意说道："您别下回分解了，算我欠您三壶酒，您接着聊小白楼闹鬼的事儿，让我也开开眼。"

"麻片儿李"冲他嘿然一笑道："我这可不是给你说书呢，聊的可都是真事。不信，赶明儿有机会你问问鲁爷，看我说的是不是这么回事。"

"得了，您就聊吧，我知道您不会随意扯闲篇儿。""盖板杨"说道。

那天晚上的雪下得特别大，"盖板杨"记得非常清楚。第二天早晨，大雪愣把门给堵严实了，他是从窗户钻出去，把门口的雪给清走，才开出一条小道。

那天晚上，"麻片儿李"喝得尽兴，一边喝着酒，一边眉飞色舞地讲小白楼闹鬼的事儿。"盖板杨"甚至觉得那"鬼"在"麻片儿李"身上附了体。小白楼的"灵异"，让"盖板杨"有几天晚上不敢单独出门。

这是"麻片儿李"在前门外"奉记"红炉当"头火"时的事儿。有一年，"奉记"掌柜的接了协和医院德国大夫莫克林的一个活儿，莫克林要给他爷爷做一个浮雕头像。

当时，莫克林在东单一带盖的那座德式小楼刚落成不久。莫克林想在楼的正面装上家族的族徽，并且在一楼正厅的墙上镶嵌上他爷爷的头像。

他们家族在德国皇室时代非常显赫，他爷爷威尔逊曾是德皇的重臣，而且对莫克林从小就宠爱有加。爷儿俩感情甚笃，是爷爷鼓励他学医，并出资让他攻读的医学博士。所以，他在中国从医，盖起了新楼，不忘死去的爷爷之恩，要为他做一个雕像。

莫克林是个很古板的人，他对这个浮雕头像要求挺高。首先头像的制作工艺要与众不同，材料要用纯金；其次头像的脸要微侧直视，眼神要能与人的目光对视。

头像的眼睛与人对视？掌柜的还是头一次接这种活儿。而且这位德国人像是有意跟中国的工匠为难，他手里没有老人的照片，只能提供一张铅笔素描的画像。

莫克林当时在协和医院是有名的外科医生，医术非常高明，许多高官都找他看过病。当然他也很有钱，明确跟掌柜的说，头像只要做得让他满意，他会出双份的工钱。

莫克林是个干事非常精细之人，而且追求尽善尽美，一丝不苟。那座小白楼从设计到图纸，从材料到施工，都是他专门从德国找的一流设计师和工匠。本来做那个雕像，他要找德国最有名的雕塑家的，但他的法国朋友卢克把"麻片儿李"介绍给他。

卢克找"麻片儿李"给夫人做过头像，他认为"麻片儿李"的手艺，在德国的那位雕塑家之上。莫克林觉得在北京盖楼，找北京的工匠给爷爷雕像再合适不过了，于是才找到了"奉记"。

"麻片儿李"听掌柜的说了莫克林的这些条件，心里有些不情愿。他在"奉记"这么多年，还没接过这种条件苛刻的活儿。什么叫工艺与众不同？这不明摆着是来跟他叫板的吗？

那当儿，"麻片儿李"三十出头，血气方刚。见洋人说话架子烘烘，又出幺蛾子，提出这些苛刻的要求，死活不接。

掌柜的一看"麻片儿李"要摔耙子，把心提拉起来。在他看来，这是机不可失的甜买卖，丢了实在可惜；再者说，莫克林也得罪不起。您别看他是个大夫，他手眼通着天呢。袁世凯大总统都找他瞧过病，折了他的面子，他在警察局长那儿说句话，找个碴口，能让"奉记"的买卖关张。

于是他赶紧跟"麻片儿李"说好话，求他无论如何先把这活儿接下来，究竟怎么做再想辙。"麻片儿李"吃软不吃硬，见掌柜的给他作了揖，再不接就有点拿糖①了。

别看"麻片儿李"嘴硬，但只要接了活儿，手艺上绝没有半

———

① 拿糖：北京土话，端着架子的意思。

点儿含糊。他让掌柜的给他备下五坛子酒，那是上好的"南路烧"，一坛子十斤酒，五坛子五十斤酒，他一个人躲在作坊里，花了整整两个月的时间，把莫克林的爷爷威尔逊的头像錾了出来。

要说与众不同，"麻片儿李"的这种雕像的工艺，还真是之前谁也没见过。他把莫克林提供的那张素描真是"吃"透了，先让素描的老人活起来，再在金板上呈现，这个过程，"麻片儿李"喝了两坛子酒。

酒让他在蒙蒙眬眬中，让那个外国老头儿活灵活现地坐在了自己面前，两人一起喝酒，一起聊天，一起享受活着的快乐，一起感叹死后对世态的冷眼。两坛子，二十斤酒，让纸上的老头儿，变成活着的老头儿，而且"麻片儿李"跟他成了朋友。这种经历是一般工匠难以想象的，而有了这样的经历，"麻片儿李"錾出来的头像能不生动吗？

剩下的三坛子酒，让"麻片儿李"的錾艺发挥得淋漓尽致。他还来了一手绝的，在金板錾出的浮雕像上，用珐琅镶了边儿，看上去格外典雅别致。

当然，他的绝活是錾艺，有他跟威尔逊交朋友的经历，呈现在金板上的头像真是栩栩如生，活灵活现。脸上神采奕奕，眉眼疏朗，目光炯炯有神，用含蓄的微笑看着你，意味深长，好像一张嘴就能说话。

莫克林看到这个金板头像，一下惊呆了："这……哦，简直把我爷爷给雕活了！太神奇了！"

他惊叹不已，握着"麻片儿李"的手，看了半天，感慨道："啊，我们同样有一双手，我这双手能救助活着的人的生命；你的这双手，却能让死去的人活过来。太了不起了！真是鬼斧神工！"

莫克林不但给了双份的工钱，还额外给了"麻片儿李"一千块银圆。那会儿，"麻片儿李"在"奉记"一年的工钱也就是一百多银圆，那还是因为他是"头火"。

头像錾好还要安装。那天，天降大雪。雪花漫天飞舞，天地一片银白。您想那小楼也是白的呀，白雪跟小白楼好像融为一体，连楼的轮廓都分辨不出来了。

"奉记"的掌柜的建议改天再安装，但莫克林夫人非常任性，她决定的事情很难改变。于是，"麻片儿李"带着两个工匠，冒着大雪，来到了小白楼。雪大路滑，在上小白楼门口的台阶时，"麻片儿李"摔了一个屁蹲儿。

他比较迷信，安装头像摔跟头，他下意识地觉得不是好兆头。果不其然，后来发生的很多事儿一直到他死，都是难解之谜。

别看麻斧子嘴硬，只要接了活儿事路烧酒备上绝活儿，晨浮有丰点会糊的

第十五章

在"麻片儿李"的印象里，莫克林是个比较规矩和温和的老实人。那时，他有五十出头，两个儿子和一个女儿都在德国上学，身边只有夫人和雇用的一个中国籍仆人。

莫克林的夫人也有五十多了，长得高大，身子也发了福，走道儿屁股扭搭扭搭的像只海豚。跟莫克林比起来，她的脾气急，甚至有些乖张，说话办事自以为是，比较任性。家里的大小事儿，都是她拿主意。

跟莫克林一样，"麻片儿李"的高超錾艺，也让莫克林夫人感到惊叹。本来新楼的油漆未干，家具也刚刚从德国运来，一切都显得死气沉沉。但当"麻片儿李"把威尔逊的头像嵌在墙上以后，这金色的浮雕让整个房间顿时灿然生辉。

莫克林夫人看着栩栩如生的头像，忍不住尖叫起来，操着德语说："哎呀，他是不是要跟我说话呀？"

莫克林会说几句汉语，他把夫人的话，翻译给"麻片儿李"。"麻片儿李"笑道："他还要走下来，跟你们一起吃饭呢。"

"哦，真的吗？"莫克林听懂了"麻片儿李"说的意思，看了一眼头像，笑着用德语说，"爷爷下来吧，我们等着你一起吃晚饭。"

夫人听了这句话，也忍不住仰起头看了一眼头像，喃喃自语："这怎么可能呢？"

"麻片儿李"对他们嘿然笑道："你们等着吧，保不齐老爷子会下来，跟你们就伴儿呢？"

"麻片儿李"离开小白楼的时候，已经到了晚饭的饭口儿。莫克林礼节性地要留"麻片儿李"跟他们吃饭，但被"麻片儿李"婉拒了。

说起来，也是奇了怪了，"麻片儿李"那天特别想喝酒。他和铺子里的两个工匠，找了家"大酒缸"，把莫克林给的五块大洋小费，都换成了烧酒，三个人喝得醉么咕咚回的家。

"麻片儿李"怎么也想不到他的那句话成了谶语。一年以后，他錾的那位老人真的从墙上"走"下来，让小白楼闹了"鬼"，而且还出了人命。

由打威尔逊的头像上了墙以后，莫克林只要回家，便像有根线拴着他的心魂一样，身不由己地来到头像前，看着爷爷。

爷爷好像一直在等着他，爷儿俩的眼神对上以后，莫克林便好像身上充了电一样，似乎有了什么心灵感应，他有一肚子话要跟爷爷说。

开始，夫人见他看着头像打愣，常常打断他的思路，让他干点儿家务，分散他的注意力，但是这并没隔断莫克林与爷爷的眼神对视和心灵感应。

一晃儿，威尔逊的头像来到小白楼一年了。这天，天降大雪，跟一年前几乎一样，那雪下得漫天皆白，天气格外寒冷。

莫克林冷风稍气地从医院下班回到家。仆人给他掸掉身上的雪花，换了衣服，倒上一杯热咖啡，让他暖暖身子。

他坐下后，看着仆人，心不在焉地笑了笑，脑子却想着白天死在手术台上的一个病人。

病人是个街头乞丐，也许是几天没吃没喝了，连冻带饿倒卧在街头，被一个教堂的牧师发现，把他送到了协和医院。

牧师认识莫克林，希望他能开恩，搭救一下这个乞丐。当时莫克林正在给一位官员瞧病，后来又去手术室，参加一例大手术。这个手术完了，他才想起牧师说的那个病人，此时那个乞丐早已断了气。

这是一个看上去有七十多岁的老头，衣衫褴褛，脏兮兮的脸上惨白如纸，面目瘆人。莫克林假模假式地让人把乞丐推进手术室，奇怪的是乞丐突然睁开了眼睛。他吃了一惊，用手摸了摸他的心脏，没有任何生命体征，而且身体早已经僵了。

莫克林接触过无数病人和死人，这是第一次遇到病人死后睁眼的。是死不瞑目吧，他生前一定有什么冤屈。

他猛然想到自己的失职，如果牧师搀他进来，他及时处理，老人也许不会死。一种深深的愧疚攫住了他的心，他用手合上老人的眼睛，居然合了三次，眼睛才闭上。

莫克林把那杯热咖啡喝下去，心里才稍稍安稳一些。蓦然，他的目光看到了爷爷的头像，他走到头像前，目不转睛地看着爷爷，脑子里却又浮现出那个老年乞丐的凄惨面容，他的内心不由自主地焦灼起来。

夫人在催促他吃饭，仆人已经把餐具摆好。他走到餐桌前，目光还没离开爷爷的头像，好像爷爷的眼睛把他的魂给牵了去。

他神不守舍地胡乱吃了几口东西，白天工作的劳累和对老年乞丐的忏悔，让他没有一点儿食欲。

他放下手里的刀叉，坐在客厅的沙发上，两眼直勾勾地看着威尔逊的头像。看着看着，他的眼神惶乱起来，只觉得爷爷在墙上幻化成真人，在向自己微笑。

"爷爷！"他情不自禁地叫了一声。爷爷竟然答应了。莫克林惊呆了，不错眼珠地看着爷爷，恍然间，只见爷爷从那个金板上跳了下来，而且直接朝他走了过来。

他揉揉眼睛，爷爷就站在自己面前，冲他微微地笑着，他微笑着又叫了一声："爷爷！"

倏然，爷爷的脸色变了，对他严厉地瞪大眼睛说："知道今天你犯了多大的错误吗？"

"我……是的，我没有及时抢救那老头儿，可我当时也正在给人看病呀。"

"你不要自我辩解了，上帝看着你呢。如果你对所有病人都一视同仁的话，那个老人今天死不了。"爷爷嗔怪道。

"您是这么认为的吗？"

"医生是什么？是上帝派到人间，治病救人的白衣天使。天使对所有病人都要一样对待，不管他是穷还是富，不管他是高官还是乞丐。可你尽到你的使命了吗？你呀，忘了爷爷当初是怎么跟你说的了。"

"爷爷，我记得。您对我说你每救活一个病人，天上就会多一颗星星。今天，天上少了一颗星星。"

"孩子，你知道那颗星星是谁吗？"

"谁？"

"他就是上帝呀！"

"什么？今天死去的那个老年乞丐是上帝？"

"对，他就是上帝。孩子，上帝能死吗？但上帝在你心里死了。"

"真的吗？我让上帝死了？"莫克林猛然听到一声巨响，他大惊失色，睁开了眼睛，爷爷早不见了。原来他靠在沙发上睡着了，夫人在叫他去洗澡，准备睡觉。

夜里，雪渐渐小了，但"风后暖，雪后寒"，天气奇冷。临睡觉的时候，莫克林喝了两小杯白兰地，他以为酒精可以催眠，因为他下意识地觉得今天晚上很难入眠。

果不其然，他跟夫人亲吻后，踱步到自己的卧室，换上睡衣，躺在床上，闭上眼睛，脑子里转悠的都是爷爷威尔逊的身影。

他蒙蒙眬眬，好像回到了儿时生活的庄园。他爷爷穿着白大褂，跟着一位拄着拐杖的老人向他走过来。他小跑着迎了上去，这才发现那位长者正是那个死去的乞丐。他穿着深蓝色的长袍马褂，面目和善，彬彬有礼地冲他微笑。

爷爷和那个长者用审视的目光端视着他，一言不发，弄得他很不自在。难道他们是为自己白天的失职来教训他的吗？他正要申辩，猛一眨眼，爷爷和那位长者不见了。他急忙四处寻找，蓦然在一条幽静的小河边看到了他们，他奔了过去……

莫克林就这样躺在床上，恍恍惚惚地跟着他爷爷和那位长者转悠。一会儿乡村，一会儿城市，一会儿田野，一会儿宴会，总之都是他小时候经过的地方。

　　一直折腾到午夜，他突然醒了。夫人和仆人在自己的房间各自关灯睡觉了，万籁俱寂，窗外飘着小雪花。他半梦半醒，口渴得要命，准备喝水，突然他爷爷在他的眼前出现。

　　爷爷俯身亲吻着他的脸，然后拉着他的手，下了床，又下了楼，最后推开了楼门。他跟着爷爷来到了街上，来到了雪的世界。

　　他举目四望，漫天皆白，但又黯淡无光，渺无声息。走着走着，爷爷带着他到了另一个世界。

第十六章

第二天早晨，人们在雪地上发现了莫克林大夫。他身上只穿着薄薄的睡衣睡裤，已经冻得僵硬。

莫克林死后，他的夫人得了抑郁症，半年以后，她被儿子接回了德国，据说回德国不久就死了。夫人一直觉得莫克林死得诡异，而且跟威尔逊的头像有关，很长时间她不敢看那头像，后来甚至连那小白楼也不敢住了。在儿子接她回德国之前，她把小白楼卖给了盐业银行的董事汪先生。

汪先生是上海人，家室和夫人也在上海，独自在北京当差，寂寞无聊的时候，便到前门外的"八大胡同"泡妞儿。在"清吟小班"①"翠云轩"结识了头牌"白牡丹"。

"白牡丹"十七八岁，豆蔻年华，天生丽质，皮肤白皙，容貌可人。她是江苏泰州人，跟这位汪先生算是半个老乡，两人一见倾心，汪先生在她身上没少扔钱。

---

① 清吟小班：老北京的高级妓院。

尽管那年头，有"婊子无情，戏子无义"的说法，但有钱人什么时候都任性。这位汪先生还兼任银行的副经理，大把的钱花不完，所以，在"白牡丹"向他倾吐衷肠之后，他花重金，纳了"白牡丹"。他从莫克林夫人手里买下这座小白楼，实际上是为他和"白牡丹"构筑爱巢。

"白牡丹"，花名是"白"，又住进了小白楼，两个"白"碰到了一起，似乎这小白楼是单给她预备的。所以她住进去感到十分惬意，但没想到住了不到半年，她便中了邪。

莫克林夫人也许是出于某种忌讳，所以在卖小白楼时，没有把威尔逊的头像取下来带回德国，所以头像依然挂在小白楼的二楼。

"白牡丹"由打住进这小楼，便像着了魔。只要一看见墙上的威尔逊头像，便觉得这个外国老头儿在盯着她，而且目光里带有一种令人难以捉摸的神情。最初，她看几眼，便把注意力转移到别处，也没觉得有什么异样。但是后来，那老头的眼神中像是有什么魔力，像小线似的牵着她，让她的目光跟他的眼神对视。

奇怪的是她越不想看那头像，越被头像的眼神牵着走，不看就会觉得身上缺点什么似的。到后来，她不看那头像就觉得百爪挠心，没着没落儿。但是死死地盯着它，又会感到神魂颠倒，焦躁不安。

"白牡丹"后来真是中了邪，她经常看着头像，跟那个外国老头聊天。聊的都是无中生有的天方夜谭，而且说话语无伦次，哪儿跟哪儿都不挨着。

她对汪先生说，墙上的威尔逊是她的爷爷，这小白楼是她爷爷盖的。她小时候就住在这里，她爷爷后来去了国外，她父亲常常跟她母亲吵架，她父亲是在小白楼把她母亲轰走的。听得汪先生心里一个劲儿发毛。说到最后，让汪先生胆小儿了，因为她执意要去找她爷爷，就是墙上的那个老头威尔逊。

其实，"白牡丹"是个弃婴，被一个拉黄包车的捡到以后，卖给了人贩子。人贩子倒了几次手，卖给了专门给妓院供"雏儿"的"鹰客"，后来"鹰客"把她卖给了北京的"翠云轩"。

如此说来，"白牡丹"在两岁懂事后，不可能见过自己生身父母，更不会知道他们的下落。如果不是脑子进了水，怎么会说出这种话呢？

后来，汪先生发现是那个头像让"白牡丹"中了邪。所以要把头像从墙上抠下来，但头像的金板是嵌在墙上的，与石头的墙面形成一体，把头像抠下来挺费劲。

没辙，汪先生想了一个补救的办法，找人用泥把头像盖住，上面抹上腻子和白灰。这样，一点儿看不出墙上有头像了。谁知，"白牡丹"见不到头像，折腾得更厉害了。她天天对着墙抹眼泪，有时捶胸顿足，有时甚至号啕大哭，弄得汪先生不知所措。

汪先生看着她饭不吃茶不饮，成天喊着要找她爷爷，而且每天晚上，都说她爷爷在楼门口等着她。见不着她爷爷，就大哭大闹，让汪先生感到无所适从。最后，只好又找人把墙上的泥巴抠掉，恢复那头像的原貌。"白牡丹"重新看到了头像，才不像先前那么闹腾了。

但是她依然每天跟头像对话，经常深更半夜从床上爬起来，来到头像前，喃喃自语，又哭又笑，弄得汪先生寝食不安，彻夜难眠。

一晃儿几个月过去，汪先生觉得"白牡丹"再这么折腾下去，他也变成精神病人了。没办法，只好请医生帮忙。于是，带她找了许多医生询诊，找西医看，说是精神出了问题；找中医看，说是癔症，吃了一堆药也不见效。

俗话说："人被病魔欺，有病乱投医。"后来，有人介绍汪先生到白云观求签。白云观的道士说"白牡丹"碰上了"撞客"①。于是在小白楼做了两回"法事"，又是撒米，又是烧符，折腾了几天。说来也是奇怪，"白牡丹"见到道士，精神很正常，但道士走后，"白牡丹"依然哭着喊着要找她爷爷。

闹到第二年的冬天，也是一个大雪天，漫天皆白，天寒地冻，滴水成冰。

那天，"白牡丹"一反常态，心情格外地好，晚饭的时候，提出要跟汪先生喝杯酒。汪先生是南方人，平时喜欢喝黄酒，见"白牡丹"说要喝酒，异常兴奋，让家里的厨子炒了两个菜，烫了一壶绍兴陈年黄酒。

屋里暖意融融，窗外雪花飘飞。此刻，拥着美人，把酒相欢，汪先生竟然来了情趣，忘了"白牡丹"往日撒癔症时的情景。

说来也是奇怪，"白牡丹"那天夜里，喝了酒，脑子非常清醒，没找她爷爷，找汪先生，像过去在"翠云轩"时风情万种的样子，小嘴甜甜的，哄得汪先生五迷三道。

俩人推杯换盏，有说有笑，边喝边调情，情浓性起，喝到深夜，三壶老酒进了肚，汪先生还跟"白牡丹"温情一番。他是带着睡意躺下的，"白牡丹"是带着惬意睡的，一切都那么安详。

---

① 撞客：老北京的一种迷信说法，人精神出了毛病，往往说碰上了撞客。所谓撞客，就是"鬼神"之类。

谁也想不到，第二天早晨，汪先生睁开眼，躺在身边的"白牡丹"不见了。他急忙在楼里找，没有找到。

一种不祥的预感让汪先生惶恐起来，他着急忙慌儿地叫起厨子、老妈子，让他们赶紧到街上去找。

大地已经被白雪覆盖，放眼望去，整个是洁白的世界，看着都刺眼。他们在胡同和街上转悠半天，也没找到"白牡丹"的身影。

汪先生急得两眼冒火，只好穿上棉衣自己上街寻找，他发誓找不到"白牡丹"就不回来了。刚走到胡同口，他看到一个拉洋车的车夫站在那儿发愣。原来他拉着车，脚踏雪地的时候，碰到一个"硬物"，低头把雪扒开，露出一个女人的脑袋，吓得他差点儿没背过气去。

汪先生听了他的叙述，赶紧在雪里把那个女人扒出来，不是别人，正是"白牡丹"。她穿着一身白睡衣，躺在雪地上，跟白雪混为了一体。汪先生摸了摸"白牡丹"的身子，早冻僵了。

汪先生欲哭无泪，办完了"白牡丹"的丧事，辞退了厨子、老妈子，小白楼是不敢住了。正好盐业银行在上海有个空缺，他回到了上海。

小白楼的两拨主人都遇上了"鬼"，而且都让"鬼"给牵走了，连死法都差不多，听起来让人心里发毛。周围胆儿小的住户晚上都不敢从小白楼门前过。这小楼一连荒了有两三年，没人敢住。

小白楼是汪先生的房产，他回上海后，心里想着这座小楼。虽然小楼闹过"鬼"，但毕竟是他和"白牡丹"的爱巢。

1948年初，汪先生在上海，见到了回家探亲的侄子汪本基。汪本基是他大哥的儿子，二十出头，长得一表人才，当时正在北京大学念书。

爷儿俩在聊天时，侄子告诉他已经有了对象，对象是北京人，他大学毕业后，暂时不回上海了。

当时内战正紧张，汪先生理解侄子的想法。汪先生的父母去世早，是他大哥供他念的大学和出国留学，他一直感念大哥的这份情。所以当侄子说出自己的想法后，他决定把这座小白楼送给侄子住。

汪本基听了很高兴，因为此前，他一直住在北大的沙滩宿舍。其实，他大学毕业不回上海的原因不是有了对象，而是因为他加入了中共北平的地下党的外围组织，跟城工部有密切的联系。

汪先生后来随盐业银行总部去了台湾。这样，小白楼成了汪本基的私人房产，只不过汪本基在解放后把它缴了公。

当时，汪本基住进小白楼时，北平还没解放。汪本基并不知道这小楼发生的诡异之事，他住进去之后，小白楼成了地下党城工部的一个秘密据点。他们经常在这里开会，北平解放前夕，地下党的许多政治宣传的传单，都是在这个小楼里印的。直到"盖板杨"在小白楼认识汪小凤的时候，这里也没出现什么诡异的事儿。所以，他并不知道小白楼曾经闹过"鬼"。

"盖板杨"记得很清楚，"麻片儿李"把这个故事讲完，他问"麻片儿李"："这'鬼'可都跟威尔逊的雕像有关?"

"麻片儿李"哈哈笑起来，说道："你的意思是说我招来了'鬼'对吧?"

"我冥冥之中有这种感觉。"

"麻片儿李"笑道："事后，'奉记'的人也都这么说。哈哈，我有那本事吗？功夫自晓，心血天知。一件作品，您下了多少功夫，是怎么做出来的，可能外人并不知道，但老天爷看着呢。欺骗别人可以，但人欺骗不了老天爷，所以，你必须尽心，否则老天爷都饶恕不了你。"

"这也许就是工匠内心的一种信念吧？""盖板杨"若有所思地说。

"人应该有信念，不能稀里糊涂地活着，但有时候难得糊涂。因为你不知道会碰上什么人。""麻片儿李"沉了一下道。

"是。""盖板杨"心领神会地点了点头。

"你说世界上什么东西能通神？""麻片儿李"笑着问道。

"不知道。"

"酒呀！""麻片儿李"朗然大笑道，"那个外国老头的头像，是人们喝了酒以后，才感觉他是活的，对不对？"

"照您这么说，这事儿是跟酒有关？""盖板杨"不解地问道。

"当然了。你要知道，錾这德国老头儿的头像，我可是喝了五坛子酒。所以，錾出来的玩意儿，带着酒味儿呢！"

"麻片儿李"说到这儿，端起酒碗看了看，碗里还有至少二两，他一仰脖，都把它喝了。

第十七章

"麻片儿李"的绝技，常常让"盖板杨"浮想联翩。他是学美术的，对艺术似乎有着与生俱来的热爱。他非常奇怪，"麻片儿李"没学过画画儿，也没素描速写的功底，为什么能用一把錾子，把人物雕刻得如此惟妙惟肖？难道这是某种天赋吗？

他曾试着问过"麻片儿李"，但"麻片儿李"总是嘿然一笑："什么天赋？酒赋！离开酒，我什么也錾不出来。"

"盖板杨"知道他这是在打哈哈儿，其实他在艺术上是非常执着的，而且跟一般工匠不一样，他有自己对艺术的独到见解，只是不说而已。

"盖板杨"不愿意把自己跟小白楼的关系告诉"麻片儿李"，也没细说他见到威尔逊老人头像的感受，只是轻描淡写地说自己在小白楼见过那个头像。当然，这已经是翻篇儿的事儿了，所以"麻片儿李"也没深问。

有一天，"盖板杨"问"麻片儿李"："除了威尔逊的头像，您还錾过什么作品？"

"麻片儿李"若有所思地说："以前在铺子里干活儿，东西做出来，主家也就都带走了。手里藏着几件年轻时做的玩意儿，也剩不下了。"

"手头一件都没了吗？实在太遗憾了。""盖板杨"叹息道。

"麻片儿李"怔了怔，笑道："嗯，你还别说，我手头还留下一样东西，唉，只有这一件东西了……"

他说着站起身，掀开一个他平时放衣服的木头箱子，翻了半天，才从箱子底下，找出一个小蓝布包儿，递给了"盖板杨"。

"盖板杨"打开一看，是一个巴掌大的银质盘子，上面錾刻着三个人物，但有些模糊，他皱起了眉头。

"麻片儿李"看出他的疑惑，要过盘子，用布擦了擦，让"盖板杨"再看。

"盖板杨"拿到亮处仔细端详，不由得大吃一惊。原来盘子上錾刻的是《三国演义》的"桃园三结义"，刘备、关羽、张飞三个人物栩栩如生，眉目传神，甚至连头发丝都清晰可辨。关键是人物的神态，神形兼备、活灵活现、呼之欲出。人物之外的马和房屋、树木、景色錾刻得细腻生动，有一种空灵的立体感。

"啊，真是鬼斧神工呀！""盖板杨"啧啧称道。

"唉，精的物件都散没了。""麻片儿李"叹了一口气说，"这个盘子本来是想送给老何的。但老何看到他儿子那样对我，气得脑血栓了，人也'弹了弦子'。"

"给他，也得让何彦生得着。"

"可说呢，还是我自己留着吧。"

"不过，这也是一种纪念。""盖板杨"想了想说。

"盖板杨"让"麻片儿李"把这个盘子收好，不无感慨地说："您这么好的手艺扔了，实在可惜。"

"是呀，想教的不想学呀。""麻片儿李"想起了何彦生。

"想学的呢，您教不教呀？""盖板杨"端详着他笑着问道。

"麻片儿李"听出他话里有话，拿眼瞄着他问道："怎么，你想入这个门吗？"

"您看我够不够格儿，当您徒弟？"

"当你师傅？我可不敢。我已经起过誓，这辈子再不收徒。但你要想学，我会尽心把肚子里的玩意儿都掏给你。"

"真的？那我先给师傅磕头。""盖板杨"说着就要给"麻片儿李"跪下磕头。

"别价嘿，咱爷儿们可不兴来这礼儿。""麻片儿李"赶忙把"盖板杨"搀扶起来说，"我发过了誓，就不能打自己的脸，不收徒就是不收徒。但咱俩在一个房檐底下已经住了一年多，情同父子，你想跟我学玩意儿，我能掖着藏着吗？"

"盖板杨"笑道："那以后我就是您的徒弟了。"

当时，虽然在荒僻的山村，远离喧嚣，但"麻片儿李"也清楚自己的处境，消消停停地活着就已经知足了，哪儿敢收徒呀？那会儿，收徒被批判为"封建思想余毒"。他不能"毒"着"盖板杨"呀。

既然"麻片儿李"说了这话，拜不拜师，"盖板杨"也觉得无所谓，只要能跟"麻片儿李"学到本事就行。

"麻片儿李"对待"盖板杨"的确像亲生儿子。干了大半辈子錾活儿，他总结出"錾艺十八法"，这是他手里看家的绝活儿。"盖板杨"跟他学艺后，他都毫不保留地传授给了"盖板杨"。

那当儿，"麻片儿李"已经行动不便，走道要拄拐，回不了北京了。当然，妻离子散，家破人亡，他也没有回去的必要了。

"盖板杨"年底回北京探亲时，"麻片儿李"告诉他，他自家住的那个院，原来是王爷府的马厩，挨着墙是个花池子，池子里有棵丁香树，树下埋着一个铁皮箱子。

"麻片儿李"嘱咐"盖板杨"："你要晚上去，趁没人的时候，在花池子里，把那个箱子刨出来，然后给我带过来。"

"箱子里是不是有什么宝贝？"

"你先别问里头装的是什么，只管给我带来。""麻片儿李"对他说。

"我知道了。您放心吧。"

"盖板杨"照他说的办了，果然在那个花池里，挖出了一个铁皮箱子。这个箱子有当年医生出诊背的医药箱大小，很重。箱子的铁皮已经被锈蚀，"盖板杨"不得不找了块破蓝布把它裹上。因为裹得严实，人们以为是什么宝物，在长途车上，差点儿被人偷走。

破铁皮箱子弄得挺神秘，"盖板杨"以为里面藏的是金银财宝，及至"麻片儿李"把它打开，才知道里面藏的是几十把各种各样的錾子。这些錾子都是"麻片儿李"用特殊的钢料自制的，因为怕惹祸，他偷着埋在花池子里了。

"想不到吧？是一堆破铁。""麻片儿李"对"盖板杨"笑道。

"这怎么是破铁呢？在我看来是无价之宝。""盖板杨"说道。

"麻片儿李"把"盖板杨"叫到身边，郑重其事地对他说道："在老北京，我在'奉记'红炉摸了半辈子金子银子。别人都以为我发了财，其实，我什么金的银的都没落下，唯一的宝贝就是这一

盖板抬一说睡帮就给麻庄李跪下磕头麻二李赶忙把他扶了起来

铁箱錾子。"

"嗯。""盖板杨"点了点头。

"麻片儿李"接着说："在外行人眼里，这些錾子什么也不是，废铁一堆；但对我来说这是无价之宝，我大半辈子的心血都在这儿呢！现在我要把它传给你。"

"给我？真的吗？""盖板杨"激动地看着"麻片儿李"，一时不知说什么好了。

"麻片儿李"沉了一下，语重心长地说："你以为我就知道喝酒呢？我恋酒，腻酒，是为了什么，你不知道吗？我不是一肚子草包的酒鬼，也不是光说不练的酒徒。我从小学艺，以为有一手绝活，可以吃遍天下。但是这些年，我遇到的都是什么人呀？他们羡慕嫉妒，嘴上抹蜜，脚下使绊儿；他们兴风作浪，陷害忠良，弄得我妻离子散，家破人亡；最后把我发落到这个穷山沟里，了此残生。唉，你说我是什么命呀？苍天如果真有眼，不会让我空怀绝技，无用武之地呀！"

"师傅，您别说了，我心里都明白。""盖板杨"听到这儿，不由得鼻子发酸。

"唉，人生就这么几十年，光阴如流水，转眼就是百年。酒，让我想明白了，也让我活明白了，人这一生，不能跟命争，争来争去，伤耗的是你自己的身子骨，自己跟自己过不去。生命生命，要先考虑生；有生，才有命；没生，要命有什么用？所以要想生，就要顺应命运的安排，有马骑马，有车驾车，有船撑船，什么都没有，那就腿儿着。有什么呀？！"

"您说得对。""盖板杨"点了点头说。

"我这辈子也就这样了，眼瞅就七十了，还有什么蹦跶的？可你就不一样了，难得我们在这儿相识，也难得你叫我一声师傅。我现在混得已经真正的光棍儿一人了。我能给你什么呢？想来想去，就这一箱子破铁了。"

"您一辈子的心血都在这儿呢。""盖板杨"说道。

"我刚才说的你都懂了？"

"懂了。您说的这些我会记一辈子。""盖板杨"眼里噙着泪花，点了点头道，"谁说苍天无眼？如果苍天无眼，我怎么会在这穷乡僻壤与您相遇？苍天是让我来跟您学艺的，有我在，您的手艺就不会断桩！"

"麻片儿李"看了看"盖板杨"，叹了口气道："但愿你是我最得意的作品。"

"我不会辜负您的这片苦心的。"

"好啦，这箱錾子现在算是有主了！""麻片儿李"笑道。

由打有了这些工具，"麻片儿李"算有了活儿。他不但细心给"盖板杨"讲錾子的用法，还让他直接上手錾活儿。

当时，在那个荒僻的小山村，他们手头儿别说金片儿，连块铜板儿都没有。"盖板杨"就利用回北京探亲的机会，四处淘换铜片儿，背回来以后，就跟"麻片儿李"一点一点地錾活儿。

后来，"麻片儿李"还带着"盖板杨"在离队部不远的地方，垒了个冶炼的小炉子；从山下运煤，把一些铜料直接熔化，做成铜板；然后再一点一点地拍成铜片，在上面錾活儿。

当时，传统的"帝王将相""才子佳人"题材都属于"四旧"，他们不敢碰。"麻片儿李"就让"盖板杨"錾花鸟鱼虫，这类题材谁也说不出什么来。

整整三年多，"盖板杨"跟着"麻片儿李"一边炼铜做铜片儿，一边在铜片上錾不同题材的作品。他有绘画功底，加上师傅传授的錾雕技艺"十八法"，勤学苦练，到他离开山村回北京的时候，就是远近闻名的工匠了。

当地老百姓家里做什么装饰铜活儿，都找他。他精雕细刻，錾出的大件小件活儿非常生动传神，尤其是自然界的小动物，如蚂蚱、青蛙、蝴蝶、蜻蜓，细致得连蜻蜓翅上的纹路都清清楚楚。

第十八章

"麻片儿李"是1974年的端午节夜里"走"的。"走"之前，他跟"盖板杨"喝了顿痛快酒。

大山里的村民，对端午节的习俗是很淡漠的。村里的人甚至都不吃粽子，因为那年头，没地儿淘换黏米去。

那天，"盖板杨"跟一起磨豆腐的老胡进山，打了一只山鸡和一只野兔子。回来后，"盖板杨"就把这只山鸡和野兔子收拾收拾给炖上了，老胡又炸了一盆豆腐，给他送过来。

"麻片儿李"有日子没吃荤腥了，所以，那天吃得特开心，而且跟"盖板杨"喝了不少酒。

喝酒的时候，"麻片儿李"像有什么感应，突然对"盖板杨"说："我这辈子认识了你，算是没白活。"

"盖板杨"听了一愣，问道："您又想起什么来了，说这话？"

"麻片儿李"叹了口气道："我这一生，千不该万不该的是收了一个徒弟。其实，何彦生说是我徒弟，他并没跟我学过什么玩意儿，但跟我学会了喝酒，坏就坏在这个'酒'字上了。他把我酒后说的话都记下来，运动一来，他先把我这个师傅举报了，造了我的反。我落到今天这种地步，就是因为他呀！"

这些话，他在"盖板杨"这儿不知说过多少回了。那些天，他血压一直很高，天天吃药，"盖板杨"看他有些激动，赶紧把他劝住："这些陈年旧事您就别提了。"

"不，今天我必须要说，他害了我，也成全了我，要不是挨批挨整，我怎么会到这荒山野岭来呢？不来这儿，我怎么能认识你呢？"

"瞧您说的。"

"光阴识人，落难见心。真心话，认识你我三生有幸。这些年，咱爷儿俩相依为命，要是没你，我活不到今天。"

"哪里话，是您自己的造化。"

"造化？对，我最大的造化就是你把我的玩意儿学到手了。有了你，我这辈子活得值！人这一辈子，不求多，干成一件事儿，就算积德。我手里的玩意儿没让我带到棺材里，留下来了，这是我最大的心愿。"

"您现在觉得心愿实现了吗？"

"当然！""麻片儿李"颇为激动地说，"前几天，你完成的那个錾活儿，干净利落，刀刀见血，鬼斧神工，我佩服极了。来，咱爷儿俩干一下！"说到这儿，他端起了酒碗，动情动容地说，"看到你做的这活儿，我死而无憾了！"

"盖板杨"端起碗，跟他碰了一下，然后一口干掉。在两碗相碰的时候，他发现"麻片儿李"的嘴直哆嗦，手也有些颤抖，同时眼里汪着泪，他不由得一惊。

那天晚上，"麻片儿李"确实没少喝。但"盖板杨"把他扶上炕时，他神志一直很清醒。临睡前，还跟"盖板杨"说了一句："有机会的话，你进小白楼，看看那个威尔逊的头像还在不在？"

"嗯，我记着您的话呢。得，您歇着吧。""盖板杨"冲他点了点头，随手给他盖的被子掖了掖被角儿。

说来让人匪夷所思，那天晚上，"盖板杨"也喝了不少酒。本来想随"麻片儿李"躺下就睡，进入他的那虚幻世界，但队里的那头青花骡子跟磨豆腐的那头老驴闹起了别扭，两头牲口深更半夜嘶鸣嚎叫起来。他赶紧起身，披上衣服，跑到牲口棚，去调驯那头老驴。

折腾到半夜，"盖板杨"才回屋，低头看了看"麻片儿李"，他歪着脑袋，没了声息。他以为老爷子睡着了，没有惊动他。

第二天一早，他先爬起来，下了炕，烧火给"麻片儿李"熬棒糁儿粥。粥熬好了，"麻片儿李"还在睡。他喊了几声，没有动静，不由得心里一沉，走过去一摸，"麻片儿李"的身子早凉了。

那年，"麻片儿李"六十六岁，按老北京的说法是"槛儿年"①。老头儿还算造化，走的时候没有任何痛苦，而且酒也喝美了。

"麻片儿李"的后事，是由"盖板杨"操办的。"麻片儿李"跟老婆离婚后，人家已嫁人，四个孩子早跟他断绝了关系，兄弟姐妹也一直跟他没有来往。他实打实地成了孤家寡人，能发送他的，只有"盖板杨"了。

队长还算仁义，找了几个村民给"麻片儿李"现打了一口棺材。"盖板杨"张罗着把"麻片儿李"埋在了离村不远的山坡上。

① 六十六槛儿年：老北京人迷信的说法，六十六是"槛儿年"。民间谚语：六十六，不死也要掉块肉。

因为"麻片儿李"的身份，不能立碑，"盖板杨"在他的坟头边上，种了一棵山桃树。

"麻片儿李"死后的第二年，跟"盖板杨"一块磨豆腐的老胡，在上山打山鸡的时候，掉进山涧，摔成了残废，在炕上躺了几个月，也"走"了。

"盖板杨"的两个最好的朋友相继离世，让他感到人生的无常，这更增加了他对酒的依赖。当然，两个人的离世，让他也觉得没有再在这个小山村待下去的必要了。年底，他回家探亲的时候，父亲病重住了医院，他便以照顾老爸的名义，一直没再回村。

两年以后，"盖板杨"的老爸去世，这时候，插队的知识青年开始返城。他虽然不是学校"大拨儿轰"来农村的，但也属知青。恰好北京的一家工艺美术厂招工，他父亲的一个老同学，是主管这家工厂的上级公司的小头儿，从中说了句话，他便办了返城手续，进了这家工厂当了工人。

一晃儿，"麻片儿李"已经走了四十多年。前几年，"盖板杨"到张家口办事，特地绕道儿回到当年插队的那个小村看了看。

斗转星移，小山村已经发生翻天覆地的变化。"盖板杨"没想到当年的荒僻山村，如今成了旅游地，家家户户开起了"农家乐"旅馆。造化弄人，物是人非，队长那茬儿人早已作古，现在村里没有人能认出当年在这儿插队的"盖板杨"来。

他来到村外的山坡上，找到了"麻片儿李"的坟。所谓坟，已经成了荒冢，杂草丛生，看不出坟头在哪儿了，只有那棵山桃树，枝繁叶茂，树冠成荫。"盖板杨"花钱，找了几个村民，在荒冢上重新堆起了坟头，而且还立了一块碑。

他知道师傅是"酒虫儿"，特意买了五瓶"二锅头"，拧开盖儿，把酒洒在地上。因为是新培的土，比较松软，酒很快就渗到了地下。

"盖板杨"幻想着师傅在那边①嗅到了酒味儿，会从棺材里探出脑袋，一口一口地用嘴舔着那酒，心里会有一种美意。有了酒，他就不会感到孤独了。

那天，他在"麻片儿李"的坟前哭了好久，跟师傅一直聊到太阳落山。那天非常奇怪，"盖板杨"离开山村的时候，脑子里突然蹦出了何彦生。

何彦生张口闭口说他是"麻片儿李"的徒弟，可是，别说他压根儿就不会"麻片儿李"的錾艺，"麻片儿李"在哪儿埋着，他知道吗？想到这儿，"盖板杨"心里似撞倒了五味瓶，一种别样的心绪涌上心头。

俗话说：不是冤家不聚头。"盖板杨"怎么也没想到，今生今世，命运的轮盘转了一圈儿，居然跟何彦生走到了一起。

"盖板杨"到那家工艺美术厂报到的时候，在楼道里，迎面走过来一个长得挺帅气的年轻人。"盖板杨"跟他走了个对脸儿，他居高临下地打量了一眼"盖板杨"，问道："哎，你是不是姓杨，住在……"他说出了"盖板杨"住的那条胡同名儿。

"是呀。你是……""盖板杨"觉得他人不大，架子不小，越是这种人，他越不拿眼映。

"我姓何，你叫我何主任就行。"何彦生伸出手想跟"盖板杨"

---

① 那边：指的是阴间。北京人说话常常爱用隐语，特别是一些忌讳的词，一般都改用隐语。

握一握。

什么呀，我就叫你主任？"盖板杨"心说。他看了何彦生一眼，撇了撇嘴，招呼也没打，转身走了，给何彦生来了个烧鸡大窝脖。

何彦生说得没错儿，他当时确实已经是一个车间的主任了。也许是那次大窝脖儿让他记了仇；也许是他倒腾记忆里的旧账，翻出"盖板杨"跟小白楼的那位少女汪小凤的旧情，让他妒意大发。总之，从"盖板杨"一进厂就跟他成了冤家。

尽管何彦生那时还不知道"盖板杨"跟"麻片儿李"的关系，更不了解"盖板杨"一直恋着汪小凤，但"盖板杨"却遭到了何彦生的嫉恨，成了他的眼中钉，肉中刺。

似乎老天在有意考验着"盖板杨"的忍受力，后来何彦生居然爬到了工厂主管生产和业务的副总经理这个位置。对"盖板杨"来说，等于一个在岸上，一个在水里，在水里的"盖板杨"一直受制于在岸上的何彦生。

当时，工厂的总工艺师姓梁，叫梁承，一开始非常器重"盖板杨"，厂里大的设计都让"盖板杨"参与。因为"盖板杨"的錾艺独树一帜，而且有创新意识，一些高难技术上的活儿，他总能攻关破解。

但是随着何彦生的上位，梁承跟何彦生绑到了一起，他俩合伙算计"盖板杨"，借他的才艺，捞自己的资本，生生让"盖板杨"在行里埋没了二三十年。

"盖板杨"参与设计和制作的作品无数，但没拿过行业内的任何奖。行里评职称要看作品的获奖情况，您再有本事，没有获奖作品，也评不上美术师，工艺大师更别想。所以直到"盖板杨"退休，才是个工艺美术技师。这只是一个中级职称而已，再无能的主儿，在行里混几十年，临退休，也能给这么一个职称。

所以，詹爷说德国人没看上"盖板杨"，也是有原因的。名分，当一个老外考察一个陌生的中国人时，自然会把名分看得很重要。但"盖板杨"对这些向来不当一回事，尤其是大师之类的职称或名分，他更是不屑一顾，因为他看重的是艺术本身。大师是要以自己的作品说话的，而不是什么证书和奖状。

当然，在他眼里酒高于一切，"酒虫儿"嘛，他是宁舍大师职称，不舍一顿酒的人。何彦生和梁承也正是号准了他的脉，才敢放心大胆地对他进行技艺掠夺的。

别看何彦生在技术上不玩活儿，但他会玩人，把"盖板杨"玩得滴溜转。厂里有参加全国大赛的作品，或者承接了一件重大活动献礼的作品时，他和梁承一定要让"盖板杨"参加，因为他们再也找不出像"盖板杨"这样执着认真和技艺高超的人了。

在请"盖板杨"参与设计之前，何彦生一定要请"盖板杨"喝一顿酒。酒必须是高度的"茅台"，因为只有"茅台"能让"盖板杨"喝美。他和梁承已经摸准了"盖板杨"的脉，这酒喝半斤不管事儿，喝八两还没到位，一定要让他喝到九两到一斤之间，才能使他进入最佳的艺术创作状态。这时，他的艺术灵感会像爆发的火山一样熔岩喷涌。如同"盖板杨"喝到八两酒时，能进入梦境，跟汪小凤相见的状态一样。

"盖板杨"会用自己的天赋和才华，绞尽脑汁，废寝忘食地拿出设计方案，然后又施展自己的绝活儿进行制作。制作的时候，"盖板杨"可真是一丝不苟，独运匠心。但就在作品马上就要大功告成，换句话说，整条龙都画完了，就差最后拿笔点一下睛的时候，何彦生和梁承又会出面请"盖板杨"喝酒了。

这顿酒是领导对"盖板杨"付出辛苦的慰问酒，也美其名曰是庆功酒。所以，一定要让"盖板杨"喝好，所谓"喝好"就是喝高，喝倒。酒依然是"茅台"，但不用限量了。三瓶四瓶进肚，"盖板杨"便进入那种虚幻的世界周游了。这时候，二位领导便让厂子的宣传部门，邀请新闻记者来厂现场采访。在即将大功告成的作品面前，何彦生和梁承各拿手里的工具比画几下，于是这件作品就没"盖板杨"什么事儿了，却堂而皇之地成了他们俩设计制作的艺术品了。不信？有现场摄影照片和录像为证。

然后，这二位再写报告，讲述他们如何设计和制作这件作品的，克服了多少困难，作品的工艺有多少创新等等。说起来也是不可思议，凡是"盖板杨"参与设计和制作的作品，没有不获奖的时候，许多作品是市级和全国大奖。

凭借着这些大奖，这家工厂连年是盈利大户，何彦生和梁承也因此被评为特级工艺美术大师，而真正的设计和制作者"盖板杨"却给淹浸了。但"盖板杨"对这些不以为然，他始终没忘师傅"麻片儿李"说的话，人不能跟命争，要顺应自己的命运。

福兮祸所伏，那些头衔和荣誉有时你看着挺好，但不知道什么时候给你带来祸。所以这些东西，他视如废纸。当有人为他的这些境遇鸣不平时，他总会付之一笑。不过，谁都看得出来，这笑，意味深长。

第
十
九
章

　　"盖板杨"没想到詹爷会因为德国老人头像的活儿，提起何彦
生。如同嗑瓜子嗑出一个臭虫，让他感到恶心，但翻回头一想，这
世上什么人（仁）都有，心里也就释然了。

　　中午喝了二两，"盖板杨"踏踏实实睡了一下午觉。虽然何彦
生插了一杠子，让即将到手的活儿"飞"了，但"盖板杨"并不觉
得有什么可惋惜的。假如不是小白楼的活儿，即便何彦生不插手，
他也许都不会接。

　　玩主们找他订的活儿，他做到明年底都干不完。做一个盖板的
钱比錾德国人雕像的钱不少，他何必呢？

　　"盖板杨"起了床，在紫砂壶里泡上茶，坐在工作凳上，准备
做一会活儿，突然有人敲门。

　　他开门一看，猛然愣住了，原来站在他面前的是罗玉秀。

　　"嗯？你，你怎么来了？""盖板杨"迟疑了一下，问道。

　　"觉得奇怪吗？杨老师，怎么几天不见，我们变得生分了？是
不是嫌我来得不像以前那么勤了？"罗玉秀莞尔一笑说道。

"几天？我们横是有两年多没见了吧。""盖板杨"冷冷地说。

他没有让罗玉秀进屋的意思，但罗玉秀却并不介意，大大方方地推门进了屋。

"这屋子可该收拾了。我才几天没来呀，瞧你弄得这么乱。"罗玉秀拿眼扫了一下屋子，嗔怪道。

"你过来，是不是有什么事儿？""盖板杨"没接她的话茬儿，直截了当地问道。

"瞧你说的，过来找你，就有事儿吗？我就不能过来看看你？"

"看我？""盖板杨"看了她一眼，冷笑了一下道，"你以为我想见你吗？"

罗玉秀凑到他面前，嘴唇轻轻一翘，不嫩装嫩地娇嗔笑道："你不想我，我想你呀！"

"想我？扯去吧！你的话只能糊弄三岁小孩儿！""盖板杨"冷冷地说道。

"是吗？那你就是三岁小孩。你以为你喝了酒，不像小孩吗？"罗玉秀嫣然笑道。

这句话把"盖板杨"给说愣了，他惊异地看着罗玉秀，一时无语了。

罗玉秀有四十七八岁，但长得少相，看上去比实际年龄要小得多，这大概跟她细嫩白皙的皮肤和浓浓的黑发有一定关系。

她长得算不上漂亮，但五官周正，眉眼传神，尤其是那两片薄薄的小嘴，一颦一笑间带有几分妖冶和妩媚。当初，正是这浮动秋波的眼睛和火辣辣的小嘴，让酒后的"盖板杨"在恍惚中，误以为她是汪小凤，跟她上了床，跌入了她设计好的"感情圈套"。

罗玉秀是四川泸州古蔺人，古蔺是个紧挨着贵州的小县城，位于赤水河的下游，古代就以产酒闻名。那儿的男人女人都能喝两口儿，罗玉秀的老爹就是县城有名的酒鬼。

罗玉秀五岁的时候，老爹把她妈给喝跑了，只好一个人带着她和两岁的弟弟生活。一个酒鬼养两个孩子，那日子可想而知。谁知她弟弟非常聪明，功课出类拔萃，老爹为了供她弟弟上学念书，在她十六岁的时候，把她嫁给了在县城开旅馆的宋大河。

宋大河比罗玉秀大十多岁，见酒比见到媳妇亲，不是大河，是大喝。罗玉秀跟他结婚以后，他几乎每天都喝得酩酊大醉，而且醉后就折磨罗玉秀。她简直像入了地狱，饱受煎熬之时，她认识了常住旅馆的贵州人老于。

老于是做茶叶生意的，见宋大河这么欺辱罗玉秀，心有不平，也对罗玉秀深表同情，经常以暖男的身份劝慰她。那边冷，这边暖；一个打，一个揉，年轻娇媚的罗玉秀，不久便跟老于进了温柔之乡。这一温柔，当然就温柔出"果实"来，罗玉秀怀孕了。

谁知她怀了孩子后，宋大河不但对她没起疑心，反倒对她不打不闹了。罗玉秀从来没见过他这么对她好过，那真是百依百顺，温柔体贴。不光是他，连他爹妈对她的态度也变了，酒鬼变成了暖男，让罗玉秀心里不踏实了。

罗玉秀心里清楚，跟宋大河结婚以后，俩人一直同床异梦，宋大河从来没碰过她的身子，跟那个男人没有性生活，那肚子里的孩子肯定是这个男人的。老于对此心知肚明，但宋大河对罗玉秀的由冷变热，却让他胆小了。

宋大河的生理缺陷是天生的，他虽然在性上"短了路"，但别的功能不弱，他身材高大，膀大腰圆。打架，老于绝对不是他的对手，思来想去，老于三十六计走为上了。

临走时，老于给罗玉秀两万块钱，算是补偿。他对罗玉秀说到广州打工，但从此再无任何消息。几个月后，罗玉秀生下一个儿子，宋家人自然欢喜，宋大河给孩子起了个名叫"二乐"，他乐，他爹也乐。一加一等于二，二乐的名字就这么来的。

宋家的爷儿俩乐了，罗玉秀却乐不起来，毕竟这不是宋家的种儿，一旦宋家人识出破绽，那可就是她和孩子的末日。但宋大河似乎一直不愿捅破这层窗户纸，对儿子视同己出，非常宠爱。有了儿子，他居然把酒给戒了，对罗玉秀也很疼爱，好像她为宋家生了个儿子，立了大功似的。

一晃儿，二乐长到六岁多，眼看该上小学了，但谁也没想到宋大河会出了车祸，命丧汽车轮下。宋大河一死，这个家也跟着塌了。罗玉秀自感在宋家的日子不好过，便跟着村里的妇女一起来北京打工。儿子由爷爷奶奶照管，她每月寄些生活费。

罗玉秀来北京时才二十四五岁，这会儿她好像也长开了，皮肤透着白嫩，眉眼也舒展了，脸上还有了水气儿，看上去有点儿青春少女的感觉。没有人知道她结过婚，甚至在老家还有个六七岁的娃，更没人知道她还有过婚外情。

当时正是二十世纪九十年代，改革开放进入市场经济以后，社会生活呈现出丰富多彩、鱼龙混杂的状态。京城五光十色的斑斓世界，让这个从山村来的女人大开眼界，虽也感到心中惶惑和迷茫，但她很快就适应了这里的生活；因为她初中都没毕业，没有雄心，也没野心，脑子里只有空洞又实际的两个字：挣钱。

她来北京，最初是在日坛公园附近一个四川人开的豆花庄饭馆当服务员。只干了两年，她就被一个叫阿媛的老乡引诱到歌厅，当了坐台小姐。

她改了名，简称阿秀，在歌厅坐台出台，吃的是"青春饭"。她凭借自己的颜值和妩媚，吟风弄月，阅人无数，钱确实没少秀[1]，但自己的身体也付出了代价。

年过三十，阿秀每当照镜子化妆时，都会感慨，吃这碗饭的人容颜衰老得太快，再好的化妆品也难掩半老徐娘脸上的皱纹。嫖客泡的是妞儿，不是娘，所以，在干到第七个年头的时候，她毅然决然金盆洗手[2]了。

当然，她不当小姐也有原因，之前，她出台时，认识了一个做古董生意的老板。这个姓吴的安徽人，比她大十八岁，在老家有老婆孩子，阿秀跟他傍了两年多，吴老板挺喜欢她，后来承诺要娶她。她对这个人也确实动了心，只要娶她，给他当"二房"都干。

两个人信誓旦旦的，约好过了春节就带她回安徽老家定亲。可过了春节，这个吴老板便人间蒸发了，跟当初的那个老于一样，再也找不到这个人了。

不过，吴老板还算对得起她，在北京给她留下一套房，房子只有七八十平方米，但在三环边上，这也许是她来北京后的最大收获了。

在北京生活，有了房就没有后顾之忧了，但总得有吃饭的营生

---

① 秀：北京土话，属于隐语。秀，有利用某种手段，想方设法得到某样东西的意思。比如，现在流行的"泡妞儿"，以前北京话叫"秀蜜"，即想办法把看上的女孩弄到手之意。

② 金盆洗手：不再干这种事儿了的意思。

呀，大概是受吴老板的影响，她把这些年的积蓄拿出来，在潘家园附近租了间门脸房，开了家古玩店。她正是在这儿认识的徐晓东。

那时，阿秀已经四十出头了，虽然容颜已衰，但在吴老板身边待了两年多，她一直注意保养，加上本来也长得年轻，所以，细皮嫩肉的看上去还有几分姿色。

当时，徐晓东跟两个哥儿们在朝阳区的麦子店也开了家古玩店，专做紫砂壶和玉器。阿秀的店经营得比较杂，有时，徐晓东会把他们的货拿到她的店做样品摆着。

阿秀开了古玩店，名字又改了回来。一切都从头开始了，像许多在北京做买卖的外地人一样，几乎没有人知道她的底细，更没人晓得她曾经当过坐台小姐，徐晓东也是后来才知道的。

罗玉秀最初以为徐晓东看上了她，想跟她亲近，所以对徐晓东频繁地暗送秋波。她知道古玩行水深，自己刚入门，需要认识一些收藏界的高人，但后来发现自己是热脸贴在了冷屁股上，徐晓东压根儿就对她没想法，跟她只是业务上的来往。

其实，罗玉秀没眼拙，徐晓东确实是看上了她，只不过，是为他人作嫁衣裳。那会儿，徐晓东为取得"盖板杨"的信任，正极力地表现自己。他知道"盖板杨"一直沉迷在遐想的情爱世界里，从来没真正接触过女人，这辈子活得有点儿冤；看到孤身独处的罗玉秀，人长得说得过去，性格温柔，心眼儿也不错，便想把她介绍给"盖板杨"。

当然，他也是好心，而且当时也不知道罗玉秀的真实情况，以为她不过是一个来北京打工的单身女人。

徐晓东了解"盖板杨"，知道他心里只有那个永远的情人汪小凤，如果直截了当跟"盖板杨"提罗玉秀的事儿，不但会遭到"盖板杨"的一顿臭骂，而且俩人的关系也得闹掰了，所以只能"曲线救国"。

他先把"盖板杨"的两件作品，放到罗玉秀的店里，罗玉秀没想到两天就出手了，而且一件赚了三千块钱。这，徐晓东还埋怨她标价低了。"盖板杨"一下成了罗玉秀崇拜的人。

徐晓东借着这个茬儿，让罗玉秀做东，请"盖板杨"喝了一次酒。这次酒局，让"盖板杨"和罗玉秀喝到了一块儿。

敢情罗玉秀从小受酒鬼父亲和宋大河的熏陶，后来又在歌厅磨砺，不但会喝酒，而且酒量惊人，居然能跟"盖板杨"喝个平手。第一次喝，他俩一人喝了一瓶高度白酒，临完，她还觉得没尽兴。

罗玉秀文化不高，但聪明伶俐，知道"盖板杨"是"酒虫儿"，她心里乐了。以她在歌厅坐台的经验，她明白酒色不分家，征服男人最好的武器就是酒，何况，她在这方面有优势。

在酒桌上，罗玉秀知道"盖板杨"喜欢喝"茅台"，她的老家离仁怀市的茅台镇很近，为此，她特意回了一趟老家，托人从茅台酒厂买了几十箱。这正中"盖板杨"的下怀，这些酒喝了没一半，"盖板杨"便醉倒在了她的石榴裙下。

罗玉秀跟"盖板杨"上床，并不是真心喜欢他，也不是想嫁给他，主要是因为"盖板杨"太有才了，他錾出的活儿件件是精品，如果能傍上"盖板杨"，她开店还用发愁吗？

以她的本意，是不想跟"盖板杨"结婚的：一是"盖板杨"比她大十五六岁，瘦小枯干，而且长得实在不受看；二是她对所有男人已经没有感情可言，对婚姻更是提不起兴趣来，所以跟"盖板杨"也只是逢场作戏，玩玩而已。

但"盖板杨"每次酒后跟她干那事的时候，动情动容，那真是一种真情的流露。罗玉秀突然发现"盖板杨"像个孩子似的，那样单纯幼稚，眼神里流露出的情感是天真无邪的纯真，而且是那么炽热而真诚。

罗玉秀常常被他的这种纯情和挚爱所感动，有几次，她扑在"盖板杨"的怀里放声大哭。她十六岁跟宋大河结婚，后来接触过数不清的男人，没有一个像"盖板杨"这样，爱得如此专情，如此深沉。她心里说，真要是嫁给他，这辈子也还是能找到幸福感的。

开始她以为"盖板杨"是真心喜欢她，后来才明白敢情她是替身，"盖板杨"喝了酒，进入梦幻状态以后，把她当成了老情人汪小凤。

罗玉秀最初在心理上还有些不平衡，后来，她被"盖板杨"的这种痴情感动了，心想反正也不想跟他结婚，当替身就当替身吧，也算成全了"盖板杨"的痴心和爱意。

当然，她也是真想跟"盖板杨"好下去，她从"盖板杨"痴情汪小凤这件事上，发现了他的与众不同之处，而且他的錾艺也是无人能比的。

自然，这谈不上爱，因为在她眼里"盖板杨"已经是老头儿了。不过，她压根也不理解，或者说没享受过什么是爱。所以，跟男人接触，她首先想到的是利益。跟"盖板杨"好，除了能从他身上挣到钱之外，她还想让"盖板杨"培养她的儿子宋二乐。

女人到了罗玉秀这个年龄，就会收心了，主要心思会从做事转移到自己的孩子身上。罗玉秀这些年在北京打打拼拼的，基本上没管过在老家的儿子，好在宋二乐在爷爷奶奶身边还没学坏，高中毕业，没考上大学，他放弃了复读重考的机会。他从小喜欢画画儿，跟两个伙伴在县城开了个画廊，既卖画，又给人画像。

这时，宋二乐的爷爷奶奶已经去世，罗玉秀觉得儿子再在老家待下去，没有什么出路，便让宋二乐来到北京，拜"盖板杨"为师，学习錾艺。

本来，"盖板杨"已经发誓不收徒的，但看在罗玉秀的面子上，又观察了宋二乐几个月，感觉这孩子比较老实厚道，而且画儿画得也不错，正好"盖板杨"正在做两个掐丝珐琅的鸟笼子，手底下缺个帮手，便破例收了他。

宋二乐由打给"盖板杨"磕了头，便心无旁骛，一门心思跟他学做鸟笼子。那对掐丝珐琅的鸟笼子，是一个亿万富翁定做的，做工极其讲究，"盖板杨"带着二乐，花了一年多的时间才做出来。

徐晓东拿着鸟笼子在玩主中炫耀了一番，自然引起轰动。有一，就有二，找徐晓东定制"盖板杨"鸟笼子的人又排起了队。

在做鸟笼子的过程中，"盖板杨"看二乐这孩子特别稳当，坐在工作台上，半天不动窝。"盖板杨"喜欢他的这种踏实劲儿，也尽心尽意地教他。

二乐原本有绘画基础，加上勤学苦练，一年多之后，便能自己独立錾活儿了，当然，要达到师傅"盖板杨"的那种艺术造诣，还且得练呢。

罗玉秀看到"盖板杨"尽心尽力地教儿子，心里也很感动。她雇了女孩看店，每天都到"盖板杨"家，给他洗衣做饭，归置屋子，在徐晓东看来，俨然像是"家里人"。

　　徐晓东希望"盖板杨"能和罗玉秀成为一家子，这样，他可以把"盖板杨"牢牢控制在自己手里。他心里明白，艺术的传承极难，玩意儿是谁的，就是谁的。就像齐白石的画儿，马连良的戏，邓丽君的歌，侯宝林的相声，后人画得唱得再好，最多也只能得到个传人的名头儿，人家还是人家。玩主们认的是"盖板杨"，别人做得再好，玩主看不上。所以，他手里必须要攥住"盖板杨"这张牌。

　　照徐晓东看来，罗玉秀娘儿俩绑在"盖板杨"这条老船上挺好。母亲当替身，儿子学手艺，即便他们不成家，这样搭帮过日子也各有所求，挺滋润。但没想到罗玉秀格局太小，过于急功近利了，所以，挺好的事儿让她给毁了。

　　文化和修养，是女人身上的发动机和方向盘，没有文化和修养，聪明可能会变成糊涂，机灵也可能成为愚蠢。

　　宋二乐在"盖板杨"的指导下，錾了几件活儿，有铜板浮雕，也有盖板儿，让"盖板杨"夸了几句。罗玉秀为此心眼活泛了，她觉得自己的儿子学出来了，背着"盖板杨"，把二乐的这几件活儿摆到了店里，打出的是"盖板杨"徒弟的名号。让罗玉秀没想到的是，这几件活儿，不但没两天就卖出去了，而且还有人跟她定做二乐的錾活儿，这让她的脑子发热了。

　　罗玉秀这些年，在古玩圈儿里混，多少也认识一些人，虽然，在玩主们眼里，她属于"二货"，但行里圈里的一些潜规则，她还是知道一些。比如一个画家或大师要想出道，除了本人的手艺之外，还要有人"包装"，换句话说，画家和大师不是画出来和干出来的，而是人们捧出来的。

　　她死活看不上"盖板杨"那种"蛟龙潜海"的处世原则，也无法理解"盖板杨"不愿出名，做人低调的风范。她认为男人要有出息，必须要有名儿，所以她要想方设法让儿子出名儿。

恰在二乐能独立做錾活儿的时候，罗玉秀在电视上看到，广州举办"全国民间手工艺作品大奖赛"的消息。她两宿没睡踏实，琢磨着二乐出名的机会来了。如果二乐的錾活儿作品能在大奖赛上获奖，就能一举成名。上报纸、上电视、上网络，而且也有资格加入艺术家协会，然后评大师，自己办工作室，开工厂，办展览，搞对外艺术交流，不知为什么她格外看重出国交流。她凭借自己的想象力，设计出二乐美好的发展前景。

怎么才能让二乐的作品获奖呢？必须得有人捧，找谁呢？她把这些年认识的人，过了一遍筛子，翻出所有积攒下来的名片，翻来覆去想了几天，终于找出一个人来。

这个人是她在歌厅出台时认识的，做工艺美术的，派头不小，像是头头脑脑，但处事抠抠搜搜。每次出台，找的是低档旅馆开房，给她印象极深的是每次跟他完了事，他不给小费，给纪念品。

当时北京要开奥运会，吉祥物很流行。她曾经心里骂过他：玩完不给钱，给我这么多吉祥物，想让我开动物园吗？

不过，他倒是嘴甜，给她留下名片，要她管他叫大哥，以后，在北京混，有事儿就找他这个大哥。现在有事儿了，找他，他能不管吗？

这个泡妞儿给吉祥物的先生，不是别人，正是何彦生。

罗玉秀并不知道何彦生跟"盖板杨"的关系，为了儿子的事儿，她也是情急抱佛腿。让她没想到的是，一晃儿十多年了，何彦生的手机号愣没变，而且他接通电话后，还记起了当年一起玩过的这个四川妹。

罗玉秀直截了当地说，有事儿求他。他也很爽快地答应了。

这会儿的何彦生已经成了退休老头儿，但他会保养，注意养生，戒了烟也戒了酒，一直坚持锻炼，所以保持着苗条的体形。而且这些年，他相貌也没太大变化，典型的锥子脸，浓眉大眼，气质不俗，一副老帅哥的样儿，看不出来他有六十多岁。

他现在的主要乐趣是每天一早一晚到公园跳舞。现如今跳广场舞已经成了热门，但同样属于广场舞，跳什么舞却有讲究。何彦生玩的是高大上，跳的是拉丁舞。

他跳舞还真下功夫，专门找专业老师请教。几年下来，他的舞步娴熟，舞姿优美，加上身段和气质，有点专业水平。他场场不落，成了公园的"舞霸"，还在全国老年舞大赛上拿过奖。

俗话说，江山易改，本性难移。好色的何彦生，老了，依然不改当年的色心。他之所以迷上跳舞，跟他的好色不是没有关系。跳舞，既能健身，又能结识许多的舞伴，舞伴有时可比老伴透着亲密，他何乐而不为呢？

接到罗玉秀的电话后，何彦生旧情萌动，先答应罗玉秀的要求，然后约她见面吃饭。他没想到十多年过去了，罗玉秀风韵犹存，依然不显老，酸眉辣眼的，尚有几分姿色。久别生情，让他性痒难耐。

饭后，罗玉秀找了家四星级饭店开了房，两人亲热了一番。两个人云散雨收，这才说起二乐想参赛获奖的事儿。何彦生当时大包大揽，满应满许，因为那天两人见面的一切挑费，都是罗玉秀出的银子。

他看出罗玉秀已经今非昔比，从她的大方劲儿上看，不是大款，就是富婆，所以他不但想在那方面换换口味，还想借机敲她的竹杠。殊不知，罗玉秀这是在求他办事儿，打肿脸充胖子。

其实，何彦生离开工美行业已经好多年了，在他到歌厅"泡"罗玉秀的时候，他所在的工艺美术厂就倒闭了。工厂本来也是区属企业，倒闭时，职工被"买断工龄"各谋出路了。

那些年，何彦生凭借着大师的职称，在几家民营的工艺美术厂当顾问或技术指导，挣了一些钱，但时间不长，他便露了馅儿。敢情他在技术上是猴儿戴胡子，一出没一出儿，屁嘛不懂，还牛气烘烘。这号人谁还敢用？

但是，猫有猫道，鼠有鼠道。他凭借着职称和那张嘴，跟几个行业协会的关系不错，后来还当了两个行业协会的副秘书长。

他敢答应罗玉秀儿子获奖的事儿，并不是虚晃一枪，而是心里有数。因为举办这类大奖赛，通常都是协会组织牵头，企业赞助，找熟悉的专家做评委，他就经常以评委的身份参加这类赛事，所以门儿清。

当然，何彦生管二乐参赛获奖的事儿，也藏着私心。他虽然不干工美这行了，但他儿子何啸却开了个礼品商店，跟工美有关系。二乐获奖出名，将来何啸能用上他。

罗玉秀为了儿子获奖在何彦生身上没少花钱。何彦生也挺给力，经过私下与赛事组委会斡旋，最后二乐的一件铜板浮雕《梅兰竹菊》，获得了大赛的银奖。

这个奖"获"出了麻烦，因为整个二乐的作品参赛，以至于获奖，都是罗玉秀一手操办的，二乐一点儿不知道，"盖板杨"更是蒙在了鼓里。

获了奖，得本人领呀！这时，罗玉秀才把这事告诉"盖板杨"和二乐。她本以为会给师徒二人一个意外惊喜，"盖板杨"知道自己的徒弟获奖能不高兴吗？

谁知"盖板杨"知道这事儿，顿时火冒三丈，把她骂了个狗血喷头。罗玉秀头一次看到"盖板杨"发这么大的脾气。二乐见师傅动了肝火，哪敢提领奖的茬儿？

钱已经花了，何彦生的人情债也搭出去了，奖不能不要呀？没辙，罗玉秀自己飞了一趟广州，把奖杯抱了回来。

要不怎么说没文化可怕呢，"盖板杨"已经为二乐获奖的事儿发了一通火儿，若是明白人，会想办法承认自己错了，不该这样急功近利，不知深浅。要让儿子踏踏实实地潜心学艺，低调做人，"盖板杨"也许会原谅她的。

但罗玉秀没这脑子，看不出个眉眼高低来，她以为，"盖板杨"要是知道她为二乐参赛评奖，费了多大劲儿，也许会理解她呢。

在随后的一次喝酒时，她许是喝多了，竟跟"盖板杨"诉起苦来。诉苦诉累就说自己吧，她居然把何彦生给抬了出来。说何彦生就说何彦生吧，她一不留神，在"盖板杨"的追问下，把她在歌厅坐台认识何彦生的经过，给说了出来。

"盖板杨"听了，拿刀抹脖子的心都有。他把手里的酒杯往地上一摔，连喊了三声："我眼瞎了！瞎了！瞎了眼我！"

接着，他什么废话都没说，只说了一句："滚，今生今世别让我再见到你！"

对二乐也是两个字："走人！"并且明确跟他说，"十年之内，不准说你是我徒弟！记住喽，十年！"娘儿俩从这起，再没见过

"盖板杨"。中间，罗玉秀求徐晓东说过几次情，"盖板杨"没给面子。

徐晓东把罗玉秀骂了一顿："你呀。真是屁股决定脑子。杨爷是爷呀！你跟他好几年，怎么会不知道呢？他眼里不揉一点沙子，你偏得要往他眼里放沙子。你过去的那些骚事，你不说谁知道呀？鬼知道你是怎么想的，非要自己给自己脸上往黑喽抹。这下好了，城门失火，殃及池鱼，把你儿子都耽误啦！"

到这会儿，罗玉秀才知道"盖板杨"和何彦生的恩恩怨怨，也弄清楚"盖板杨"正是对汪小凤的痴情才守身如玉，明白自己把戏演砸了。但为时已晚，"盖板杨"的倔劲儿上来，九头牛也拉不回来。没辙。

一晃儿两年多了，罗玉秀和儿子没跟"盖板杨"见过面，徐晓东了解"盖板杨"，自那次翻脸，也没有在"盖板杨"面前提过他们。"盖板杨"似乎已经把他们给忘了，想不到罗玉秀会突然登门，而且还把脸放一边，直接愣往屋里闯，他一时不知道罗玉秀唱的这是哪出戏。

"怎么？还记着那事儿呢？我是来求你翻篇的。"罗玉秀淡然一笑，说了一句北京土话，但她不会说儿化韵，"篇儿"，说成了"片"。

"翻篇儿？想什么呢？我说出去的话，泼出去的水。""盖板杨"冷着脸说。

"泼出去的水，也有蒸发的时候呀！"罗玉秀的小嘴又翘了起来，对他莞尔一笑。

"少跟我这废话。我说了，今生今世不想再见到你！""盖板杨"的小眼瞪了起来。

"今生今世？你说得太绝情了。不管怎么说，我也是跟你上过床的人呀！没有感情，还有感动呢，是不是呀？"

罗玉秀的嘴皮子很能说，但"盖板杨"似乎不为所动。你说什么"动"，他的心也不"动"。

"回家照照镜子再出门，你还有脸来找我，你是什么人自己不知道吗？""盖板杨"说道。

"告诉你一百遍了，那都是过去的事啦，谁没有摔跟头的时候呀？"

"你来是找我打架的吧？""盖板杨"脸上露出不耐烦的神色。

"打架？我爱你还爱不过来呢。"罗玉秀笑了笑，说道，"怎么，不想让我坐下吗？"

"坐下？你还有脸在我的屋子里坐下？""盖板杨"把脸耷拉下来。

"什么？我怎么着也是你的情人，虽然是替身吧，但你搂的可是我呀！现在，你连你的家都不让我坐吗？"罗玉秀不等"盖板杨"搭腔，拉过一把椅子，不管不顾地坐下了。

"盖板杨"被她的死皮赖脸，弄得一时手足无措了。

罗玉秀转过身，见屋里的东西摆得杂乱无章，嘴角挤出一丝冷笑道："瞧你这屋子，你不让我来，自己倒是收拾呀？"

"这是我的家，我愿意这样。""盖板杨"赌气说。

"呦呦，那个劲儿还没过去呢？怎么真像个三岁小孩儿似的呀？"罗玉秀用娇嗔的口吻，看着"盖板杨"说。

"你别在我面前演戏了，马上给我走人！""盖板杨"绷着脸，没好气儿地说。

"走人？已经坐下了，我能舍得走吗？"

"你到底想干吗？"

"我想……"

"有话说，有屁放，我一分钟也不想见你。"

"我真是那么让你讨厌吗？"

"我怕你脏了我的房！"

"盖板杨"这句话，像烧红的烙铁一样烫在罗玉秀的身上，她猛然一惊，觉得心在流血，一种难言的屈辱感油然而生，委屈的泪水夺眶而出。

"杨先生，您一直是我敬重的人，想不到这样扎我心的话，会从您的嘴里说出来……"罗玉秀抽泣着说，"是的，我做过丢人现眼、女人不该做的事，但您想过吗？我也是被逼无奈呀？我要是有个好爸爸好老公，有一个幸福的家，能出去干那种事吗？初来北京，我举目无亲，两眼一抹黑，但我得吃我得喝，我还要租房住，怎么办？一切都是为了活着呀！"

"少跟我说这个，来北京打工的多了！"

"我当初不是幼稚无知嘛。人，谁没做过错事，谁没做过悔事？我早就知道自己错了，也改了，这些都是过去许多年的事了！"

"别说啦你！我都替你丢人。"

"是，我不该走那一步……可我已经向您忏悔了呀。"

"你别再说了！"

"不，我要说，我一定得说，要不然我就会憋死的！杨先生，你知道我喜欢你吗？"

"扯！"

"我要是对你不是真心的话，能对你坦白我内心的一切吗？在歌厅坐台的事，我要是不跟你说，别说是你，连徐晓东也不会知道。真的，没人了解我的过去。我已经跟过去彻底拜拜了。可是为什么你却一直不能原谅我？你知道吗？离开你的这些日子，我是多么想你吗？"

"你别在我面前装了。想我？想那个姓何的吧？"

"我想他？他是个色狼，是个卑鄙的小人，我已经看穿他的本性。他跟您杨老师没法比。您不要在我面前提他好吗？"

"好啦好啦，该说的你已经都说了，走吧，别让我说出那个'滚'字！"

"滚？我为什么要滚？"

"你自己不知道吗？你是脏身子！我瞅见你，心里腻歪，明白吗？"

"我脏？"罗玉秀像挨了一鞭子，突然止住了哭泣。她直视着"盖板杨"，猛地扑到他怀里，喊道，"我真的脏吗？我的身子可是你挨过的，我把我的身子，还有我的心，都给了你。你占有了我，最后说我脏。我脏？告诉我，我哪儿脏？"

"你要干吗？""盖板杨"想挣脱她，但她死死地抱住他，还在他的脸上吻了两下。

"干吗！既然你说我脏，今天我就要让你知道什么是干净！"罗玉秀突然两腿一软，扑通给"盖板杨"跪下了，泣不成声地说，"杨老师，求求您，让我留下吧！您不是嫌我脏吗？我今天要把这两间屋子好好打扫一遍，让您感受一下什么是干净。"

"不需要！""盖板杨"的话茬子带着凉气。

但没等他话音落地，罗玉秀已然从地上站了起来，转身脱掉外衣，麻利地归置起来。

这个家她太熟了。时间倒回两年多，她几乎每天过来，搞卫生，做饭。她知道厨房的酱油醋放在哪儿，知道家里的电卡、煤气卡放在哪儿，甚至"盖板杨"的内裤在哪儿放着她都知道，俨然是这个家的主妇。所以，现在她收拾起来轻车熟路。

到了这份儿上，"盖板杨"也没了脾气。罗玉秀一刻不闲地在那儿忙着，他站着坐着都觉得别扭，在旁边看着，怒吧，怒不起来；恨吧，又找不出理由，一时感到很尴尬，甚至有点臊眉耷眼，索性蔫不出溜地推门出去了。

　　"盖板杨"溜达到街心花园，见到几个遛鸟儿的老头儿在树趟子里闲聊。

　　几位爷的鸟笼子起了罩，挂在了树杈子上。鸟儿在笼子里唧唧啾啾地叫着，"盖板杨"一听就知道是"红子"。

　　别看"盖板杨"能做鸟笼子，也能做盖板儿，但他却不养鸟儿。因为，前些年，他养过两只"红子"。为伺候这两只鸟儿，他没少下功夫，而且调训两只鸟儿，能哨出五六个"音儿"。

　　每天錾活儿累了的时候，直起腰来，走到鸟笼子跟前，听听鸟儿鸣，觉得很惬意，他跟鸟儿也有了感情。但是，转过年的冬天，有一只鸟儿得了感冒，不吃不喝，没多久就死了。他对这小生灵的生命无常，感到很伤心，发誓不再养了，剩下那只鸟儿也让他给送了人。

　　他跟几个玩鸟儿的主儿闲聊了一会儿，又听了一会儿鸟儿鸣，心里的那点气儿不知不觉顺了下去。

　　临近中午，他回了家，推门一看，屋子打扫得窗明几净，东西摆放得井井有条，看上去焕然一新。

他脱了外衣，扭脸再看，只见餐桌上，摆着两瓶"茅台"，一只他最爱吃的香酥鸭，清炒虾仁，还有酥鱼、酱牛肉、花生米、拍黄瓜七八个凉菜。敢情香酥鸭、清炒虾仁是罗玉秀现叫的外卖，"茅台"是她刚带来的。

"饿了吧？洗洗手，我今天跟老师一起喝口酒，给老师赔罪。"罗玉秀笑着对"盖板杨"说，那口气好像她是这个家的主人。

"盖板杨"还想拧着来，但罗玉秀已经把"茅台"倒在了杯子里，他闻到了那股酱香味，不由自主地吸溜了一下舌头。最近"茅台"已然涨到了一千多，他有日子没喝了。

"还愣着干什么？快洗手去呀！"罗玉秀催促道。

到这会儿，"盖板杨"已经身不由己了。他洗完手，耷拉着脑袋坐到餐桌前，拿起了筷子。

罗玉秀瞅着"盖板杨"软下来，不由得长长舒了一口气。她心说，戏没白演，只要"盖板杨"坐下，拿起筷子，端起酒杯，自己谋划的那点儿心计就算落听了。

跟"盖板杨"接触这么长时间，她太了解这位"酒虫儿"了。酒是降伏他的灵丹妙药，只要酒一沾唇，他们俩的位置就调过来了。好在老天爷眷顾她，给了她这么好的酒量，否则，真对付不了他。

罗玉秀这么煞费苦心，完全是为了儿子。以她的性情和心态，"盖板杨"跟她因为过去的那点事儿翻脸，而且说了那句狠话后，她真不想再见他了。她觉得"盖板杨"这个软硬不吃的倔老头，除了有点手艺外，没有跟他深交的价值，既然闹掰了，就掰了吧。

但是她的儿子宋二乐不干了，这小子一根筋的劲头，比"盖板杨"还"盖板杨"。他说一日为师，终身为父。既然给"盖板杨"磕了头，"盖板杨"也认了他这个徒弟，那"盖板杨"就永远如同自己的父亲。

宋二乐很小的时候，父亲宋大河就去世了。长大以后，他又从别人嘴里得知宋大河不是他的生父，所以他对父亲有一种与生俱来的敬仰。"盖板杨"因为母亲的事儿，把他赶出门，他一直心里非常难过，什么时候想起"盖板杨"，什么时候掉眼泪。

罗玉秀曾经让他到何啸的公司当技师，他坚决不去。他一直一个人在家里錾活儿，錾出的活儿，罗玉秀要拿到店里出售，他也不干。

除了画画儿錾活儿，宋二乐没有任何爱好，平时很少出门，没有哥们儿，更没有女朋友，一门心思錾活儿，并且坚信师傅"盖板杨"会回心转意，让自己回到他身边。

罗玉秀觉得儿子有点儿魔怔了，但一提到"盖板杨"，她就发怵，不单是她，连找徐晓东说情，徐晓东都犯怵，"盖板杨"的脾气忒各色了。这次来找"盖板杨"赔罪，实在是万不得已，因为德国人要錾当年小白楼的雕像，转了两个圈儿找到了宋二乐。

罗玉秀一听是为德国人錾活儿，激动得两宿没睡好觉。她觉得这是儿子千载难逢的出名机会，而且这个名儿还要出到德国去。弄好了，二乐有可能在德国发展，将来找个德国媳妇，生个混血宝宝，她也可以到德国去看儿子。她越想越有前景，想着想着，就跟明天宋二乐就要坐飞机走了似的。

但徐晓东告诉她，德国人就认"麻片儿李"，而"盖板杨"才是他的真正徒弟，德国人找宋二乐也是因为他是"盖板杨"的徒弟。这件事，"盖板杨"不点头，二乐敢做吗？

这么一说，罗玉秀才恍然大悟，明白真佛是"盖板杨"。怎么拜这尊佛呢？她绞尽脑汁，琢磨了几天，才想出了现在这招儿。只有酒，能把这位爷搞定。

当然，只要"盖板杨"把酒杯端起来，不喝到一定火候，他是不会放下的，何况碰到的是对口儿的酒。罗玉秀今天不能多喝，她要保持清醒头脑来对付"盖板杨"。

她频繁地给"盖板杨"的酒杯里斟酒。她是"酒经沙场"的高手，而且跟"盖板杨"喝过无数次酒，知道他喝到几两时，会出现什么状态。

八两五！罗玉秀知道"盖板杨"喝到八两五的时候，便会进入幻境，跟汪小凤见面了。所以她一直拿捏着"盖板杨"酒量，因为这是她见"盖板杨"的重头戏。

果不其然，"盖板杨"喝到八两五的时候，眼睛发直了。这时，如果罗玉秀再让他接着喝，他脑子里幻化出的梦境，可能就会一闪而过，汪小凤也就不会出来跟他"见面"。

其实，"盖板杨"的幻境出现，就在喝到八两五后的恍惚之间，而且还要恰好到位，像是有刻度的容器管着似的，多一口不行，少一口也不行。这种量的把握，只有"盖板杨"自己喝酒的时候，才能找到，也才有那种朦胧感，随后，一边听着塔尔蒂尼的小提琴曲，一边进入幻境。

跟别人喝，这种量很难把握，所以"盖板杨"在幻境里跟汪小凤相会，在外面喝酒几乎没有碰到过。罗玉秀跟他喝过那么多次酒，也只是碰到过有数的几回，给汪小凤当替身并不容易。

看到"盖板杨"出现了恍惚状态，罗玉秀心中暗喜，赶紧把他手里的酒杯夺下来。

"你要干什么？""盖板杨"用游离散乱的目光凝视着她，他已经进入了状态。

罗玉秀知道自己当替身的时候到了，她盯着"盖板杨"没吭声。见他眼神迷乱，这才站起来，急忙转身朝屋门走去。

"小凤？是小凤吗？你怎么不言声就走呀？""盖板杨"用慌乱的目光追着罗玉秀喊道。

罗玉秀猛然回过身，轻柔地问道："正元，你是正元吧？"正元是"盖板杨"的名字。

"是，我是正元。小凤，你是小凤吗？""盖板杨"不由自主地站起来，不错眼珠地看着罗玉秀。

"是我呀，正元。"罗玉秀柔声细语地唤道。

这声呼唤似乎让"盖板杨"吃了迷魂汤，他的神情很快出现了恍惚，目光也倏地变得迷茫起来，他眼前的罗玉秀渐渐地幻化成汪小凤。而罗玉秀也逢场作戏，把自己当成了汪小凤。

关于"盖板杨"和汪小凤的故事，罗玉秀听得耳朵都快起茧子了。汪小凤是什么样的人，也让罗玉秀揣摩得透透的了，所以，她装扮成汪小凤真是得心应手。

"小凤，你怎么有日子没来了？""盖板杨"把罗玉秀拉到身边，端视着她问道。

"我这些天一直忙呀。"罗玉秀妩媚地看着"盖板杨"，微微笑道，"再忙，我心里也在惦念着你，这不是来看你了吗？你近来还好吗？"

"好，就是老想你。"

"我也好想你呀！"罗玉秀伸出手来，在"盖板杨"的头上抚摸了一下。"盖板杨"情深意切地把罗玉秀搂在怀里，俩人紧紧地依偎在一起，享受着浓浓爱意。

在这种童话般的幻境里，罗玉秀有时"假戏真做"，被"盖板杨"的真情撩拨得仿佛自己真的就是汪小凤，所以一切都显得那么神情自若。

俩人在一起耳鬓厮磨地缠绵一会儿，罗玉秀猛然从梦境里跳出来，轻轻握着"盖板杨"的手，温情脉脉地说："你记得我们家当年住的小白楼吧？"

"怎么能忘呢？那是咱俩最初见面的地方！可惜呀，那精致的小楼已经拆了。""盖板杨"叹息道。

"那个小白楼是德国人盖的，你知道吧？"

"当然知道。"

"你记不记得当年小白楼有个金板的浮雕？"

"记得，那是我师傅'麻片儿李'錾的。"

"我知道呀，现在那个盖小白楼的德国人后代，要复制这个浮雕，你知道吗？"

"盖板杨"愣了一下，诧异地看着罗玉秀问道："我知道。可这事儿你怎么知道的呢？"

罗玉秀莞尔一笑道："正元，你的事儿能瞒得了我吗？我们早就息息相通了。"

"哦。""盖板杨"点了点头。

"你是'麻片儿李'的徒弟，宋二乐又是你的徒弟，宋二乐这孩子不错，你要多提携他，把这个雕像做成精品。他露脸，你不是也有面子吗？"

"嗯。我会关照他的，好赖他也是我徒弟。"

"你们师徒之间，是不是因为他妈的事儿闹了点儿别扭呀？"

"盖板杨"吃了一惊，怎么这事汪小凤都知道了，以前跟她见面儿，没提过这事儿呀？"是……闹了点儿别扭。"他漠然一笑道。

"你误会二乐他妈了，她是多好的人呀！前几年，我不在你身边，不都是她照顾你吗？"

"她对我是不错，可我不知道原来她当过小姐，我硌硬她是脏身子。"

"你快算了吧！她当小姐都是什么时候的事儿了，你说她脏身子，她脏你哪儿了？你没搂过她抱过她，也没跟她上过床，你怕什么？你呀，想得太多了。"

"我主要还不是为了你吗？我觉得这辈子除了你，我不能再碰第二个女人的身子。"

"还是的，既然你没碰过她的身子，怎么会觉得她脏呢？其实她的心灵非常纯洁，像我一样干净。你说一个人干净不干净，是看身子呀，还是看心灵？"

"当然是看心灵了！"

"对呀，既然这样，你以后就别认为她脏了。我的话你能听进去吗？"罗玉秀对他微笑道。

"这么多年了，我就信服你。你的话，对我来说，就是圣旨。"

"那就对了。"罗玉秀在他的老脸上轻轻地吻了一下。

　　俩人情深意浓，聊到深夜，这才上床缱绻。罗玉秀一直看着表，她必须要在天快亮，"盖板杨"酒醒之前离开；否则的话，等到"盖板杨"酒醒了，她还在，这出戏就会露馅儿。

　　罗玉秀看"盖板杨"睡得挺沉，心里踏实一些。她把屋子收拾利落，又给"盖板杨"把暖瓶里的水烧好，随手又给他掖了掖被子，这才关上门下楼。

　　第二天早晨，"盖板杨"起来，从梦境里走了出来，他愣了一会儿神，沏了壶酽茶。酽茶喝下去，他的脑子渐渐清醒了。不过，头天晚上，他跟罗玉秀一起吃香酥鸭，喝"茅台"的事儿，他已然记不得了，只记得罗玉秀到家里来过，是让他给轰走的。他能记住的，是夜里跟自己心爱的人汪小凤见了面。汪小凤说到了罗玉秀和她的儿子，让他原谅他们。小凤的话像温馨和暖的春风，能吹散心里的一切阴霾。

　　他欣然顿悟，对罗玉秀和宋二乐确实有些过分。想到这一层，他又念起罗玉秀对他的种种好儿来，徒弟二乐也是那么让他中意，他没有理由对他们那样不近人情。

　　这么一想，他又有些过意不去了，但他从来不吃"后悔药"，对他们的冷淡和漠视，过去就过去了，他压根就没想过有道歉一说。感情上的裂痕，只能在今后用感情来弥补，以后对他们好点儿，不就将功补过了吗？

　　他想起宋二乐手里接的小白楼雕像的活儿，不由得心里敲开了鼓。他哪儿行呀？等着吧，这小子早晚得来找我。他知道以二乐现在的手艺，拿不起来这个錾活儿。

　　中午，"盖板杨"在"久仁居"吃饭的时候，见到了詹爷。

詹爷对"盖板杨"问道:"你知道了吧,何彦生把做小白楼老头雕像的活儿,转给你徒弟了?"

"绕过山,绕不过河。""盖板杨"嘿然一笑。

"我不是跟你说过吗?没有金刚钻,别揽瓷器活儿。这活儿早晚还得是你的。你徒弟也未准能干得了。"

"怎么见得呢?""盖板杨"眯细了眼睛看着他问道。

詹爷咧着嘴说道:"这活儿有点儿强人所难了,德国人不给图样,不给画像,只拿出一张莫克林夫妇在小白楼的合影照片,照片的背景有个很模糊的浮雕像,让复制这个。我看了看那张照片,浮雕的头像根本看不出人影来。实在是太难了。"

"盖板杨"听了一愣,打了个沉说道:"原来如此,我说姓何的怎么主动放弃了呢。"

"是呀,何爷是谁呀?甜买卖他能舍得撒手!"

詹爷想了想说:"杨爷,这活儿,咱干得了就接,干不了,也别为难。何苦呢?得嘞,先喝酒吧您。"他给"盖板杨"满上酒,也给自己满上,两人碰了一下杯,一口干掉。

詹爷的话,让"盖板杨"听了有些别扭,德国人尼尔森为什么要复制这个浮雕呢?难道这是跟中国的工匠叫板吗?

　　"盖板杨"喝了三四两酒，又囫囵吃了一大碗炸酱面，打了几个饱嗝，出了"久仁居"，晃晃悠悠回了家。中午觉，他不能缺。

　　"盖板杨"睡到下午三点多钟，起了床，正要泡壶茶，忽听有人叩门，他打开门一看，敢情是宋二乐。

　　二乐手里拎着酒和点心，进了屋，放下手里的东西，二话不说，走到"盖板杨"跟前，扑通跪了下来。

　　"盖板杨"愣了一下，诧异道："嘿嘿，进门就磕头，你这是哪一出呀？"

　　"师傅，我对不起您。大人不计小人过，求您宽恕我一回吧。"二乐甩着哭腔说。

　　"盖板杨"释然一笑道："快起来吧！唉，你有什么错儿呀？是你师傅心窄了。"

　　他想把二乐从地上拉起来，但二乐说什么也不起来。二乐道："师傅，您一定要让我把心里话说出来，这些话我憋了快两年了！"

　　"说吧，孩子。""盖板杨"对他的执拗劲儿动了恻隐之心。

"师傅，我从小就没了父亲，我妈又来北京打工，是爷爷奶奶把我带大的。小的时候，我常常想我要是有个爸爸多好呀！苍天有眼，让我拜了您为师。常言道：一日为师，终身为父。您就是我的父亲呀！自从拜了您，我就下了决心，今生今世，我就跟定了您，我不但跟您学手艺，还要跟您学做人。您身边没孩子，我就是您的孩子，我要孝敬您到老，不管别人怎么说，我一定说到做到，宁可这辈子不结婚，我也要给您养老送终。不管您对我怎么样，我也海枯石烂心不变，绝不能做一点对不起您的事儿，对您永远不离不弃。师傅，这就是我想说的话。"

"盖板杨"是个非常重感情的人，二乐的这番话，让他五内俱热，忍不住热泪盈眶。他用手擦了擦眼角，动情动容地说道："孩子，你的心，师傅领了，都领了。我早就看出来，你跟别的孩子不一样，你的定力和韧劲儿无人能比，这正是我所追求的。人的一生，功名利禄都是过眼云烟，真能留住的是玩意儿，是艺术。而真正的艺术是什么？是功夫。只要你肯跟着我，放心吧，我会像对待我亲生儿子那样对待你的。"

"谢谢，谢谢恩师！"二乐咣咣咣给"盖板杨"磕了三个响头，这才站了起来。

"盖板杨"让他去泡茶，然后，坐下来，看了他一眼，问道："二乐，你心里是不是装着什么事儿呢？"

二乐怔了怔，低着头，嗫嚅道："是，师傅，我错了，我真错了。"

"你怎么错了？"

"我接了不该接的活儿。其实，这之前，我并不知道何啸的爸爸跟您的关系。当我知道他是那种是非小人之后，我才知道我错了。"

"这怎么能是你的错。我跟他是什么关系，碍不着你。你该接活儿就接活儿。""盖板杨"淡然一笑道。

"那怎么成？师傅，我绝不能做对不起您的事儿，这个活儿再甜，您不点头，我也不能接。我已经跟何啸说了，这活儿我不干了，给多少钱也不干。"二乐拧着眉毛说。

"怎么，你把小白楼的活儿给推了？""盖板杨"惊异地问道。

"嗯，我给推了。"

"嗐，你怎么不跟我商量一下呢？"

"既然是何啸他们家派的活儿，没有什么可商量的，坚决不能干！"二乐语气坚定地说。

"盖板杨"没想到二乐比他还气迷心，既然他已经把那活儿推了，再说什么也没什么意义了。不过，他转念一想，除非那个德国人的活儿不做了，要做，转来转去，还得转到他这儿来，因为可着京城说，能做这件活儿的估计就是他了。

果不其然，"盖板杨"接到了鲁爷的电话，鲁爷说想他了，希望这两天能见他一面儿。

"你再不来，咱们就得到那边见了嘿。"鲁爷在电话里说。

"瞧您说的，到那边见面，指不定谁先等谁呢。""盖板杨"尽量安慰他说。

鲁爷在电话里没提那个"酒"字，不由得让"盖板杨"心里犯起了嘀咕。这位爷是不是现在真喝不动了？及至在病房真见到他时，"盖板杨"心里不由得打了吸溜，眼泪在眼眶子里直打旋儿，差点儿没掉下来。

鲁爷，这是鲁爷吗？只见他瘦了至少有两圈儿，头发已经掉干净了，眼也眍了，腮也嗛了，连人中都往下塌了，细胳膊上打着吊针，输着液。

不过，他脸上的精气神还没散，依然能坐着直起腰来说话，只是说话的底气不照先前那么足了。

"怎么样，瞅着眼生了是不是？嗐，都是不喝酒给闹的，哈哈。还有什么放疗啦、化疗啦给折腾的。"鲁爷笑道。

"治病嘛。""盖板杨"有些惶惑地说。

"嗐，那不是什么好东西，我压根儿就不想做，可儿子不干，大夫也撺掇，好像人得了癌症，就必须得这'疗'那'疗'似的。错来①，我还就认酒，酒能杀菌消毒，就不能杀死癌细胞吗？可他们不让我喝呀！离开酒，我还有什么活头儿，唉。"鲁爷唉声叹气地唠叨着。

"一点儿酒不沾了？""盖板杨"低声问道。

"让他们给我管制住了。我说不喝，闻闻味儿行不？也不行。没辙，我让他们在床头拴了两个酒瓶子，馋酒了，就看两眼。"鲁爷指了指床头。

"盖板杨"看到床头拴的两个空酒瓶子，忍不住乐了，打了个沉儿，他说道："大夫说得对，放疗期间，喝酒会有反应。等过了放疗期，您缓过点儿来，我过来陪您喝两杯。"

"估计到那会儿，我真喝不动了。"鲁爷苦笑了一下，嗛了个牙花子道，"现在，每天只能吃流食。前天，苏爷要来看我，我说想

---

① 错来：转折用语，老北京话，"其实""可是""但是"的意思。

吃烤窝头片儿，蘸臭豆腐，但臭豆腐上要滴香油。苏爷真给我带来了，但他拿过来，我也只是瞅了瞅，闻了闻味儿。吃不动了。真呐！"

"盖板杨"听了，鼻子一阵发酸，人老了，都有这么一天呀！他心里说。

"等您出了院，再吃吧。"他劝慰道。

"哈哈，我还能站着从这儿出去？得嘞，大侄子，托你的福，我就等着这天呢。唉，不聊这些了，说说小白楼的事儿吧。"

"瞧您都这样了，还惦记小白楼的事儿。"

"我哪儿样了嘿？"鲁爷自我解嘲地笑道，"别瞧我现在这德行，真让我立马儿就到阎王爷那儿报到，我还不干呢！怎么着，我也得喝美了，再跟这个世界告别呀！"

"那是。""盖板杨"顺口搭音儿地笑道。

"说正事吧大侄子，知道了吧，小白楼那活儿，你徒弟给推了？"鲁爷问道。

"嗯，他跟我说了。"

"他推了，你得把它揽过去。"

"为什么？"

"大侄子，我总觉得德国人做这活儿，有点来头。小白楼是什么楼，你不会不知道吧？那是'鬼宅'呀！这德国人自称是莫克林的孙子，大老远地跑中国来，要给他老祖錾雕像，我怎么琢磨着这事儿有什么'鬼'呀？"鲁爷挤咕了一下眼睛，纳着闷儿说。

"问题是他提出的条件也忒苛刻，什么都没有，就一张照片的背景图。""盖板杨"咧着嘴道。

"是呀，这不是玩幺蛾子吗？詹爷跟我说了。我跟他说，活神仙也錾不出这活儿来。"

"他备不住这是跟咱们叫板。"

"叫板？他叫什么板？大侄子，这事儿，为什么让我起疑心呢？"

"为什么？"

"何彦生这小子掺和进来了。詹爷告诉我，本来说得好好儿的，这活儿由你接，谁知道姓何的会插一杠子。什么事有他，准有娄子事儿。这些年，他把你害得还不够吗？我知道你是老实人，怕惹事，但这件事不能听由姓何的摆布。大侄子，听我的，你先把这活儿接过来。何彦生那儿有什么碴口，让他冲着我说。"

"他能有什么说的？小白楼那活儿，德国人给他，他干得了吗？"

"干不了，他在里头给你瞎搅和呀，对这种小人，你不得不防。"

"您说得对。""盖板杨"点了点头。

"大侄子，我怎么觉得德国人錾浮雕这事儿，备不住有什么诡异吧？德国人莫克林是怎么死的，你知道吧？"鲁爷若有所思地问道。

"知道，我师傅给我讲过。""盖板杨"不解其意地笑道，"那事儿已经年头不短了。诡异？难道莫克林在他孙子身上附体了？不会吧？"

"附体不附体不敢说。但他好目奉秧儿①地怎么想起跑中国，给他们老祖錾头像来了？"

"是呀，我琢磨着这事儿也挺奇怪的。""盖板杨"皱着眉头说道。

①　好目奉秧儿：北京土话，形容没事找事儿，如同"待得好好的，怎么就……"。

"世界上的事儿，常常超出人的想象知道吗？'鬼屋'是拆了，但'鬼'你能说没有吗？我总怀疑何彦生这小子在里头搞鬼。为什么我让你把小白楼的活儿先接过来呢，道理就在这儿。他绕世界说他是'麻片儿李'的徒弟，图什么呀？我跟詹爷说了，让那个德国人直接找你不就得了吗？"

"您什么时候跟他说的？"

"在你来之前，我们俩刚通过电话。本来就是他求我找的你嘛。大侄子，你听不听我的？"

"听您的。"

"那什么也不说了。"

"您好好养病，有什么消息，我随时给您递话儿。"

"盖板杨"见护士进来给鲁爷换输液的瓶子，便跟鲁爷打了个招呼，起身告辞。临走前，趁他没留神，悄悄在他枕头下，塞了五千块钱。

鲁爷的话，让"盖板杨"想了一路。难道小白楼的"鬼魂"还没散吗？鲁爷为什么会想到这个问题，难道他发现了什么征兆？他越想心里越乱，到家后，脑子里还影影绰绰转悠着小白楼的"鬼"，好像他也让"鬼"给缠住了。

时过境迁，物是人非，小白楼拆了快十年，连一些老邻居都快把它忘了，怎么远在德国的尼尔森会想起威尔逊的头像来呢？

整整一天，威尔逊的头像一直在"盖板杨"的脑子里转悠。

他是在汪小凤家看到这个头像的。汪本基一直把它当成了艺术品，所以到他看到这个头像时，还保持着原貌。

"盖板杨"看到头像的第一眼，就被"麻片儿李"的精湛工艺镇住了。那时，他还不认识"麻片儿李"，也不知道这个雕像还有那么多的"鬼"故事，只是被雕像的工艺，以及外国老头儿栩栩如生的神态所折服。

他在头像前足足看了有十分钟，头像等于在他的脑子里复制了下来。回到家，他遗貌取神，画了两张，等于复写下来。虽然画稿后来不知去向，但印象极深。所以，后来"麻片儿李"跟他讲起这头像的故事时，他脑子里还能清晰地把这雕像"再现"出来。

鬼斧神工会出现灵异？"盖板杨"想到这儿不由得暗自惊诧。"麻片儿李"的錾艺实在太神奇了，难道这头像现在又出现了什么"灵异"，让他的后人来中国找寻？

但"盖板杨"猛然想到这头像，早在拆小白楼之前，就不翼而飞了。莫克林的后人，怎么会知道当年小白楼的威尔逊头像呢？

第
二
十
三
章

"盖板杨"琢磨了一天,也没弄明白尼尔森要做威尔逊头像的真实目的。

下午,快到饭口儿的时候,詹爷给他打电话,请他晚上到"久仁居"喝酒。"盖板杨"心想,正好让詹爷解开这个闷葫芦。

詹爷跟"盖板杨"都是"久仁居"的酒友,虽然他一向对"盖板杨"怀有一种敬畏之心,但两个人之间总有一层面子,所以,请"盖板杨"錾威尔逊头像,他不好意思直接跟"盖板杨"张嘴。他知道"盖板杨"跟鲁爷关系不一般,因此事先得让鲁爷垫话。

詹爷为什么对做威尔逊头像这件事这么上心?原来他的儿子詹毅,在德国留学,考上了博士,后来留在德国工作,跟尼尔森是一家公司的同事。通过詹毅的关系,尼尔森来北京办事,认识的詹爷。

说起来也是巧劲,尼尔森想找的錾头像的"麻片儿李"传人,正是詹爷认识的"盖板杨"。对尼尔森来说,这真是"踏破铁鞋无觅处,得来全不费工夫"。但是詹爷没想到何彦生会插一杠子。何彦生怎么知道这事儿的呢?

也是巧劲儿,原来詹爷的夫人喜欢跳舞,跟何彦生算是舞伴儿。他们在公园跳舞之余,短不了要聊几句家常,詹爷夫人说起了儿子的同事尼尔森,来北京找"麻片儿李"的传人。何彦生一听这话,便说出了他是"麻片儿李"的正宗传人的身份。

偏巧当天下午,远在德国的詹毅给母亲打电话。詹夫人并不知道詹爷已经见了尼尔森,并且把"盖板杨"介绍给了尼尔森,所以当跟詹毅聊起尼尔森找人的事时,以为自己发现了新大陆,忙不迭地把自己的舞伴何彦生说了出来。

詹毅觉得母亲对自己的舞伴应该有所了解,熟人熟路,扭过脸,把何彦生的情况告诉了尼尔森。于是才有尼尔森放弃"盖板杨",扭脸儿去找何彦生的茬儿。

这位何爷一听是老外的活儿,肥水不流外人田,变着法儿也要把这活儿抢到手。到手之后,才知这不是一般人拿得起来的,又成了烫手的山芋。他脑瓜儿活泛,自己干不了,可以找"枪手"。经过何啸的关系,他转手给了宋二乐。

"盖板杨"哪知道做一个金板头像,会有这么多的故事?不过,他更想知道尼尔森为什么要做这个头像,这个问题詹爷也说不清楚。

不过,詹爷是个玩"中庸"的高手,他的生活信条是"和为贵",甭管是谁,他都不得罪。所以,何彦生抢尼尔森的活儿时,詹爷顺水推舟让给了他。

他准知道能做金板头像的唯有"盖板杨",何彦生接过去也是瞎掰,早晚还得给"盖板杨"。果不其然,转一圈儿又到"盖板杨"手里了,但他也算给了何彦生面子。在"盖板杨"这边儿,他贡献两瓶好酒，面子也有了。

"盖板杨"在待人接物上，分不出谁近谁疏，他跟谁都那样不温不火，对詹爷也一样，尽管詹爷在"久仁居"的酒友里比较拔闯[①]。"盖板杨"心里对詹爷的左右逢源、随机应变并不感冒，所以，面子上对他始终是不冷不热的劲头儿。当然，这种劲头儿，也常常让詹爷对他的所思所想拿捏不准。

但詹爷知道，找"盖板杨"摆平什么事儿，最好的办法是喝酒。酒是开心斧，喝美了，就没有翻不过去的山，没有蹚不过去的河。

威尔逊头像到底怎么做？儿子从德国给詹爷打电话，告诉他尼尔森去上海了，明后天回北京。他让詹爷安排尼尔森直接跟"盖板杨"见面，这样可以减少许多不必要的麻烦。

詹爷觉得这个主意不错，但不知道"盖板杨"愿不愿意见这个老外？因为"盖板杨"跟"久仁居"的酒友说过，他这辈子有"二不"，一是不坐飞机。不坐飞机，不就是不想出国吗？二是不见眼睛带色儿的。眼睛带色儿，不就是老外吗？所以让他直接见尼尔森，脑子还得多转几圈。

"盖板杨"赶到"久仁居"的时候，詹爷早在这儿候着他，因为要谈事儿，他特地让季三单给他开了一桌。季三找后厨，炒了几道挡口儿的"横菜"，酒是詹爷带来的两瓶"茅台"。

"盖板杨"一看"茅台"，心里就嘀咕上了：詹爷肯定有什么事儿相求。

---

① 拔闯：北京土话，在人群中显鼻子显眼，凌人之上的意思。

果不其然，酒过三巡，菜过五味，詹爷说出了请他喝酒的目的。"那个要做小白楼头像的老外，想直接跟你见面聊聊。"詹爷笑着对"盖板杨"说。

"盖板杨"笑道："怎么，您今儿请我喝酒，就为了这个吗？"

"你们直接见面谈，最好不过了，中间隔着山，难免有绕弯儿的时候。"詹爷喝了一口酒，说道。

"我一见老外就张不开嘴。再说我也不会说德语，还是詹爷跟他们谈，他们有什么话儿，您转达吧。"正如詹爷所料，"盖板杨"死活不想见尼尔森。

"教授"和"豆包"在旁边的酒桌上，正侃前些天聊的那对皇宫出来的盖板拍卖的事儿。

在拍卖会上，那对盖板儿拍出了二百八十万的高价。"盖板杨"听后嘿然一笑，对"教授"说："还是你说得对，值。"他心说，别说卖二百八十万，卖二千八百万，跟我也没有一毛钱关系了。

"教授"听到詹爷说"盖板杨"见老外犯怵，把脑袋伸过来说："杨爷见老外怯场，我陪着您。"

"得嘞嘿，你陪着，回头再把人家老外拐到沟里去？"詹爷瞪了他一眼，笑道。

"教授"打镲道："我要有那本事，早到联合国当秘书长去了。"

"您是烦老外呀，还是怵老外呀？""豆包"歪着脖子跟"盖板杨"逗了句闷子，"怕老外咬您一口是吧？"

"我怕你咬我一口！怵他们干吗我？没别的，就是不想见！""盖板杨"干巴巴地给了"豆包"一句。

詹爷死说活说，就是撼不动"盖板杨"的"二不"原则。知道尼尔森是德国人，他坚决不见，一点儿没商量。

"盖板杨"的一根筋让詹爷没了脾气，不过，他是心眼活泛的人，直截了当让他们见面不行，为什么不能拐个弯儿呢？他心说：我这两瓶"茅台"，不能让这位爷白喝呀！

几天以后，尼尔森从上海来到北京。詹爷为了安排他跟"盖板杨"见面，在"盖板杨"那儿虚晃了一枪。

他在"久仁居"设了个饭局，让季三在包间摆了一桌，席面儿很体面，然后，大大方方把"盖板杨"请过来。

詹爷见了"盖板杨"，跟他明说："今儿让你见一位特殊的客人。"

"谁呀？""盖板杨"纳着闷儿问道。

"我儿子。"詹爷笑道。

"您儿子？是那个在德国留学的儿子吗？听说他混得挺出息的是吧？"

"肯定比我强，在德国拿下生物学博士学位后，现在德国的一家生物工程研究所搞研究呢。"

"生物学？这可是前端科学。""盖板杨"想了想说道。

"怎么样，您想不想见见犬子？"

"得嘞嘿，人家都博士了，还犬子呢？当然得见。"

"真想见？"

"真。您怎不提前言语一声？见人家孩子，我可没预备见面礼。""盖板杨"笑了笑说。

"他都多大了？见面还给他见面礼呢。他该给您备上。"詹爷笑道。

　　凉菜上桌后，"盖板杨"执意要等詹毅来了再动筷子。但詹爷说，他这次回北京要办的事儿多，时间没谱儿，不用等他。于是詹爷陪"盖板杨"先吃上了。

　　两个人推杯换盏，酒过三巡，季三进来把詹爷叫了出去。没过一会儿，詹爷进来了，但他身后跟着一个小伙子，看样子不到三十岁，黑眼珠，高鼻梁，深眼窝，白皮肤，瘦高个儿，长得挺帅，但一眼就能看出是欧亚人的混血儿。

　　"杨爷，您瞧这事儿闹的，儿子有事过不来了，他的同事替他来了。"

　　"噢，您是詹毅的同事？""盖板杨"站起来跟年轻人握了握手。

　　"他就是我跟您说的那位尼尔森先生。"詹爷把年轻人介绍给"盖板杨"。

　　"啊，哦，您就是尼尔森先生？""盖板杨"吃了一惊，他没想到詹爷会给他来个突然袭击，也没想到尼尔森跟詹毅是同事，更没想到尼尔森是混血儿，汉语说得非常好。

　　尼尔森落了座儿，詹爷像想起什么，看了尼尔森一眼，悄然对"盖板杨"说："没影响您的'二不'方针吧？他可是半个中国人。"其实，詹爷也是刚知道尼尔森是混血儿。

　　"不，这跟'二不'挨不上。""盖板杨"不好意思地笑了笑。

　　尼尔森不喝白酒，詹爷给他要了两瓶啤酒。啤酒也是酒，尼尔森几杯啤酒下肚，话也就跟着多起来。

　　尼尔森告诉"盖板杨"，他爸是德国人，妈妈是中国人，而且还是北京人。詹毅所在的生物工程研究所是德国最大的，他在这家研究所下属药厂当工程师。他们正在研发一种治疗神经系统疾病的

生物药剂，他来北京，主要是跟科学院下属的科研机构谈合作的
事儿。

"他才是'麻片儿李'真正的徒弟。"詹爷向尼尔森介绍了"盖
板杨"，然后对他说，"您跟他说说做威尔逊头像的事儿吧。"

"是的，这是我来北京的另一个目的。"尼尔森对"盖板杨"微
微一笑道。他的中文挺标准。

詹爷打了个沉儿，说道："你们德国的工匠世界闻名，重视细
节，精益求精。"

"是的，德国有八千多万人口，却有二千三百多个世界品牌。"
尼尔森说道。

"谁不知道德国货质量精呀？我老爸当年有辆 1928 年'三枪'
的自行车，现在还能骑。"詹爷道。

"盖板杨"疑惑不解地问道："既然德国工匠那么牛，为什么你
不找德国工匠做这个头像，偏偏找中国人？"

"中国工匠干出来的活儿，不见得德国的工匠也能干出来。那
个威尔逊头像做得多传神呀！真是世界一流。"尼尔森笑着问詹爷，
"它是那个叫什么'麻管李'做的吧？"

"盖板杨"扑哧一笑，心说什么"麻管李"，还"铁管李"呢。

"你说的是'麻片儿李'，当年北京有名的工匠，杨先生就是他
的徒弟。"詹爷更正了尼尔森的话。

"那位何先生难道不是'麻片李'的弟子吗？"尼尔森还想着上
次见面的何彦生。

"是，但他那个弟子不是正宗的。"詹爷说道。

"正宗？"尼尔森搞不懂中国人的弟子，还有正宗不正宗的说

法，当然他也不知道什么叫正宗。

"盖板杨"心说，你跟老外扯这些干吗？但他又不想跟尼尔森多嚼舌头。

"正宗就是把师傅的手艺传下来的徒弟。"詹爷对尼尔森解释道。

"如此说来，这位杨先生是有复刻威尔逊雕像能力的了？"尼尔森端视着"盖板杨"问道。

"怎么着，你还怀疑吗？"詹爷笑道。

"我之前，听说中国经过'文革'十年动乱，许多传统工艺已经失传了。现在进入网络时代，许多技术都是电脑制作了，年轻人谁愿意学这些纯手工技术？估计你们已经找不到有'麻片李'这种錾艺的工匠了。"尼尔森的嘴角掠过一丝冷笑。

"盖板杨"心说，这不是胡诌八咧吗？你听谁说的呀？但这句话他到嗓子眼，又咽了回去。他感觉尼尔森岁数不大，看上去城府也不是很深，但说出的话却含沙射影，让人听着那么不舒服。

詹爷笑道："看来你对中国的情况还是有所了解，失传倒是不至于，不过，有这手艺的匠人不多了，却是实情。"

"不是不多了，恐怕是绝迹了吧？"尼尔森喝了一口啤酒，撇了撇嘴说，语气里带有几分嘲弄的意味。

"盖板杨"被他的这种傲慢和轻率弄得像身上扎了刺儿，他实在忍不住了，对尼尔森说道："你找'麻片儿李'这样的老工匠，到底是想做什么物件？"

"哦，我只想复制威尔逊先生的头像。"尼尔森看了"盖板杨"一眼，淡然一笑道。

詹爷已经感觉到尼尔森有点跟"盖板杨"叫板的意思。因为之前他接触过何彦生和他儿子何啸，后来还找过宋二乐，他们都不敢接头像这活儿，所以才让尼尔森说出这话。

"那个头像？它就是你想要的吗？""盖板杨"问道。

"哦，他是想问你，除了这个头像，你不想再做别的什么了吗？"詹爷替"盖板杨"补充了一句。

尼尔森耸了耸肩，微微一笑道："我没有那么多的奢望，现在你能帮我找到能复制出威尔逊头像的工匠，我就已经很高兴了。"

"盖板杨"心里骂道，这小子真是出言不逊，说什么呢？你以为中国真没有好工匠了吗？

詹爷看了尼尔森一眼，对"盖板杨"暗示了一下说："我要是为你找到这样的工匠了呢？"

尼尔森顿了一下，说道："真能吗？"

"当然。"詹爷笑道，"跟你们德国人不能开玩笑，对吧？"

尼尔森想了一下，看着詹爷说："这样吧，谁如果能在金板上，复制出威尔逊先生的头像，我不给欧元了，送给他一款最新版的'奔驰'轿车！"

"什么？送一辆'大奔'？"詹爷惊诧道。

"对，进出口关税由我来付。"尼尔森说道。

"杨爷怎么样？您倒是说句话呀！"詹爷对"盖板杨"道。

"'大奔''小奔'跟我没什么关系，我又不会开车，要它干吗？但威尔逊头像这个活儿我接了！""盖板杨"转身对尼尔森淡然一笑说，"你给个期限。说吧，多少天？"

"怎么？是你亲自做吗？"尼尔森睁大眼睛看着"盖板杨"

问道。

"难道你还有疑问吗?" "盖板杨" 笑道。

"没有没有。但是我要事先说明,我只能给你提供一张我曾爷爷和曾奶奶的合影照片,别的就没有了。"

"我知道。" "盖板杨" 哼了一声,"说吧,什么日子要?"

"一个月?不,我要在北京待二十天,你看能不能……"

"好,我保证十五天之内,把雕像交给你!你把那张照片给我就行,材料不用管,百分之百的纯金。"

"什么?十五天?" 詹爷愣了一下,猛然拦住 "盖板杨" 说,"十五天少了点吧,再多几天,二十天吧?"

"不,就十五天!" "盖板杨" 斩钉截铁地说。

"那我们就说好了?" 尼尔森用怀疑的目光看着 "盖板杨" 说,"我们是不是需要签一个协议?"

什么?签协议?你给我玩去!"盖板杨" 看着尼尔森,心里骂道。

"这还用签协议吗?" 詹爷从 "盖板杨" 的脸上看出他一百个不愿意,急忙对尼尔森说道。

"你要信得过我,我就做。信不过我,就算了。" "盖板杨" 沉着脸,干巴巴地说道。

"你放心好了,北京人绝对讲信用!" 詹爷对尼尔森说。

"好吧。我绝对信任杨先生。" 尼尔森改了话口儿。

詹爷顺水推舟举起了酒杯,笑道:"那好,我们一起先喝一个,预祝杨爷的活儿圆满成功!"

"盖板杨" 瞥了尼尔森一眼,把酒杯举了起来。

第
二
十
四
章

　　"盖板杨"复制威尔逊头像的事儿，在"久仁居"的"酒虫儿"中间引起点儿震动。"酒虫儿"们没想到"盖板杨"敢接这活儿，更没想到德国人尼尔森让"盖板杨"錾个头像，会舍得出一辆新款的"大奔"。

　　"教授"认为这是德国人玩的"圈套"："他准知道杨爷錾不出来那头像，所以使了一个攒儿。"

　　"带鱼"的观点永远跟"教授"拧着来，他反驳说："你怎么知道杨先生錾不出来？德国人如果不晓得杨先生有这本事，也不会舍那么大的本钱。"

　　苏爷赞成"带鱼"说的："'教授'也忒小瞧杨爷了。他没有金刚钻儿，能揽这瓷器活儿吗？"

　　"教授"是有名的杠头，当然要坚持自己的观点。他自斟自饮，干了一杯酒，看了"盖板杨"一眼，嗽了嗽嗓子，扬声说道："我说这话，并不是贬我们杨爷。杨爷的錾艺在京城首屈一指，'盖板杨'谁不知道？问题是德国人做的这活儿，一没设计图样；二没头像照片；三没制作说明。只给了一张照片，那做头像的德国老头，在这张照片上只是模模糊糊的一个人的轮廓。您说这么苛刻的条件，谁能给他錾出来？"

"是呀，鲁班爷来了也未准能做得出来！"苏爷嘬了个牙花子道。

"教授"接着说道："再者说了，即便杨爷给他錾出来了，他要是说不像，或者看了不如意，提出这样那样的问题，您怎么说？头像也没技术标准和参数，所以我说这老外是拿杨爷打镲呢。看上去他宁肯舍一辆'大奔'也要做这个活儿，乖乖，这活儿是人能干得出来的吗？"

"带鱼"用手擦了擦眼镜戴上，撇着嘴说："老外提出的条件是苛刻，但条件苛刻就意味着杨先生做不出来吗？显然，你这种推论是站不住脚的。"

唐思民站了起来，对"带鱼"笑道："你们谁也别争了，还是让事实说话吧。杨爷说十五天交活儿，孰是孰非，半个月就能见分晓，还用得着你们争来争去的？"

"教授"冷笑道："其实，到那时就晚了，杨爷的半个月等于白耽误工夫。"

"怎么能叫白耽误工夫呢？""带鱼"对他讪笑道。

"我知道我说的，你们都认为我是在'喷'，但我告诉你们，这件事百分之百是骗局，我敢打赌，杨爷做出来的玩意儿，老外肯定不认可。所以，送'大奔'纯粹是扯！有没有人敢跟我打这个赌？""教授"站起来问大伙儿。

季三在旁边问道："赌什么的？"

"赌一万块钱的，怎么样？""教授"的目光把饭馆吃饭喝酒的人整个儿扫了一遍，居然没有人响应。

"我还留着那一万块钱喝酒呢！"王景顺嘿然笑道。

季三随声附和道："是呀，杨爷的事儿，成不成，他心里有数，咱们跟着瞎掺和什么？"

"这活儿可'涉外'了嘿！不是小事儿。踏踏实实喝咱们的酒，跟着哄什么？"苏爷随口说道。

"教授"要打赌主要是冲着"带鱼"去的。他看了"带鱼"一眼，用嘲讽的口气说："我先把一万块钱拍在这儿，有没有人敢跟我打这个赌？"

"算了呗'教授'，别以为没人跟你打赌，你就赢了，还没到你敲得胜鼓的时候呢。半个月以后见分晓。"王景顺替"带鱼"鸣不平地说。

"盖板杨"一直在闷头喝酒，听着"酒虫儿"们鸡一嘴鸭一嘴地议论，一声没吭。旁边的詹爷几次向他示意，让他说几句，他都无动于衷，好像大伙儿议论的话题，跟他一点儿无关似的。

"您可真行！"詹爷算是服"盖板杨"了，心说可真能沉得住气。

其实，"酒虫儿"里，对"盖板杨"这活儿最上心的是詹爷，一来尼尔森是他儿子詹毅的德国同事；二来"盖板杨"这活儿是他给牵的线。"盖板杨"如果掉了链子，他的脸肯定也会挂不住。所以在"教授"他们咋咋呼呼的时候，詹爷也没抻茬儿，一直在观察"盖板杨"脸上的表情。

酒喝到七八成的时候，"盖板杨"把杯里的酒一口干掉，放下筷子，对詹爷道："你答应我两件事儿行不行？"他的话语气沉重，像是经过深思熟虑。

"说吧，什么事儿？"詹爷道。

"你先说，两件事儿，你答不答应？""盖板杨"追问道。

詹爷被他这一深问，弄得丈二和尚，摸不着头脑了。但他已经没有退路，只好咬着后槽牙说："答应你，说吧！"

"盖板杨"突然变得一本正经起来，不紧不慢地说道："第一件事儿，你给我准备好酒，我从明天开始'闭关'，就不出门了。"

詹爷愣了一下，笑道："好，酒没问题！最好的'二锅头'行吧？"

"行。一天一瓶。"

"好，十五天十五瓶，得了，我给送五箱，您可劲喝。明天上午给您送家去！"

"好！君子一言啦咱们！""盖板杨"伸出右手，跟詹爷的右手掌拍了一下。

"第二件事儿呢？"詹爷问道。

"尼尔森说，头像錾好，他不给钱了，给我一辆'奔驰'。这辆车是你的！""盖板杨"说道。

"别价嘿！这是人家对您功夫的报答，您给我算怎么回事儿？"詹爷急忙把他的话拦住。

"盖板杨"的这句话，也让其他"酒虫儿"感到惊诧。苏爷亮着大嗓门道："杨爷，您这是哪一出？"

"盖板杨"对苏爷微微一笑说道："洋人就是爱玩幺蛾子，送我一辆'大奔'，他倒没送我一架飞机，我要那玩意儿有用吗？开车？就我？"

"你以为有车就能上马路呢？现在上车牌得摇号儿，明白吗？

我儿子摇了五年了，脑袋都摇大了，还没摇上呢。"王景顺笑道。

"盖板杨"说道："不摇号，我要这么一辆车，也没地方放呀！另外，当着诸位爷，我说句心里话，这辆车，我为什么答应给詹爷？没别的，感谢他对我的信任！"

他瞥了一眼"教授"，接着说："说句实在话，我接德国人这活儿，是为了钱，为了车吗？我这岁数，早把这些视如粪土了。我不为别的，就是想让老外看看，我师傅那样的中国工匠还活着！当有些人怀疑中国已经没有像'麻片儿李'那样的工匠了，詹爷坚决说有！就冲他这个'有'字，这辆'大奔'我也要送给他。酒后吐真言，我的话，撂地就是钉，拜托诸位给我做个证人！"

"好！我给杨爷做证！"苏爷第一个叫起好儿来，其他人也跟着喊起来，弄得"教授"有点儿臊眉耷眼了。

"大奔"只是尼尔森的口头协议，车在哪儿呢还不知道。所以对"盖板杨"的许愿，詹爷也没再说什么，一切都要等"盖板杨"把玩意儿做出来再说。

"盖板杨"说的"闭关"，并非虚言，他这是要学他师傅"麻片儿李"。当年"麻片儿李"錾威尔逊头像时，不是也把自己关在"笼子"里，喝了五坛子酒吗？

"闭关"，就是足不出户，一门心思錾这件活儿。除了徒弟二乐每天来家里看看他，买点吃的喝的以外，平时他都大门一锁，连快递也叫不开门，像家里没人一样。

他让二乐给他备上面包、鸡蛋、肉肠、咸菜等干粮，又买了几箱矿泉水，连点火做饭的时间都省了。除了睡觉，一天二十四小时都"耗"在工作台上了。

　　当然，他干活儿唯一不能少的是酒。詹爷说到做到，第二天就让人给"盖板杨"送来五箱"二锅头"。酒一进肚，"盖板杨"就有了活力。不过，他的艺术感觉跟他思恋的情感一样，酒要喝到一定的量，幻境才会出现，超过这个量，或不到这个量，差之毫厘，都无济于事。当然，这个度只有他自己能把握。

　　说句实在话，尼尔森要做的这件活儿，也只有"盖板杨"能做得出来。他除了有非凡的美术功底和錾艺外，还在小白楼亲眼见过威尔逊的头像，尽管那是几十年前的事儿了，但他遗貌取神的功夫确实超凡。更何况他还有酒后幻化入境的神功，灵感能让他回到几十年前的小白楼，他可以在幻境里，把威尔逊的头像复制下来。有这功夫的工匠，可着北京城说，打着灯笼都难找。

　　门一关，酒一喝，"盖板杨"便进入他的艺术创作世界。这个世界没有浮躁的喧嚣，没有利益的争斗，也没有世俗的虚妄，他可以在这个世界任意驰骋，心无旁骛。因此这个世界也是忘我，甚至是无我的天地。

　　錾艺实在是吃功夫，雕像的金板是由"盖板杨"把金块一点一点拍出来的，金板不能厚也不能薄，要恰到好处。金板拍成形后，他要在上面施展其镂雕錾刻的绝技；錾出头像后，还要接合到铜制的底托上；最后还要在头像的边缘镶一圈掐丝珐琅，工艺十分复杂。

　　自然，最关键是人物的头像要逼真传神。逼真，但不能像标准照那样死板；神似，但一眼就能认出来头像是谁，其难度之大，超出人们的想象。

　　为什么"教授"会怀疑"盖板杨"做不出来这个头像呢？就是

因为一般的工匠，没有如此深的美术功底。他并不知道"盖板杨"从小练就的遗貌取神之功，当然，他也不知道"盖板杨"对这个老头儿的头像是那么熟悉。

一晃儿十多天过去了，"盖板杨"那里一点动静也没有。詹爷暗自为他捏了一把汗，因为尼尔森已经给他发过几次微信，问头像的制作近况，詹爷感觉他是担心"盖板杨"会掉链子。

第十二天的一大早，人们发现"盖板杨"拎着个大包出了门，二乐在路边等着他，俩人打了一辆出租车走了。

师徒俩奔哪儿了？没人知道。但"盖板杨"带着徒弟离家出走的传言，却让"久仁居"的"酒虫儿"们开始起疑了。

最先产生疑虑的是季三，因为"盖板杨"离家"出走"，是季三早晨上市场买菜时看到的。

"我说什么来着，这种头像神仙来了都做不出来。怎么样，玩不转了吧？""教授"把嘴快撇到腮帮子了，他的话里带着一点儿嘲讽的意味。

"不会吧？玩不转就玩不转呗，他跑什么呀？"苏爷反驳道。

"绝对不会跑。""带鱼"摇了摇头说。

"人已经跑了，您这儿还不会呢？杨爷，你们还不知道吗？他可不是大心脏的人，这事儿让他脸上挂不住了，三十六计走为上了，肯定的。""教授"挤咕一下小眼说道。

"我说'教授'，你怎么有点幸灾乐祸的意思呀？"苏爷板起脸说道。

"谁也别争了，十五天不是还没到吗？你们急哪儿门子。"唐思民冲大家摆了摆手说。

其实，心里最着急的是詹爷，但他对"教授"说的"盖板杨"三十六计走为上，付之一笑。以他对"盖板杨"的了解，"盖板杨"就是做不出来这活儿，也不会一走了之。他心里琢磨，保不齐他是带着徒弟找高人指点去了。

转过天，詹爷到"盖板杨"家，撞了锁。屋里没有一点动静，他给自己打气：再等等。

等到第十四天，还没动静，他有点儿沉不住气了。挨到了晚傍晌，他正琢磨第二天怎么应对尼尔森呢，突然接到了"盖板杨"的电话。

"嚯，您老先生终于露了！去哪儿了？"詹爷问道。

"哪儿也没去，做头像的后期处理，到珐琅厂镶边去了。""盖板杨"在电话里，十分平静地说。

"这么说，头像大功告成了？"詹爷急忙问道。

"嗯，完成了。""盖板杨"不紧不慢地说。

詹爷在电话里听不出来他有完成一件大活儿后的惊喜，心中骤然一紧，问道："是按尼尔森说的复制的吗？"

"是。""盖板杨"在电话里好像不愿多说什么，在放下电话之前，他对詹爷道，"您张罗吧，明天中午，把老外请到'久仁居'，备两桌席，哦，别忘了把咱们那些'酒虫儿'都约上。"

"这么说，杨爷要当众'亮活儿①'？"詹爷一听这话，心里悬着的石头算是落了地。

"得嘞，您尽管放心，明儿，我把他们全约上。两桌，必须的！"詹爷在电话里说。

———

① 亮活儿：老北京的手艺人，在完成一件自己认为得意的作品后，当众展示，叫亮活儿。

知道"盖板杨"要"亮活儿","久仁居"的"酒虫儿"像是来看一出名角挂头牌的大戏，老早就来了。

尼尔森是踩着钟点儿，跟"盖板杨"和宋二乐前后脚进的门。见饭馆呼啦啦来了二三十号人，他有点儿莫名其妙，对詹爷笑道："你请我来是参加宴会，还是谈事情的？"

詹爷笑了笑说："我们中国人喜欢热闹，而且喜欢吃喜欢喝。许多事情都是在饭桌上谈的，来吧，先入座。"

季三把尼尔森安排在主桌，挨着"盖板杨"，旁边是詹爷，然后按年龄大小排座次。

詹爷见大家坐好，看了一眼尼尔森，又看了一眼"教授"，然后对"盖板杨"道："杨爷，咱也别来什么仪式了，您要不要说两句？"

"盖板杨"嘿然一笑道："玩那些花架子干吗呀？我没什么可说的，还是让我的玩意儿说话吧！"

"对，自古以来，玩意儿就会说话。玩意儿说话，一句顶一万句!"苏爷叫道。

"说得对嘿!"众人应和着。

"盖板杨"招呼宋二乐把带来的木盒打开,从里面拿出了那个金板的威尔逊头像,对尼尔森说:"你上眼吧!"

尼尔森拿起头像一看,不由得大吃一惊。只见金板上的威尔逊留着大胡子,穿着皇家有爵位的礼服,器宇轩昂,神采奕奕,两只眼睛炯炯有神,脸上的气韵活灵活现。头像的錾工精致入微,雕镂极其讲究,连胡须和头发丝都看得清清楚楚,人物栩栩如生,特别是眼神,异常生动。尼尔森觉得自己家族的这个前辈"活"了,正微笑着凝视着他。

"啊!神了!太神奇啦!"尼尔森情不自禁地惊呼起来,"简直跟原来的那幅头像一模一样!"

众人围了过来,把目光投向那幅头像,有的惊讶,有的赞叹,纷纷夸赞"盖板杨"非凡的錾艺。

詹爷冲尼尔森意味深长地笑道:"錾得像吗?"

"非常逼真,太像了!"尼尔森说着,从随身带的公文包里,掏出一张图片,递给詹爷,"你看看这是威尔逊头像的原图。"

詹爷拿着那张原图,跟头像比对了一下,忍不住惊叫起来:"太逼真了!简直就像复制的一样!杨爷,你太牛了!"

"教授"从詹爷手里抢过原图照片,瞪大眼睛,拿原图跟头像比较了一番,不由得伸出大拇指叫道:"哎呀!太不可思议了!杨爷,你这是神功呀!"

尼尔森赞叹道:"杨先生确实让我领教了中国匠人的神功!"

唐思民瞪了"教授"一眼说道:"你不是还想打赌吗?"

"教授"咧了咧嘴，笑道："我认栽还不行吗？"他叫过季三，让他往酒杯里倒满了酒，一口干掉，说道，"我先认罚三杯酒！"

尼尔森看着头像，对"盖板杨"道："你真不愧是'麻片儿李'的徒弟，神功，名不虚传！"

"盖板杨"冲他微微一笑说："实在谈不上什么神功，在我看来，实属雕虫小技。"

"教授"突然想起什么，把那张头像原图照片拿过来，挤咕了一下小眼，对尼尔森问道："先生，我想问您一个问题，您手里明明有这位老人的原图照片，为什么在让杨先生做头像之前，不把它拿出来呢？"

"是呀，你在让杨爷做头像之前，可没露这张原图。"苏爷嗔怪道。

"这……这个嘛，是……"尼尔森好像被"教授"点了穴，脸上流露出一种难堪，一时竟无言以对。

詹爷见状，忙接过话茬儿道："恐怕尼尔森先生是留了一手，以此来考验考验中国工匠的功夫吧？"

尼尔森就坡下驴，赶紧对"教授"笑道："詹先生说得对，我确实是这个目的。假如杨先生第一次做出来的头像不成功，那我一定会拿出这张原图照片来的。"

苏爷接过话茬儿说："现在呢？你该拿出什么来了？"

尼尔森没听懂苏爷的话，直愣愣地看着他。"教授"在一旁直言不讳道："尼尔森先生当初不是说好，头像做得让你满意，你就送给杨先生一辆汽车吗？"

"是的，我一定会兑现我的承诺，请杨先生放心。车，我的家人已经在柏林买好，绝对是最新款。明天，我就和詹先生一起，给你办入关方面的手续。"尼尔森对"盖板杨"说道。

"盖板杨"想说什么，但詹爷抢先说道："各位，咱们都把酒杯斟满，为杨爷的作品圆满成功干杯！"

众人把酒杯举起来，走到"盖板杨"面前，相互碰杯干掉。尼尔森最后来到"盖板杨"身边，两个人碰杯干掉后，他端视着"盖板杨"，压低声音说："我代表我们家族，再次感谢杨先生的绝技，复制出我们祖先的头像。不过，我有一个小小的请求。"

"什么事儿你直说。""盖板杨"看着他说道。

"我想约您明天单独谈一次话，可以吗？"

"谈话？谈什么话？""盖板杨"迟疑了一下问道。

"随便聊聊，我想知道您是怎么做出这么高难度的头像的？"尼尔森笑道。

"这个……这个吗？可以吧……""盖板杨"有些难为情，但最后还是答应了尼尔森。

"盖板杨"是在喝酒的时候答应尼尔森的，当时也加上大伙盛赞他鉴的威尔逊头像，让他五内俱热。及至第二天酒醒了过来，想到要单独见尼尔森这个茬儿，才感到有些后悔。

他一直发怵见老外，何况尼尔森又提出单谈？没辙，他只好去搬救兵，把徐晓东叫过来，让他出面跟尼尔森交涉。

徐晓东喜欢这种外场应酬的事儿，"盖板杨"做威尔逊头像的活儿，他门儿清，而且之前也见过尼尔森。

不过，徐晓东没想到最后"盖板杨"鉴头像，没叫他掺和，而让詹爷抢了风头，还得着一辆"大奔"。您想他应名儿是"盖板杨"

的经纪人，这事儿居然把他迈过去了，他心里能平衡吗？

但现在"盖板杨"见尼尔森，请他作陪，他看出"盖板杨"在关键时刻，还是离不开他，这多少让他心理上找到点儿安慰。

尼尔森约定的见面地点，在东三环的一家五星级宾馆的大厅，他就在这家宾馆下榻。

尼尔森见到徐晓东，透着亲热，也许是岁数差不多，俩人有意用英语交流了一番。"盖板杨"最烦这个，因为英语他一句也听不懂。所以，他总觉得老外当着中国人的面说英语有什么猫腻，这也是他不愿意见老外的原因之一。

原来尼尔森想跟"盖板杨"单独聊点事儿，他不希望有第三个人在场，所以想让徐晓东回避一下。他婉转地请徐晓东先到宾馆的茶室喝茶，等他们谈完事，中午一起在宾馆吃午饭。

"茶点你让他们记我的账上就可以，这是我的房间号。"尼尔森把房间号写在纸上，递给了徐晓东。

看来他考虑问题还是很周到的。徐晓东见尼尔森说出这话，只好点头。

老外要跟"盖板杨"谈什么事儿呢？徐晓东首先想到的就是德国人想让"盖板杨"做什么大件的活儿，因为他对"盖板杨"的手艺心服口服。但这还用背着人吗？他觉得尼尔森忒有点儿小家子气了。

"盖板杨"当然更想不到尼尔森要跟他谈什么，但他已经到了宠辱不惊的岁数，所以，谈什么他都会坦然面对。

徐晓东向"盖板杨"打了个招呼转身走了。尼尔森带着"盖板杨"上楼，来到他下榻的房间。房间里只有尼尔森和"盖板杨"的时候，尼尔森看上去显得很轻松。不过"盖板杨"觉得他那神神秘秘的样子，似乎心里埋着雷。

"我想跟杨先生单独交谈，是非常愉快的事，我们可以无拘无束。"他对"盖板杨"微微笑道，"先生喜欢喝咖啡，还是喜欢喝茶？"

"当然是喝茶了。""盖板杨"一屁股坐在了沙发上，随口说道。

尼尔森给"盖板杨"泡了一杯茶，坐下后，端详着他，煞有介事地问道："杨先生，知道为什么我要单独跟你交谈吗？"

"这我哪知道？""盖板杨"不紧不慢地说。

"因为我要告诉你一件意想不到的事情。"尼尔森淡然一笑道。

"什么事儿能让我意想不到呢？"

"那么，也许是你意料之中的事喽？"尼尔森瞥了"盖板杨"一眼，试探着问道。

"盖板杨"沉了一下，用平淡的语气说："尼尔森先生，我这个人说话喜欢直来直去，咱们有什么事儿就直说，我烦那种外交辞令。"

"好吧，那我就直截了当了。"

"对，这样我们才有的可聊。"

"杨先生雕的威尔逊先生的头像确实逼真，得到了那么多人的赞扬。"

"你觉得呢？"

"像，实在是雕得太逼真了，出乎所有人的想象。我把雕像的照片发给我母亲，她拿着跟原来的照片比较了一番，告诉我说这简直是一个模子刻出来的。"尼尔森说这话的时候，一直在注视着

"盖板杨"脸上的表情。

"盖板杨"嘿然一笑道:"你们都过奖了。"

尼尔森突然把脸一沉道:"不是过奖,而是事实。我想假如手里没有原图的话,任何人也做不出如此相像的艺术作品来的。"

"盖板杨"听了一愣,问道:"噢?这么说你怀疑我做这个头像有什么猫腻吗?"

"我确实怀疑你手里有这个头像的图片,甚至原件。"

"什么?我有图片或原件?"

"哈哈,杨先生,看得出来你是一个非常诚实的人。你刚才说不要跟你说话绕圈子,那么我就实话实说吧,我这次来北京,主要目的不是找人雕威尔逊的头像,而是寻找威尔逊头像的原件。"

"找小白楼的那个威尔逊头像的原件?""盖板杨"惊诧地问道。

"对。找工匠錾威尔逊的头像,用中国人的话说,不过是抛砖引玉而已。"

"什么?抛砖引玉,还而已?""盖板杨"脑子嗡的一下,像是挨了一闷棍。

"是的,没有这个复制的头像,我怎么会知道真的头像在哪里呢?"

"这么说,你认为小白楼的那个威尔逊头像在我手里?"

"事实已经证明了一切。"

"什么事实?你……""盖板杨"腾地站了起来,一股无名火直撞脑门子。

"杨先生,你不要激动嘛。如果你肯把威尔逊头像的原件拿出来,我愿意付给你一百万欧元!"尼尔森凝视着"盖板杨"说道。

"什么？一百万？"

"对，一百万欧元！"

"哈哈，你给我一千万，一个亿，我也拿不出来！""盖板杨"被他这句话简直要气晕了。

"为什么？"尼尔森显得很淡定，不紧不慢地问道。

"那头像原件压根儿就不在我手里，我怎么给你？""盖板杨"愠怒道。

"不在你手里？怎么可能呢？杨先生，那个头像是你师傅的作品，但它是我们威尔逊家族前辈的头像，你说是放在你手里有意义，还是把它还给我们有意义？"

"你甭跟我说这些，小白楼的那个头像真没有在我手里。""盖板杨"突然感觉自己掉到陷阱里，有口难辩了。

"杨先生，我问你一个人，你应该认识他。"

"谁？"

"何彦生先生。"

"他？嗯，我认识他又怎么样？"

尼尔森诡谲地一笑道："哈哈，他非常坦率地告诉我，那个头像的原件就在阁下手里。"

"什么？原来是他说的？""盖板杨"吃惊道。

"确凿无误，是他说的。"

"你……你怎么见到他了？"

"威尔逊头像的复制最初找的就是何先生呀，但是当我告诉他不能提供威尔逊先生的图片后，他断然说无法复制，这世上只有一个人可以，那就是阁下，因为你手里有威尔逊先生头像的原件。"

"这是他告诉你的吗？"

"是的，他亲口对我说的。"

"嗯。""盖板杨"听了，不再说话了，像刚上桌的一碗香喷喷的肉汤里，发现了一只死耗子，他一个劲儿地犯恶心，只想吐。

"杨先生，如果一百万欧元，你觉得不满意，我们还可以商量。"尼尔森耸了耸肩，嘿然一笑道。

"盖板杨"看了看他，沉了一下，一板一眼地说道："我的话不想重复第二遍，威尔逊的头像压根儿就没在我手里，我怎么给你？证据？你让给你提供证据的人，亲自来找我！如果他不来，你又怀疑我拿了当年小白楼的雕像，你可以找人到中国的法院起诉我。"

"起诉？我不想惊动中国的司法部门。"尼尔森笑道。

"那是你的事儿，跟我无关。请问你还有什么要说的？""盖板杨"问道。

"要聊的话很多，一会儿我们吃饭的时候继续说好吗？"尼尔森矜持地说道。

"盖板杨"站了起来，冷笑道："既然没有别的话要说，那就恕不奉陪了。"

"你这是干吗？要走吗？"尼尔森愣住了。

"我手上还有急活儿要干。抱歉了。""盖板杨"站了起来，勉强在脸上挤出几个笑纹。

"杨先生，饭店的饭菜我已经订好了，还有你喜欢喝的酒。"

"不必了。谢谢你的盛情。""盖板杨"说着，穿上外衣，直接奔了门口，给尼尔森来了个措手不及。

尼尔森意识到刚才的话有点儿愣，伤到了"盖板杨"，赶忙追

了上去，解释道："杨先生，我的话还没说透，我们能不能坐下来
再接着谈谈。"

"不必了。回见吧！""盖板杨"冷冰冰地甩了一句。推开门，
头也不回地去了电梯间，把尼尔森给干在那儿了。

　　"盖板杨"没想到錾刻威尔逊的头像惹出了娄子，更没想到这是尼尔森玩的"引蛇出洞"之计。

　　但是他抛砖引玉也好，引蛇出洞也罢，"盖板杨"手里的的确确没有头像的原件，他根本不知道头像的原件是怎么失踪的。

　　"盖板杨"最后一次进小白楼，是在二十世纪九十年代初，那是一次颇有戏剧性的经历。

　　当时国家还没实行"房改"，住房也没私有化，北京人的住房非常紧张。"盖板杨"一直没有结婚，还跟父母挤在二十多平方米的小平房里。

　　那时，"久仁居"的八位"酒虫儿"里，数王景顺有"实权"。他没任何官位，只是房管所的管理员，可是当时胡同里的房子，都归房管所管。管理员不但管调房换房，住户家里的电线断了，下水道坏了，甚至屋门的门锁出了毛病，都找管理员。如此一来，刚刚三十出头的王景顺，成了这一片儿胡同的"爷"。

　　当然，管的住户多，知道的事儿也多，所以，每天在"久仁居"喝酒，王景顺往往是酒桌上的主角。

这天，王景顺聊了一档子神乎其神的事儿，在挨着他那个管片儿的小白楼，夜里闹"鬼"了。

"最开始是人们能听到里面有人的哭声，后来看到里面有亮光，还有叮啷咣当砸东西的声音，响动还挺大。有胆大的打着手电进去了，看了半天，里头什么人都没有。"王景顺一边喝酒，一边绘声绘色地对大伙儿说。

"是不是夜里灯光照的一种幻觉呀？""带鱼"用怀疑的目光看着他，问道。

"怎么可能是幻觉呢？打老远就能看到里头的亮光。"王景顺煞有介事地说。

"你见到啦？""带鱼"追问道。

"见？我都进去过。进去后，感觉里头的阴气撞脑门子，我的两条腿都打软儿。"

"你怎么没带着酒呀？""教授"说道。

"酒？'鬼'可不怕酒。酒气沾了阴气，闹不好魂就没了。"王景顺咧着嘴说。其实，他只是在楼外边瞧了瞧，根本没进去。

"邪乎了嘿！""包子"撇了撇嘴说道，"越说越有点儿离谱了。"

"什么离谱？你有本事，晚上在那儿待一宿去。"王景顺喝了一口酒说道。

"这小白楼早就闹过'鬼'，你们不知道吗？"鲁爷听了，啧啧道。

他们在说小白楼"闹鬼"的时候，"盖板杨"正听唐思民聊画儿，鲁爷的一嗓子，把他的注意力给牵了过去。

"盖板杨"喝了一大口酒，对王景顺问道："你进了小白楼，碰到'鬼'没有？"

"碰到'鬼'？我今儿还能在这儿喝酒吗？"王景顺笑道。

"你哪天去的？"

"前天晚上。"王景顺言之凿凿地说。

"前天？我说前天晚上你怎么没露面呢？还以为你到歌厅泡妞儿去了。敢情没找妞儿，找'鬼'去了？""教授"哈哈大笑道。

大伙儿都知道王景顺好这口儿，经常拿他打镲。

"干吗？妞儿泡腻了，想泡'鬼'是不是？""包子"跟他打哈哈儿道。

"泡'鬼'？我知道那'鬼'男的呀，还是女的呀？"王景顺带着醉意说。

"肯定是女的，是个漂亮妞儿！""包子"哈哈大笑说。

"盖板杨"听了嘿然一笑，把酒杯斟满，跟王景顺的酒杯碰了一下，一口干掉，说道："你刚才说什么？谁有本事，在楼里待一宿是吗？"

"怎么，杨爷没喝多吧？你想跟'鬼'做伴？""教授"看着"盖板杨"问道。

"哈哈，你不信吗？""盖板杨"瞥了他一眼，扭脸对王景顺说，"怎么样，给我个机会吧？"

"嘿，碰上不要命的嘞，嘿！"王景顺笑道。

"我敢打赌，杨爷，别说一宿，你能在小白楼待上半天，五个小时，我都服你。""教授"咧着嘴说道。

"我要是待上五天呢？""盖板杨"看着王景顺说道。

"什么？你敢在'鬼屋'待五天？"王景顺睁大眼睛疑惑道。

"你要是有能耐找人说说，把这'鬼屋'打开，让我住进去，我在那里待多长时间都干。""盖板杨"将了他一军。

"小白楼不归我管，归我管，我肯定让你进去白住。"王景顺说道。

"教授"烧了他一句："有你管的房子呀，敢不敢拿出一间来，跟杨爷打这个赌？"

"好，杨爷要是敢在小白楼住五天，我准保给他找一间房！可他要是进去了，一天都没住，就跑出来呢？"王景顺问道。

"住不了五天，我给你找一间房！""盖板杨"道。

"好！在座的这些'酒虫儿'可都是证人，你们俩一言为定了！""教授"永远都是看热闹不怕事大的心态。

在场的八个"酒虫儿"齐声叫好，这事儿就这么话赶话地说死了。

转过天，王景顺找挨着他的管片儿的人，把小白楼的门打开了。当时正是夏天，不需要厚被子。当天晚上，"盖板杨"抱着枕头和毛巾被就进了小白楼。

汪小凤的家人是1968年前后离开小白楼的，此后十几年，一直没住人。楼里空空荡荡，所以，"盖板杨"进去后，确实感到楼里弥漫着潮湿的霉味，院里杂草丛生，屋里到处是尘土，小楼显得阴森恐怖，让人瘆得慌。

但是没有人知道"盖板杨"对小白楼的特殊情感，更没人知道在这里跟汪小凤的第一次见面，会让他产生终生的恋情。这种刻骨铭心的爱意，能让他舍弃一切，所以当"盖板杨"进了小白楼，住进汪小凤的卧室，虽然没有床，他睡在木板上，但他感觉汪小凤就在他身边。

当"盖板杨"的眼里只有汪小凤的时候，爱神就成为他灵魂的主宰了。爱神高于一切的时候，其他鬼神自然会退避三舍，所以"盖板杨"怎么会有恐怖感和畏惧感呢？

"盖板杨"刚进小白楼的时候，不但有成群的耗子，还有黄鼠狼、刺猬和蛇，"四大仙儿"占了仨①，而且都是晚上出来。"盖板杨"不但不害怕，而且他还喂它们吃的，逗它们，跟它们聊天。到最后两天，他睡觉的时候，黄鼠狼居然在他身边陪着。他完全飘飘然了，仿佛自己也成了"仙儿"。

进小白楼之前，他跟单位请了五天假，备了二十多斤散酒，在小白楼安营扎寨。每天，王景顺派人给他送三顿饭。其实，送的饭几乎都让他喂了"仙儿"，他不怎么吃饭，但酒不离口儿，每顿至少八两，喝美了，便在他跟汪小凤见面的那个房间，做他的美梦。后来，他喝到八两酒的时候，与汪小凤相会的幻觉，就是在这时候产生的。

那些天，小白楼闹"鬼"成了热点。这种闹"鬼"的事本来就吸引人，加上一些闲人添油加醋地一番渲染，于是成了人们茶余饭后议论的中心。

每天晚上，小白楼都围满了人，"盖板杨"在小白楼里的活动，让人们以为是"鬼"在折腾。这事儿惊动了派出所的警察。

警察带着几个记者进楼一探虚实，才知道"盖板杨"是因为打

---

① 四大仙：民间传说，狐狸、黄鼠狼、蛇、刺猬是有灵气的"仙儿"。

赌，来跟"鬼"做伴，便付之一笑走了。

后来，一家报社的记者在报纸上专门写了一篇报道。谁知越说楼里没"鬼"，人们越不信，每天还是在小白楼围观，直到"盖板杨"待够日子，从小白楼出来，才真相大白。

这事儿让王景顺露了脸。当然他打赌打输了，后来兑现承诺，在东城的一条胡同，给"盖板杨"找了间二十多平方米的平房。几年以后，胡同拆迁，"盖板杨"就是凭借这间平房，得到现在住的三居室楼房。所以，"盖板杨"总说这楼房是汪小凤"送"给他的。

那五天，"盖板杨"在小白楼里过的真是神仙般的日子。他仿佛又回到了自己的少年时代，汪小凤嫁给了他，他和汪小凤在小白楼一起生活着，小凤就在他身边。所以他走遍了小白楼里的每个角落。

他记得非常清楚，当年他在小白楼看到的那幅金板威尔逊头像没了，头像的位置是一片空白。

因为"麻片儿李"在墙上镶嵌得实在太牢固了，不管是谁，抠走这个头像，都要费很大劲儿，因此墙面留下了几个大洞。"盖板杨"出于好奇，还登梯子上去看了看。

难道尼尔森怀疑头像的原件在他手里，就是因为那次他住小白楼，给人留下的话把儿吗？"盖板杨"想到这儿，心里不由得倒吸了一口凉气，真要是那样，自己跳进黄河也洗不清了。

不过，天大的事儿，到了"盖板杨"这儿，只要端起酒杯，也就变得无足轻重了。爱怎么猜疑就怎么猜疑吧！他自我解嘲地喝着酒念叨着。

盖板扬佳的这几天小白楼闹"鬼"成了热点

第
二
十
七
章

　　徐晓东没想到"盖板杨"会赌气把尼尔森给晒了。那天，他一
直在宾馆的餐厅候着"盖板杨"和尼尔森。快到中午了，尼尔森才
蔫头耷脑地来了，告诉他"盖板杨"不吃午饭了。

　　"怎么着，放着好酒他不喝了？新鲜啦嘿。"徐晓东纳着闷说道。

　　尼尔森当然不会把自己被"盖板杨"弄得窘迫尴尬的实情，告
诉徐晓东。

　　"哦，他说今天胃口不好，不想喝酒。不喝酒，也就不想吃饭
了。"尼尔森轻描淡写地说。

　　说话听声，锣鼓听音。徐晓东是什么人？他一下就从尼尔森的
话里，感觉出"盖板杨"跟他闹蹭了。徐晓东太了解"盖板杨"的
脾气了，他的爷劲儿上来，是横竖不吃的。

　　虽然"盖板杨"走了，但是尼尔森知道徐晓东是"盖板杨"的
经纪人，想利用他套出"盖板杨"手里的头像原件，所以对徐晓东
显得很客气。尽管"盖板杨"不在，尼尔森依然出手大方，点了几

道体面的横菜①。

徐晓东从尼尔森的言谈话语之中，感觉到他对"盖板杨"的任性显得无可奈何，便为"盖板杨"打圆场："手艺高的人难免自负，您多多谅解。"

"我没想到他这么爱发脾气。"尼尔森笑道。

"嗐，那不叫发脾气，是逗你玩呢。"徐晓东笑了笑说，"他毕竟是咱们的长辈嘛。"

他本想问"盖板杨"发脾气的原因，但没等他深问，尼尔森便说了出来。

"哦？小白楼的头像原件在他手里？这我还是头一次听说。你真这么怀疑吗？"徐晓东诧异地问道。

"不是怀疑，是事实。"

"事实？小白楼的头像怎么会在他手里呢？"徐晓东丈二和尚摸不着头脑了。

"可以断定头像就在他手里。"尼尔森迟疑了一下，说道，"否则的话，他不会把头像錾得那么逼真。"

"哦，你是怎么跟他说的？"徐晓东问道，"像跟我这样直截了当吗？"

"是的。"尼尔森点了点头说。

徐晓东莞尔一笑道："我就知道你们外国人说话不会拐弯儿。跟北京人打交道，这么说话哪儿成？你说那东西在我手里，凭什么呀？就凭你说的那个理由？他死活不承认，你有脾气吗？"

———————————

① 横菜：北京新流行语，即档次高、价钱贵的菜。横，读四声。

尼尔森愣了一下，想了想说道："难道是我说的话，让他不爱听了？"

"多明白呀？这事儿要搁我身上，你要是这么说，我也会跟你翻秧子。"徐晓东笑道。

"怎么才能补救呢？"尼尔森看了徐晓东一眼，有意地问道。

"这事儿可不好办了。您把一碗好米饭做夹生了。夹生米再做出香喷喷的米饭来，除非神仙来做。"徐晓东故意卖了个关子，抛出一块石头，等着回音。

尼尔森知道他在讲"条件"，笑了笑说："我已经领教过了，跟杨先生打交道，确实比较难。但是我听说，徐先生是中国人说的'智多星'呀，这事还能难得住你吗？"

"您可别把我往火上烤，我跟杨先生的关系，也只是帮他揽揽活儿而已，到不了那种无话不说的能过心的程度，这种事儿我真办不了。您应该知道老爷子的脾气。"

"正因为如此，我才找你帮忙嘛。"尼尔森说道。

徐晓东拿眼瞥了他一下，皱着眉头说："这是从肚子里往外掏'虫子'的事儿，我实在没这两下子，您另请高明吧。"

"我就看中你了。"尼尔森犹豫了一下说，"如果你能从杨先生手里，把威尔逊头像原件要过来，我不会让你白辛苦的。"

徐晓东等的就是这句话，他沉了一下问道："不让白辛苦，又能怎么样？"

"我会送给你一辆最新款的'奔驰'轿车。你觉得如何？"尼尔森直视着他说道。

什么？也送我一辆"大奔"？徐晓东心里咯噔一下，心想：这老外家里是卖"大奔"的吧？怎么为一个头像，撒出两辆"大奔"了。

为了一个头像，能落下一辆"大奔"，这不是天上掉馅饼吗？他开的是广州"本田"，自以为在老同学里已经很牛了，能开上"大奔"是他梦寐以求的事儿，想不到这么容易就能梦想成真，徐晓东有点不相信自己的耳朵了。

但他不能露出自己内心的惊喜，装作很不情愿的样子，对尼尔森说道："我先谢谢您的慷慨，但是要想从杨先生肚子里掏东西太难了。"

尼尔森已经看出徐晓东被这辆"奔驰"给套住了，他所说的不过是虚晃之词。于是，给他来了个"拖刀之计"："既然徐先生觉得这么难，那我只好找别人了，我知道杨先生还有几个常在一起喝酒的'酒虫儿'。"

"他们也未必能从杨先生肚子里，掏出'虫子'来。"徐晓东赶紧往回找补，"别看他们每天都跟杨先生喝酒，但谁也没有我能把住杨先生的脉。得啦，这事儿已然说到这份儿上，我为你充当一次马前卒吧。"

"太好了！那我们一言为定。"

"好，就这么着了。我从杨先生手里拿到头像原件，就跟你联系。"徐晓东说话的语气，好像胸有成竹，那头像原件仿佛唾手可得似的。

尼尔森心中暗喜，他终于找到了一个能跟"盖板杨"说上话的人了。尽管之前詹爷也跟他走得挺勤，但他觉得詹爷办事比较圆滑，不如徐晓东可信。其实他对徐晓东并不了解，只是一种感觉而已。

徐晓东之所以敢答应尼尔森头像的事儿，是觉得只要跟"盖板杨"套上瓷①，就不发愁从他手里把那个头像秀出来，但他哪儿知道那个头像压根儿就没在"盖板杨"手里。您使什么手腕，耍什么花活，平地也抠不出饼来。

转过天，徐晓东拎着两瓶酒，来找"盖板杨"。说是为了一件盖板儿的活儿，但"盖板杨"一眼就看出他肯定有什么事，因为徐晓东没事儿不会给他买酒。

果不其然，徐晓东坐下后，东拉西扯，绕着绕着，绕到了小白楼的威尔逊头像。

听到小白楼的头像，"盖板杨"像是被什么烫了一下，两眼盯着徐晓东问道："干吗？钓鱼来了？是那个德国人让你到我这儿来的吧？"

"没错儿，是他说您手里有小白楼那个头像的原件。"徐晓东并没遮遮掩掩，来了个单刀直入。

"哦，这么看他是王八吃秤砣，铁了心。"

"看得出来，他特别想得到它。"

"是呀。"

"我就纳这个闷儿，您不是已然给他复制了一个吗，他干吗非要那个原件呢？"

"这话，你得直接去问他。""盖板杨"板起脸来。

"不管他了，东西在您手里，给不给他，由您说了算。"徐晓东

---

① 套瓷：北京新流行语，即巧言令色，让对方说出自己的心里话。

想缓和一下。

"你怎么知道东西在我手里？你看到了？""盖板杨"的眼睛瞪了起来。

"这……难道您……尼尔森可是这么跟我说的。"徐晓东不知所措地说。

"谁跟你说的，你找谁要去。头像，我这儿没有！""盖板杨"干巴巴地说。

话已经到这儿，再往下说就会红脸了。徐晓东不想给"盖板杨"添堵，只好转移了话题，把这茬儿先放一放。

自然，有那辆"大奔"牵着，徐晓东不会就此善罢甘休，他扭脸去找詹爷要主意。在他眼里，詹爷比其他"酒虫儿"更有头脑，而且经得多见得广，跟"盖板杨"的关系也比较近，他肯定知道小白楼头像的事儿。

詹爷对尼尔森死乞白赖要找小白楼的头像原件的茬儿，也觉得莫名其妙。

"难道那头像里有什么秘密吗？"徐晓东问詹爷。

"那里头藏着密电码。"詹爷扑哧笑了，说道，"你以为他们这是玩特工呢？说实话，小白楼的那个头像是'麻片儿李'錾的，到现在有八九十年了，是尼尔森爷爷那辈人的事儿，能有什么秘密呢？"

"可他为什么非要找到它呢？"徐晓东纳着闷儿问。

"是呀，我也觉得有点儿不可思议。"

"您觉得那头像的原件不在'盖板杨'手里？"徐晓东问道。

"很有可能。据我对他的了解，那东西在他手里，他早就会拿出来了。"

"也未必吧，他可是能沉得住气的人。您知道呀，前些年，小白楼'闹鬼'，他可是在那儿住了五天。"徐晓东挤咕了一下小眼，诡秘地一笑。

"你怀疑'盖板杨'，是那时候把头像给顺走了？"

"很有这种可能。"徐晓东嘿然一笑。

"那你是太不了解'盖板杨'了，他绝对干不出这种下作的事儿来的。"詹爷十分肯定地说。

"那个头像可是'盖板杨'师傅的作品，万一他看在眼里拔不出来了，心眼儿活泛了呢？"徐晓东笑道。

詹爷听到这儿，明白了徐晓东的意思，问道："你是认准了那东西在他手里了？"

"十有八九吧。"

"既然这样，你就找他要去吧。你不是他的经纪人吗？"

"您了解他的脾气，我如果直接找他说这事儿，他肯定会跟我翻车，也不会说实话。在'久仁居'的那些酒友里，您跟他的关系最好，而且尼尔森也是您介绍给他的。"

"干吗？让我替你出面当说客？"詹爷打断他的话。

"我就为这事儿找您的。"徐晓东笑道。

"你呀？哪凉快哪待着去吧！"詹爷突然把脸一沉，说道，"错翻眼皮了你！我已然告诉你，'盖板杨'不会干那事儿，你非认为那头像是他拿走了。干吗？让我舍脸找骂去！"

徐晓东被詹爷这番话弄得鼻子不是鼻子脸不是脸的，臊眉耷眼地走了。

当然，徐晓东不会死心，在詹爷这儿碰了钉子，他可以找苏爷。苏爷那儿撞了南墙，他可以找"教授"。"久仁居"九个"酒虫儿"，他找了六个。

最后，王景顺跟他端了实底儿："那头像肯定不在'盖板杨'手里，因为在他跟我打赌进小白楼之前，我已经去过几次了，没看到楼里有头像。你别忘了，小白楼的主人汪本基可是挨过整的，他们家至少抄过三次。那头像能留到一九九几年吗？"

这番话等于给徐晓东头上泼了盆冷水，但"大奔"的诱惑，仍然没让他心灰意冷。他对王景顺说："即便头像不在'盖板杨'手里，我也想知道它的下落。"

他心里琢磨管它在谁手里呢，只要把头像找到，那辆"大奔"不就能到手吗？

王景顺经不住他的软磨硬泡，最后给他指了一条道儿："你呀，找'何大拿'何彦生去吧，'文革'时小白楼的事儿他最清楚。"

"得，那我谢谢您啦。"徐晓东嘴上连连称谢，心里却想骂他两句：你这不是跟我这儿玩哩哏愣①吗？找何彦生，还用得着你说呀？我跟他原来在一个工厂，他是我的头儿，不比你熟悉？谁不知道他跟"盖板杨"是老冤家。从何彦生嘴里能掏出对"盖板杨"的好话来，好比从狗嘴里掏出象牙，怎么可能去找他呢？

但徐晓东转念一想，找何彦生也是一条路，有枣没枣先打三竿子。跟他套套瓷，备不住能从中发现什么蛛丝马迹来。

---

① 哩哏愣：老北京土话，耍花招的意思。

第
二
十
八
章

　　徐晓东知道找何彦生很容易，这老头儿是舞迷，恨不得每天
"长"在公园。果不其然，徐晓东在公园找到了正在跳舞的何彦生。

　　一曲终了，跳舞的人纷纷走出场子，喝水打歇，徐晓东朝何彦
生走了过去。

　　"何头儿，老没见了嘿。"徐晓东对何彦生依然是在工厂时的
称呼。

　　"嚯，'冬菜'呀！你怎这么闲在，大白天的遛公园？"

　　"噢，出来走走。何头儿，您这舞跳得专业嘿。赶明儿上央视
的《星光大道》露露脸吧！"徐晓东捧臭脚是一绝。

　　"干吗，寒碜你的老领导是吧？我不过是瞎玩，活动活动身子
骨儿，上什么大道小道的？"何彦生笑道。

　　"得了，赶明儿您跳舞，我收门票。"

　　"你呀，玩去吧！"

　　"玩，不能瞎玩，今儿您这舞不能白看，中午，我请您吃饭。"
徐晓东嘿然一笑说。

"请我吃饭?"何彦生掏出手绢,擦了擦脑门子上的汗。眨了眨眼看着徐晓东,笑道,"'冬菜',你小子找我,是不是有什么事儿吧?"

"是,有点儿事儿。"

"有事儿就说事儿,吃饭嘛,就免了吧。"何彦生从挎包里掏出水杯,这时一个五十多岁的女舞伴,拎着一个小暖瓶走来,给他的杯子里续了点水。他喝了一口,对徐晓东问道,"是不是买卖上的事儿?"

"不是,是一点儿鸡毛蒜皮的小事。咱们找个地方聊几句行吗?"徐晓东说道。

"小事儿是什么事儿?"何彦生有点不耐烦地说道,"没瞧这么多人等着我么,咱们就在这儿说吧。"

"得,那就骚扰您几分钟。何头儿,您还记得东单小白楼里的那个外国老头雕像吗?"徐晓东单刀直入地问道。

"小白楼里的雕像?"何彦生猛然一惊,沉了一下,盯着徐晓东问道,"你怎么想起它来了?小白楼早就拆了,你不知道吗?"

"知道,有人聊起这事儿,说这个雕像在小白楼拆之前就没了。您是胡同的老人,还记得这事儿吗?"徐晓东顺着他的话问道。

"谁呀,又扯起这陈芝麻烂谷子的事儿了?有个德国人要复制小白楼的头像,是不是这事跟他有关呀?"何彦生似乎对这个话题比较敏感,立马儿追问道。

"说有关也没关,说没关,也有关。"徐晓东漫不经心地笑了笑说道。

"干吗?跑这儿绕搭我是不是?听说'盖板杨'复制了那老头

儿的头像，老外挺满意，给了他一辆'大奔'？他吃了肉，你这个经纪人没落点儿骨头？"

"那车让他给詹爷了。他什么也没落下，我更甭想。"

"詹爷？我怎么觉得这事是詹爷玩的攒儿呀？詹爷的儿子可跟这个老外是同事。"何彦生诡秘地一笑。

"不会吧，詹爷之前也不知道老外会这么慷慨，给'盖板杨'一辆车。"徐晓东笑道。

"嘁，便宜了这帮'酒虫儿'！"何彦生撇了撇嘴，带出点羡慕嫉妒恨的心理，喝了口水，说道，"不管这些'虫儿'了，说说你为什么问那个头像原件的事儿吧？"

"没别的目的，一个老外宁肯用一辆'大奔'换一个老头的头像。我觉得有点不可思议，想知道原来的那个头像什么样，后来跑哪儿去了。就这么回事儿。"徐晓东怕泄了底，赶紧敷衍道。

何彦生看了一眼徐晓东，高深莫测地笑了笑说道："扯去吧你！就为了好奇，你会为这个头像跑这儿请我吃饭？得了，你不愿泄底，我也不深问，打听出来添心病。"他迟疑了一下，问道，"当年小白楼'闹鬼'的事你知道吧？"

"知道。"

"那时候你多大？"

"正念高中吧。"

"嗯。那你应该有印象。"何彦生顿了一下说，"小白楼的头像确实是在拆之前丢的。可你应该知道，拆之前谁在里头当了五天的'鬼'。"

"您是说那头像被'盖板杨'给……"

"这不是和尚头上的虱子，明摆着的事儿吗？'盖板杨'为什么要跑到小白楼里待五天？他傻呀？"

"这么说他是奔着那个头像去的？"

"这回你明白了吧？"何彦生径自笑起来，说道，"他早就看上了那个头像，只不过没有动手的机会。五天！那些'酒虫儿'以为他是打赌呢，其实他是干这个去了。"

"您瞧见他在楼里的动静啦？"

"瞧见怎么样，没瞧见又能怎么样？那东西又不是我们家的，我管这事儿，那不是吃饱了撑的吗？"

"可是我还听人说这头像，在'文革'的时候，就让人给偷走了？"徐晓东问道。

"你听谁说的？"何彦生突然一惊，怔了怔，冷笑道，"谁跟你说的，你去问谁吧。"

"您没听说吗？"徐晓东问道。

"我没听谁说过这事儿。"何彦生淡然一笑道，"好了，就聊这些吧。他们已经等急了。"他扭过脸，指了指跳舞的人群。

"得，谢谢何头儿。"徐晓东冲他点了点头。

从何彦生的话口儿里，徐晓东能听出来，他认定那个头像是在"盖板杨"手里。这让他心里踏实一些，只要东西在"盖板杨"手里，就不愁弄不出来。因为他知道"盖板杨"是"酒虫儿"，只要多跟他喝几次酒，这东西他自己就掏出来了。

徐晓东跟何彦生分手后，快走到公园门口的时候，只觉得后面有人喊他。他扭过脸一看，是个七十来岁的瘦老头儿。

"您叫我？"他愣了一下，打量着这位老者问道。这个老头儿他并不认识。

"小伙子，有句话我得对你说。"老头儿走到他跟前，拉着徐晓东走到一个背静的树下，微微一笑道，"咱俩素不相识，你也没必要认识我。我姓姚，你叫我老姚就行了。"

"您找我什么事儿呢？"徐晓东纳着闷儿问道。

老爷子低声道："刚才那个姓何的，对你说的那番话，我在旁边都听到了……"

"怎么，您是……？"徐晓东疑惑不解地问道，"您听到什么啦？"

"我听到狗叫了。那简直就是胡诌八咧！"老爷子的嘴咧得像刚出锅的烧卖，对徐晓东说，"别的我什么都不说了，你如果想知道小白楼那个金板头像的事儿，我劝你找个人去聊聊，他会告诉你实情。"

"您让我找谁？"

"当年何彦生的老街坊鲁爷鲁永祥。"

"他呀，我认识他！"徐晓东说道。

"那是个对这事儿知根知底、说真话的明白人。"老头儿看了徐晓东一眼说，"得嘞，你明白了就行。我是听姓何的狗戴嚼子，胡勒，实在听不下去了，才来跟你说这话。没别的意思，就是想告诉你要拜真佛。既然你们认识，我什么也别说了，鲁爷会告诉你真相。得，咱们回见吧。"

老爷子说完，转身走了。

徐晓东心说，我怎么把鲁爷给忘了呢。鲁爷的小儿子跟他是中学同学，他听鲁爷说过小白楼的故事，应该找他呀！

转过天，徐晓东拎着两盒点心匣子，来医院看鲁爷。

鲁爷得的是胃癌，吃得了点心吗？吃不了，徐晓东也得拎着，他觉得这是老北京的礼儿，吃不吃的没关系，礼到了就成，他不能空着手来医院看病人。

鲁爷的肠胃这会儿基本废了，已经吃不下任何东西了，身体需要什么营养，只能靠插上管子鼻饲了。虽然一只脚已然踏进了"鬼门关"，但他的精气神还没散，脸上依然挂着笑容，而且说话嗓门不弱。

他没想到徐晓东会来医院看他。当然，无事不登三宝殿，他来，肯定有什么重要的事儿。

寒暄之后，鲁爷让护工把鼻子上的管子先拔掉，用手擦了擦嘴角，淡然一笑地问徐晓东："大侄子，难得你过来看看我。说吧，我这把老骨头还能替你做点什么？"

徐晓东有点儿抹不丢地说道："是有点儿事儿得麻烦您。说起来也不是什么大事儿，可您对这事儿门儿清。"

"什么事儿呀？说吧。"鲁爷喘着粗气问道。

"小白楼的事儿。"徐晓东迟疑了一下说。

鲁爷听了一愣，沉了半天，翻翻眼皮，轻声问道："小白楼什么事儿？"

"您记得吧，当年小白楼里有个老外的头像？"徐晓东凝视着他问道。

"知道呀，那是我的把兄弟'麻片儿李'的杰作。"鲁爷随口说道。

"我知道，'麻片儿李'是老北京有名儿的匠人，后来因为这个

头像，小白楼还闹过'鬼'。我想问问您，这个头像是什么时候没
的？他们说您知道这里头的事儿。"徐晓东往床头靠了靠。

鲁爷看着徐晓东，微微一笑道："你要问这个嘛，算你找对了
人。其实，小白楼的事儿，那些老街坊都知道，但更深的东西，就
没几个人清楚了。"

"是呀，要不我怎么找您来了呢。"

"你再不找我，这些事儿我可就带到八宝山①去了。"鲁爷的身
子向后靠了靠，打了个沉儿，说道，"我先问你一件事，安定门外
的青年湖公园你去过吗？"

"离我们家不远，但我没进去过。"

"青年湖公园最早是一大片坟地，其中有一个俄国人的墓地，
里头埋的大都是东正教的传教士和俄国人。后来到了八几年，北京
的年轻人流行结婚自己打家具，打家具需要木料呀，谁知有些没德
行的人，贼上了那块墓地里埋的棺材。"

"啊？拿棺材打家具？"徐晓东诧异地看着鲁爷问道。

"你知道吗？俄国人做棺材用的都是好木料，柏木、红松什么
的，非常结实。于是，有些人蹬着平板车，趁天黑就奔了墓地。他
们胆大，劈开棺材，把板子就偷着拉回家，然后大大方方地找木匠
打柜子做床。"

"妈呀，他们也不硌硬，我听着都瘆得慌。"

"老北京有句话：再恶，不能刨人家的祖坟；再损，不能蹿寡
妇的家门。拿死人的棺材做家具，想想吧，缺多大的德呀！这种事

---

① 八宝山：因北京的火化场在八宝山，所以北京人常以八宝山作为火化场的代名词。

儿，我说个人，他却能干得出来。"

"谁呀？"

"何彦生。知道这个人吧？"

"知道。"徐晓东没想到说话办事冠冕堂皇的何彦生，能干出这种缺大德的事儿来。

"那时候他还年轻。但我抖搂出他的这点儿潮底子①，你就对他偷小白楼那个头像的事儿不感到奇怪了。"

"啊？小白楼的头像是他偷的？"徐晓东想起在公园里碰到的那个老头。

"这个头像要是铁的，哪怕是铜的呢，他也不会那么上心，偏偏它是金的！你想那是金子呀！他看在眼里还拔得出来呀？"

"是呀，谁不知道金子值钱呀！"

"这小子惦记这个头像已经有年头了，但一直没得手。偏偏赶上他要结婚娶媳妇，媳妇家是老北京，提出结婚得要'三金一银'。这是老北京的礼俗，就是要给新娘子打金戒指、金耳环、金手镯什么的。何彦生哪有钱打这个，便跟他爸爸张了嘴。他爸爸人不错，跟我和'麻片儿李'都是老酒友。老爷子一听这个，急了，都什么社会了，结婚还要'三金一银'？坚决不掏这钱，当然，真让他掏，他也没有。那会儿，他家穷得就剩炕上的被褥了。"

"那怎么办呢？"

"是呀，何彦生这儿当然不想因为掏不出'三金一银'的钱，跟对象吹了。他爸爸这儿就俩字：没钱。怎么办？这小子心眼儿活

---

① 潮底子：北京流行语，以前不光彩的行为。

泛，他想来想去，想到了小白楼的那个金板头像。那当儿，他在工艺美术厂当工人，掏钱请厂里的三个小年轻，在'同和居'喝了一顿酒，便把这仨人给拢到一块儿。四个人合谋，在一个风高月黑的晚上，带着家伙什儿奔了小白楼。当时小白楼一直空着，大门上着锁，这几个人登梯摸高进了院，撬开楼门，在里头开始作业。那个头像是嵌在墙体上的，抠出来不那么容易。"

"是够他们折腾一气的。"

"前前后后，他们在楼里折腾了十来个晚上，才把头像给抠下来。你想他们是在晚上打着手电抠那个头像的，手电来回那么一晃悠，人们从远处看见，便以为是'鬼火'呢。"

"哦，原来小白楼闹'鬼'，这个'鬼'是他们呀?"

"你以为呢?"鲁爷咳嗽了几声，用水润了润嗓子，接着说，"他们把头像抠下来，从小白楼的院墙往外顺的时候，该着我正好骑车从小白楼门口路过，看得真真儿的。"

"让您给撞上了。"

"那天晚上，我到朋友家喝酒，喝得迷迷瞪瞪，见何彦生正在搬那个头像，可能是天黑，他没瞧见我。我急忙跳下自行车，躲到树后头。亲眼目睹这几个小子把头像从小白楼顺出来，用自行车给拉走了。后来，你猜怎么着?"鲁爷用干瘦的手揉了揉眼睛，问徐晓东。

"怎么着了?"徐晓东问道。

"他拿这个金板头像给他对象打了金手镯、金戒指、金耳环，剩下的料，打了两条金项链。"

"这也忒让人不可思议了!"徐晓东拧着眉毛说。

鲁爷躲在树后边亲眼看见何彦生几个人把头像顺走的情景

"敢拿死人棺材做家具的人，什么事干不出来？大侄子，你琢磨去吧。"

"这件事，您后来没跟别人说？"

"说？哈哈，"鲁爷打了个沉儿说道，"我要说出去，何彦生在'局子'里，少说也得啃几个月窝头，弄不好得蹲几年大狱，那他这辈子可就毁了。都是老街坊，我不能看着他倒霉。所以我这张嘴一直贴着封条。"

"您可真够仁义的呀！"

"我仁义，他小子不地道呀！你也许不知道，小白楼的汪本基先生本来是民主人士，为什么在'文革'时倒了大霉？"鲁爷问道。

"为什么？"

"就是何彦生这小子使的坏。"

"啊？他怎么害的人家？"

"唉，想起这些我的心里就会撒盐。"鲁爷长叹了一口气，陷入了对往事的回忆中……

胡同里的老街坊都知道，小白楼的保姆杜婶是何彦生的母亲。何彦生跟小白楼走得近，就是因为有这层关系。

但何彦生却一直觉得，这是自己人生不光彩的事儿。所以小的时候，谁跟他提这个茬儿，他就认为是奇耻大辱，跟谁玩命，直到长大成人，何彦生也忌讳这事儿。当然，他对小白楼的隐讳，是因为另一档子因由。

尽管何彦生一直认为有一个给人当保姆的妈，是自己人生的最大不幸，但那毕竟是自己的妈，何况这个有六个孩子的母亲，最疼他这个"老疙瘩"。

杜婶是个很有心计的人，这辈子唯一的遗憾就是没文化。她连自己的名字都不会写，如果她念过书，以她的本领，当个妇联主任绰绰有余。但老天爷偏偏没有让她从政，却搞了家政。当然，家政是现在的说法，在老北京则叫"老妈子"。

您别看保姆是伺候人的差事，使唤丫头拿钥匙，当家做不了主，但她类似老年间府里的管家。日常的许多家务事儿都得经她的手，如此一来，这里就有一个手长手短的问题了。

虽然杜婶知道奴与主的关系，也晓得当保姆的禁忌，但对儿子的疼爱，以及穷与富之间的差别，常让她心理失衡，难免染上犯小的冲动。她常常把当时只有高干才能享用的吃食，偷摸地藏起来，等到何彦生来小白楼看她时，让他揣走。

为此，杜婶特意给何彦生的衣服缝了两个暗兜，专门干这个用的。每个月，何彦生得到小白楼来两次，每次来都"满兜"而归。

那时，国家物资匮乏，许多东西都是凭本和凭票供应的，有些东西拿本拿票也买不到，比如巧克力、牛奶糖、牛肉干、鱼肉罐头等。何彦生从小白楼顺回家，第二天便带到学校显摆。

他倒不吝啬，在同学面前，透着大方，这个给两块巧克力，那个给一把咖啡糖。那会儿，这些都是一般人家的孩子吃不到的。

"你哪儿来的嘿？"同学纳闷儿问他。

他扬起脑袋，一拍胸脯说："知道吗？地道的香港货。我们家亲戚从香港寄来的。"

"真的！你们家香港还有亲戚！"同学们不得不对他刮目相看。何彦生要的就是这种劲头。

舍几块巧克力，一把牛奶糖，他从同学惊羡的目光里，获得了某种满足，这些无疑让他在同学中提高了自己的身价。在一些同学眼里，以为他爸不是高干，就是高知呢。

这种并不体面的事儿，却让何彦生的虚荣心得到了满足。在他看来，这比考试考个第一名要实用得多，所以他来小白楼的次数越来越多了。当然，他来看自己的母亲，也是顺理成章的事儿。

有一天，他在小白楼看他妈的时候，听到有人在顶楼拉小提琴，出于好奇，他闻声而动。他在上学的时候，跟他在剧团的舅舅学过二胡，而且还在乐队给人伴奏过，也算是志趣相投吧。

来小白楼许多次，他还是第一次见到汪小凤，初次见面，他便被小凤的美貌所倾倒。

何彦生在同龄的孩子中，属于早熟的那一类人。这跟他从小喜欢看中外文学名著有关，他看书吸收的不是文学上的营养，而是人生的宿命，人如何不屈服于命运的安排，向上爬的种种路数和经验。

性的早熟，让他对女孩儿也会产生欲望的冲动，但这种欲望是有选择的。他绝对不会爱上一个跟自己家境一样的女孩儿，他一直把自己的相貌当作一种资本，甚至是一个赌注。所以他追求女孩，看的不只是长相儿，还有家里的社会地位。

何彦生自认为能取悦于人的是自己的相貌，在同龄的年轻人里，他确实长得相貌端庄，一表人才。他的长相曾让许多年轻的女孩动心，也让许多人打了眼。人们历来是以五官来判断人的，以何彦生的英俊相貌，谁也很难把他跟阴损奸诈联系起来。

汪小凤绝对是他理想中的女孩儿，但他知道自己的地位，而且接触过两次后，他从小凤清高孤傲的眼神里，感觉到她对世俗的轻视和淡漠。也许她还懵懂着呢，何彦生想。

他从小凤清纯的神态里，感觉到她的天真幼稚。越是这种女孩儿，越要谨慎小心。何况这是在她父母的眼皮底下，自身地位的卑微，让他在小凤面前，不能轻举妄动。

不能急。何彦生拿出小说《红与黑》里于连的本事，决定对小凤采取迂回战术，用渗透的方式来获取她的芳心。

如此一来，他来小白楼就更勤了。当然，小白楼吸引他的不再是那些平时见不着的吃食，而是漂亮的小凤了。

何彦生每次来找杜婶，先问小凤在不在家。眼睛都会说话的杜婶看出儿子的心里憋的是什么屁，问何彦生："是不是看上了小凤？"

何彦生对母亲不敢隐瞒，只好如实相告："我真是打心眼里喜欢她。"

杜婶听后，恨不得抽何彦生两个嘴巴："你是不是疯了？人家是什么人，咱们是什么人，亏你想得出来？癞蛤蟆想吃天鹅肉呀你！"她把儿子臭骂了一顿。

杜婶在汪家当了十多年保姆，对汪本基夫妇太了解了，对小凤和她姐姐更是了如指掌，她是看着她们长大的。汪家的贵气和清雅高洁的门风，怎么能看得上保姆的儿子？她恨自己的儿子异想天开，错翻了眼皮，为此，她发狠不让何彦生来小白楼了。

但杜婶没想到不让儿子吃，不让儿子喝行，不让他来小白楼，等于让他找根绳去上吊。

他不吃不喝躺在床上大病了一场，眼看儿子"气迷心"了，杜婶心软了。心说，先让他做做美梦吧，他喜欢小凤，小凤也不会喜欢他，等到自己被小凤打了脸，碰了南墙再回心转意吧。

于是，杜婶又像往常一样，让何彦生来小白楼看自己了。因为小凤平时住校，何彦生来小白楼也见不到小凤，杜婶倒觉得省心了。

谁知恰在这时，半路杀出个程咬金，"盖板杨"也迷恋上汪小凤。他一趟一趟地来小白楼，都是杜婶开的门，杜婶当然知道"盖板杨"的心思。

花好蝴蝶才会飞来。谁让小凤长得这么好看呢？杜婶心里说。但同样是喜欢小凤，以一个当妈的心态，当然会向着自己的儿子。

杜婶后来打听出来"盖板杨"家的门槛儿也不高，他爸爸不过是个教书匠，而且还走了"背"字；相比自己的儿子，从长相上说，要比"盖板杨"更对得起小凤，虽然门槛儿高低不一样。

杜婶是个心里藏不住事儿的人，很快，在何彦生来小白楼看她的时候，便把"盖板杨"追小凤的事儿说了出来。

何彦生听了以后，顿时妒火中烧，但他并没在母亲面前流露出来，只是淡然一笑说："追她的男孩儿肯定少不了，看谁有本事能把这个凤凰追到手吧。"

杜婶问儿子道："这个'神童'画家你认识吗？"

"知道他。"何彦生说。

其实何彦生根本不认识"盖板杨"，他只是随口那么一说。

当初"盖板杨"给小凤画了张画儿，还情真意切地写了一封信。他本想当面送给小凤，却被杜婶给拦住了，她信誓旦旦地答应"盖板杨"把画儿和信转交给小凤，"盖板杨"信以为真。其实，这幅画和那封信小凤压根儿就没见到，而是到了何彦生手里。怎么回事呢？

原来，"盖板杨"来小白楼按门铃那天，正好何彦生在。杜婶扭脸把"盖板杨"的画和信，交给了何彦生。

何彦生看了"盖板杨"为小凤画的画儿那么逼真，不由得赞叹："这小子画得太像了！"

但这种赞叹在瞬间转化为嫉妒，心想，小凤看了这幅画肯定会喜欢。喜欢画，就会喜欢人。及至他偷着撕开"盖板杨"写给小凤的信，字里行间那充满激情的语言，让他看得热血沸腾。这沸腾不是因为"盖板杨"的爱意，而是他的羡慕嫉妒恨。妒火中烧的他，怎么可能把这幅画和信送到小凤手里呢？

他使了个心眼，对母亲说："我替他把这画儿和信给小凤吧，借机还可以跟小凤聊聊天。"

杜婶觉得他们都是中学生，总会有的聊，便点了点头。但她还是没忘了嘱咐何彦生："你可得一准儿把画儿和信给小凤呀！不给人家可不行！"

"妈，您就放心吧。我能把人家的画儿和信咪了①吗？"何彦生信誓旦旦地对母亲说。

其实，他真的把"盖板杨"的画和信给咪了起来。事后，杜婶问他："那画儿你给小凤了吗？"

他坦坦然然地说："给了，我跟小凤聊起了这个少年画家，发觉小凤挺喜欢他。"

"你没多心呀？"杜婶问道。

"没有。"

"你是怎么想的？跟妈说实话。"

"他们好他们的，碍着我什么了？我看他们俩都挺有才的，倒像是一对金童玉女。"何彦生笑道。

"你不羡慕他们吗？"

"瞧您说的！妈，我倒是想成全他们。我跟小凤说了，她一个

---

① 咪了：北京土话，即私自偷着藏起来的意思。

劲儿谢我呢。那个少年画家再有来信，您先别给小凤，留着让我转给她。"

"那敢情好。"杜婶本来不想让儿子惦记小凤，怕这门不当户不对的早恋，会给儿子带来伤害。现在听儿子说要成全小凤和"盖板杨"的好事儿，心想这么一来，她的顾虑就可以打消了。所以，后来"盖板杨"写给汪小凤的信，都让她偷着给了何彦生，小凤一封也没见到。

何彦生在母亲那里瞒天过海，谎说替"盖板杨"鸿雁传书，封锁了两人的沟通渠道。但是他对汪小凤却一直贼心不死，小凤每周回家，何彦生便像蚊子闻到荤腥似的扑过去。

当然，他有自己的招数，这次带给小凤一本音乐家的传记，下次带去几张音乐家的乐谱，俩人聊的也是音乐。总之，都跟小凤的兴趣爱好有关，渐渐地两人熟了起来，小凤对他也有了好感。

豆蔻年华的小凤，当时的主要精力都放在了练琴上，而且对男女生之间的爱，还处于朦胧状态，所以对于何彦生的种种殷勤和示爱，毫无知觉。当然，她对何彦生也只是一种好感而已，因为他毕竟是保姆杜婶的儿子。

但何彦生却异想天开，把小凤对他的好感当成了爱意，把她单纯的眼神看成了秋波，而且心里的馋虫也开始蠢蠢欲动了。

"文革"初期，汪本基被打成了"黑帮"。自从汪先生出了事儿之后，小白楼的空气也变得沉闷起来。那段时间，小凤的心情一直阴郁，每周从学校回家，何彦生就过来跟她聊天。

一天晚上，小凤吃过饭，在屋里看书，何彦生又凑了过来。俩人聊了一会儿，小凤开始练琴，何彦生依然不舍得离开。

那天小凤穿着一身白色的连衣裙，显得格外清丽，楚楚动人。赶上那天她一连拉了几段世界名曲，何彦生看着她拉琴的文雅神态，听着动人的小提琴曲，渐渐地有些陶醉之感。这一陶醉，便有些飘飘然了。

一曲终了，小凤收住琴弓，准备放下琴的时候，何彦生拍起巴掌，赞叹道："你拉得太美妙了！我简直陶醉在你的琴声里了。"

小凤冲他嫣然一笑，转身去放琴，就在这瞬间，何彦生在她身后一下搂住了她。小凤被他这突兀的举动惊呆了："你要干什么？想要流氓？"她喊起来。

要流氓，这三个字刺激了何彦生。"我要爱你！"他扭过小凤的头，在她的脸上亲了一口，随后扯开了她的连衣裙。

"干什么？你要干什么！你这个臭流氓！"小凤急了，但挣脱不开他的手，狠狠地在他脸上啐了一口。

何彦生用手擦了擦脸，转身插上了门，猛然把小凤扑倒在地，同时，解开了她的上衣……

小凤疯狂地哭喊起来。楼下的汪太太听到小凤的哭喊声，急忙上来敲门。

这时，何彦生才知事情的严重性，不得已开了门。小凤见到母亲，一下从地上爬起来，扑到她的怀里，放声大哭起来。

母亲顿时明白女儿受了欺负，扭脸想抓住何彦生问个究竟，但何彦生如惊弓之鸟，飞快地跑下楼，不顾一切地推开楼门跑了。

此事让小白楼"炸了窝"，汪家的家风严谨，汪太太对两个女儿平时也管教严格，哪能容忍这种事？问明了小凤的事情经过，她火冒三丈，要马上到派出所报案。

杜婶得知后，老泪纵横，给汪太太跪下了。她知道如果汪太太报案，那年头，这种事儿可以按强奸未遂处理。儿子至少被判五年，这辈子等于就交待了。

她回到家把儿子痛骂一顿，第二天，拉着何彦生到汪家，给汪太太和小凤低头赔罪，承认错误。后来还是汪先生通晓利弊，知情达理，看杜婶一把鼻涕一把泪的委实可怜，便劝慰夫人看在杜婶的面子，放何彦生一马。

汪太太还算慈悲，宽宏大量，深知家丑不可外扬，饶恕了何彦生。后来，这事儿也没有对外声张。汪太太怕小凤想不开，在汪本基下放以后，便带着她到上海姑姑家住了。

杜婶也是要脸面的人，儿子做了见不得人的事，还能在汪家继续干下去吗？就这样离开了汪家。

按说，此事到这儿也算画上句号啦，谁知后来赶上了"文革"，而汪家人又遇上了何彦生。

"文革"让何彦生看到人生新的亮点，他感到自己出头的机会到了。尽管自从跟小凤"亲热"未果，老妈为此蒙羞丢了饭碗之后，他再没去过小白楼，但他心里一直惦记着汪小凤，而且对小凤父母也一直耿耿于怀。此时让他找到了报复的机会。

汪本基被从江西"揪"回来参加"文革"后，因为站出来为老部长说话，很快就被列入"保皇派"，成了造反派重点打击批判的对象。小白楼的门口和周围的墙上，贴满了大字报，有揭发他欺骗群众、散布反党言论的；有检举他拉帮结派、搞反革命俱乐部的；有揭发他崇洋媚外、跟海外敌对势力相勾结的。

其实，这些都是捕风捉影，甚至是无中生有，既然"革命"革到他的头上，欲加之罪何患无辞？但这些大字报贴在那儿，毕竟是在向人们昭示小白楼的主人是"有罪之人"。

那天，何彦生从小白楼门口路过，看到这些大字报，他不由得怦然心动，心想，那么牛气烘烘的汪本基也有今天！他忘不了母亲逼着他给汪家赔不是的尴尬场面，也没忘汪太太脸上流露的那种鄙夷神情。

"风流"，他始终认为自己那天对小凤的非礼，不是下流，而是"风流"。当然，他也自诩是"风流才子"。

"风流才子"自从看了汪本基家被贴了大字报，脑子便有事干了。他一天两三趟往小白楼跑。楼里他是进不去，大门一直上着锁，当然他也羞于再进这个门。但他要来看大字报，大字报的批判性语言，让他看着解气，过瘾。受报复心理作祟，他恨不能也写两张贴上去。当然，他来小白楼还有另外一个目的，那就是要找出当年那口恶气的机会。

终于这个机会来了。那天，他正在看大字报，忽然又来了一拨造反派来贴大字报，这些大字报主要是揭发批判汪本基"里通外国"的。

何彦生看了大字报，对一个造反派头儿说，他有汪本基"里通外国"的罪证。这句话让造反派的头儿对他刮目相看了。

"好极了，谢谢你为我们提供大批判的炮弹！明天上午，我们在部机关等你。"造反派的头儿是个怀才不遇的大学生，一直认为汪本基在部里压制他，所以要狠狠地报复一下。

第二天，何彦生果然带着"炮弹"，到部里找那个造反派的头儿。他能提供什么证据呢？

敢情他有收藏邮票和信笺的嗜好，他妈在汪本基家当保姆时，他特地嘱咐杜婶替他搜集汪本基的来信。汪先生的海外关系多，来往信笺自然多。加上他在生活小节上大大咧咧，有些无关紧要的信，看完便随手放在桌子上，被杜婶当废纸收走。这些信函一转身，就到了何彦生手里。

谁能想到这些信函，成了汪本基"里通外国"的罪证。正因为何彦生的举报，让造反派抓住了把柄，汪本基不但被抄家、批斗，而且被造反派迫害得差点没了命。

徐晓东听了鲁爷讲的这些，对照之前他见到何彦生说的那些话，心里像是扎了刺，不由得倒吸一口凉气。何彦生的这些劣迹只有鲁爷和苏爷这样的老街坊心如明镜，后来长大的年轻人，瞅着何彦生相貌堂堂、气质不俗的外表，总以为他是正人君子呢，哪会想到他是这种人？难道这就是历史吗？他怔了半天没有说话。

鲁爷也半天沉思不语，过了大概有五分钟，鲁爷像是从遥远的时间隧道走出来，看着徐晓东叹息道："真是人心隔肚皮呀！何彦生偷小白楼头像的事出来没多长时间，他也不知怎么知道我那天晚上，看见他从小白楼顺东西了，于是拎着酒跑到我们家，当面给我作揖，求我封口儿。我说只要你好好做人，这档子事儿在我这儿，就让它烂在肚子里了。"

"啊？您可真是够宽容的。"

"他给我做了保证。其实，这都是表面文章，江山易改，本性难移。他能改吗？后来，他做了多少没德行的事儿呀！把'盖板杨'挤对得像个受气的布袋。唉，蹬着别人的肩膀往上爬，不给自己留一点儿后路。能这么做人吗？饶是这样，我也一直没把这层窗户纸给捅破了，我给他留着情面呢。"

"您的善良居然没让他感动。"

鲁爷淡然一笑道："但我现在不这么想了。你知道我得的是什么病，老天爷给我的时间不多了，我得在这口气没断之前，把肚子里的存货都抖搂出来，不留遗憾。所以，我说你来得正是时候。"

徐晓东感慨道："您说得对。有些事儿，您不说，我们这些晚辈真不知道内情，很容易被人混淆是非，黑白颠倒。"

"大侄子，你为什么想知道小白楼头像的事儿，谁让你来找我的。你甭说，我心里都有数，但我现在已经不关心这些了，我只想告诉你事情的真相。你甭听有些人那儿瞎编故事。我说的话有一句谎，天打五雷轰！"

"我信服您说的都是真的！"徐晓东听完鲁爷讲的这些，不由得对他肃然起敬。

他站起身，准备跟鲁爷告别。鲁爷意味深长地说："我说的事儿，不到万不得已别说，何彦生还活着，给他留着点儿脸面。"

这句话像一股电流，让徐晓东身上一阵痉挛。老爷子太善良了！身子骨儿都这样了，还替他人着想呢！

在跟鲁爷告别时，徐晓东不敢正视他的眼睛，他觉得那目光灼人，把人心里那些丑陋的东西都映衬出来。他瞥了老爷子一眼，看着那瘦骨嶙峋颤颤巍巍的样子，忍不住眼泪在眼眶子里打起转儿来。

徐晓东从医院出来，很想找个地方大哭一场。鲁爷的实话实说，让他心里盘算的那辆"大奔"彻底没戏了。

但他不是为这个伤心，他难受的是老天爷怎这么不公平。善良的鲁爷怎么会得了绝症，而为非作歹的何彦生却活得欢蹦乱跳？老实巴交但身怀绝技的"盖板杨"，活得那么窝窝囊囊，而八面玲珑但不学无术的何彦生却活得那么光彩照人？他实在想不明白，但往深处一想，又为自身的命运感到有些惶惑和凉意。

徐晓东思考半天人生，思来想去把自己绕到了"死胡同"。他脑子里一片茫然，来到一个小饭馆。

徐晓东找了个位子坐下，要了几个菜，一瓶"二锅头"，独自喝起了寡酒。他自斟自饮，不知不觉，一瓶酒见了底儿，身子也开始发飘。他是有意把自己喝醉，跌跌撞撞出门打了辆出租车，回到家倒头就睡，直到次日清晨。

这瓶"二锅头"似乎让徐晓东明白了许多事儿。他想起上学的时候，同学给他起的"冬菜"这个外号，觉得自己这辈子活得有点儿窝囊。但跟"盖板杨"的命运相比，他活得还算侥幸，因为他没有遇到小人。

"盖板杨"活得太冤，如果没有何彦生犯坏，他和心目中的恋人汪小凤会结为连理，这是多么美好的一对呀！但是命中注定他会遭遇何彦生这个小人，让他把人生最美好的东西化为了幻梦，汪小凤让"盖板杨"苦苦地恋了四十多年。把"盖板杨"都毁成这样了，何彦生依然不放过他，现在还在背后给他栽赃陷害。这是什么人呀！

想到这儿，他恨不得找何彦生，狠狠地抽他一顿，但是他又找不到抽他的理由。他能做的就是赶紧去找尼尔森，把小白楼头像的迷踪说清楚，为"盖板杨"洗冤。

但没等徐晓东去找尼尔森呢，尼尔森却着急忙慌地来找他了。

第
三
十
章

　　尼尔森为什么急着要见徐晓东呢？敢情"盖板杨"錾的威尔逊头像，在京城引起了轰动。本来尼尔森做这个头像是不想声张的，"盖板杨"一向做事低调，更是不想张扬。但他们想静音，有想扩音的，谁？邢志远"教授"呀！

　　"教授"对工艺美术来说属于外行，但尼尔森做的这个头像条件太苛刻，在"盖板杨"接尼尔森的这个活儿时，他的脑子里一直打着问号，甚至还要跟人打赌。但是当"盖板杨"把头像拿出来，让尼尔森感到震惊，特别是这个老外拿出头像照片的时候，他被"盖板杨"的绝活折服了。

　　"教授"是网上版主大咖，"盖板杨"的錾艺让他感到兴奋了，一个中国无名工匠的绝活能让德国人心悦诚服，而且这个工匠没有大师头衔，没有什么学历，完全凭的是自己的真本事。重要的是这个工匠是"酒虫儿"，是五箱酒让他发挥了艺术想象力，完成了这件杰作，这些难道不值得炫耀一下吗？

　　于是，"教授"激情勃发，在网上连写了两篇论工匠与艺术创作和酒的文章，还把头像的照片和尼尔森跟"盖板杨"的合影给发了。

网络时代，信息传播的速度超出人们的想象，尤其是像"教授"这样有十几万粉丝的版主。一篇文章瞬间会有几千人能看到，这些人又各自有自己的朋友圈。想想吧，"教授"的文章影响有多大。

"盖板杨"成了名人，人们很想看看喝了五箱白酒，创作出来的金板头像是什么样，当然更想知道那个德国尼尔森是哪路神仙。

虽然"教授"没有具体写尼尔森在德国是干什么的？他来北京做这个头像的目的是什么？他有什么样的背景？等等，但是他把尼尔森的照片发到网上了。

网络真是万能的！就凭这张照片，网友们在网上"人肉搜索"，居然掌握了尼尔森在德国哪家公司任职，他来北京是进行什么业务洽谈，他下榻的是哪家宾馆。

这样一来，尼尔森还能踏踏实实在宾馆待着吗？一些有好奇心的网友，出于对"盖板杨"绝活的喜爱，纷纷来到宾馆找尼尔森，要一饱眼福，看看"盖板杨"做的头像。

尼尔森在北京的业务繁忙，平时没时间看手机。当然他来中国以后，也顾不上浏览中国的网络平台，所以对"教授"发起的"盖板杨"錾艺"讨论"一无所知。直到宾馆前台不断有人来找他，而且执意要看"盖板杨"錾的威尔逊头像，他才明白事情的真相。

他了解网络的厉害，宾馆前台找他的人越来越多，而且他也不了解中国国情，怕亮出头像会引起不必要的麻烦，所以不敢轻易把头像拿出来让人看。他越不肯拿出头像，网友越想看，眼看就要引起争执。宾馆保安胆儿小了，他们担心事态要扩大，自己把握不了局面，请示饭店领导，正准备要打"110"报警，恰在这时，詹爷得到信儿，立马赶到现场。

尼尔森见了詹爷，恨不能给他行礼，他来得这可真是时候！

詹爷是见过世面的人，见这么多网友围着尼尔森，赶紧替他解围。听了网友找尼尔森的目的，他对大伙儿说："我是尼尔森的叔叔，有什么话冲我说！咱们别在宾馆大厅嚷嚷，影响人家买卖，有话到外面说。"

詹爷把这些网友引到宾馆外面的停车场，大伙儿说，找老外就是想看看"盖板杨"錾的头像，没别的事儿。詹爷是开通人，一听这话心里踏实了。他扭脸跟尼尔森商量，先让这些人看看头像，然后告诉他们头像在詹爷手里。

尼尔森到这会儿，脑子全乱了，对詹爷说："一切都听你的。你就看着办吧。"他知道詹爷会替他圆场的，所以对他一百个放心。

"各位爷，这个头像归我了，有什么事儿冲着我说，咱别给老外添堵。现在不是网络时代吗，有劳诸位在网上转发。"詹爷给网友作揖道。

网友见詹爷说了这话，也就不想再给尼尔森添乱，看了"盖板杨"錾的头像，叫了好儿，便纷纷打道回府了。

詹爷平时也不上网，不知道这是"教授"惹的事儿。见尼尔森被这些网友搞得神情有些慌乱，一个劲儿劝慰。晚上，还在宾馆请他一起喝酒压惊。

因为尼尔森在北京还要待些日子，怕网友再来裹乱，詹爷劝他换个宾馆。

他觉得这个主意挺好，跟詹爷分手后，回到房间，上网查了查可住的饭店，订好房间，正准备收拾东西"挪窝"，突然有人登门造访。

来人有五十来岁，个子不高，五官端正，穿着西服革履，挺着将军肚，手里拿着一个小皮包，有点儿老板的派头。尼尔森一看，不认识这个人。

那人掏出一张名片，递给尼尔森，笑道："我姓黄，这是我的名片。恕我冒昧，提前没打招呼，就来找您。"

尼尔森看了看名片，知道他是在北京开金店的老总。

"你找我是……"他打量着黄先生，一头雾水地问道。

"哦，我是在网上看了您请杨先生复制威尔逊头像的文章，才来找您的。"黄先生微微一笑道。

"你是什么意思呢？"尼尔森一听他是为头像来的，心里未免有点儿发毛。

"哦，我在网上看了那个头像，感到有些眼熟。对，似曾相识。于是找出前些年的资料，翻出了这张照片。"黄先生说着，从随身带着的皮包里取出一张照片，递给了尼尔森。

尼尔森接过照片，不由得愣住了，原来是威尔逊头像的原版照片。

"这张照片你是从哪里找到的？"尼尔森诧异地问道。

"哦，听我慢慢跟你说吧。"黄先生坐在沙发上，尼尔森给他倒了一杯水。

原来这位黄先生是温州人，二十世纪八十年代初来北京，在动物园附近的一家商场租柜台练摊儿，专做金银首饰加工，也回收旧的金银器。

有一天，有两个北京人拉着一个外国老人的头像找他，让他把这个头像熔化后，打金戒指和手镯。

黄先生细看了看这个头像，确实是纯金，于是就按他说的打了金戒指、手镯、耳环，剩下的打了五条金项链。

黄先生做事认真，而且有个习惯，每收上来的回炉金银器，都要拍成照片，留作不时之需，这张照片就是这么来的。

尼尔森听黄先生讲完，心生疑云，问道："这位用头像打首饰的人叫什么名字，你知道吗？"

"我这里有他的收据，您看。"黄先生从包里取出几张收据递给他。

尼尔森一看收据，不由得大吃一惊，原来是何彦生。

"是他呀！"尼尔森顿时恍然大悟。

还有什么说的？小白楼的头像是被何彦生偷走的，他冤枉了"盖板杨"。想到这儿，他不由得心头一紧，怎么向"盖板杨"赎罪呢？不过，这会儿黄先生还在眼前，他还来不及想这个问题。

黄先生见他低头沉思，叹了一口气说道："想不到事过三十多年，我又在网上见到了这个头像。我试着比较了一下，几乎一样。"

"你是不是觉得很奇怪，才来找我的？"尼尔森问道。

"是呀！难道这位老工匠手里还藏着一个头像，或者也有头像的照片吗？"黄先生纳着闷儿说道，"这头像做得太精致了，当初它回炉时，我感到非常惋惜。不瞒你说，我都有拿分量相同的纯金，把它替换下来的想法，但忍了又忍，没这么干。"

"他手里没有头像，噢，连照片也没有。"

"这个工匠真是不得了！"

"是呀。那么，黄先生找我来，就是为了告诉我这件事吗？"尼尔森沉了一下问道。

"嗯，网上的照片让我想起三十年前回炉的头像，我想当时那两个人拿着的头像，一定不是正经来路，当时丢头像的家人肯定会十分着急。虽然这事儿过去多年，我也想让头像的主人知道头像丢失的真相，同时也向他们表达我的歉意。我当时只为了挣钱，没有深问就轻率地把头像回了炉，我对不起头像的家人，请您转达我的疏忽和罪责。"黄先生说着，从包里拿出一张银行卡放在茶几上，说道，"这是十万元人民币的银行卡，请您收下。您只有收下，良知才会让我感到心安。"

"啊，你真是这么想的？"尼尔森听了黄先生的这番话，不由得对他肃然起敬，但他拿起那张银行卡交给黄先生，说什么也不肯收。

"我要收这钱，就对不起你了。你当时也不明真相呀，怎么能怪罪你呢？"尼尔森推让道。

两个人争执半天，黄先生见尼尔森要跟他急了，只好把银行卡放回包里。他诚恳地说："那个头像属于艺术品，是无价之宝，这点钱只能说是我的一点诚意。您不收，但我的诚意也算表达了。"

"我该感谢你。你让我知道了头像失踪的真相。"尼尔森说道。

"这就是我找您的目的。你们知道真相后，怎么处理我就不管了。我已经把所有的想法告诉您了，我的愿望实现了。我的名片已经给您了，有什么事，您随时找我。"黄先生说着，起身告辞。

尼尔森把黄先生送到电梯门口，跟他分手后，回到房间，一种揪心的内疚袭上心头。他突然觉得对不起"盖板杨"，这位工匠施展自己的绝活，把威尔逊的头像复制得栩栩如生，自己反倒怀疑他偷了头像，未免太伤老人的心了。现在弄明白头像的迷踪，应该赶快找"盖板杨"，当面向他道歉。

不过，想到"盖板杨"跟他赌气的样子，他又感到有些怵头，怎么才能跟他解释呢？他的脑子绕了弯儿，想到了徐晓东，于是给他拨通了电话。

徐晓东这时巴不得见到尼尔森呢，两人约好在尼尔森新换的宾馆见了面。

"你找我，是不是给我送'大奔'来了？"徐晓东跟尼尔森开了个玩笑。

"我想那辆车阁下是开不上了。"尼尔森一本正经地说。

徐晓东这些天一直没看微信，不知道网上把小白楼头像炒得那么邪乎，当然也不知道尼尔森见到黄先生的事儿。他诙谐地笑道："为什么开不上了？我已经找到了头像原件在'盖板杨'手里的证据。"

"什么？你说的是真的吗？"尼尔森惊诧地叫道。

徐晓东一看尼尔森这劲头，知道他不爱开玩笑，是给个棒槌就认真（纫针）的主儿，所以不敢跟他逗闷子了，马上换了话口儿道："真的，我就不急着找你了。"

"怎么回事呢？"尼尔森问道。

"我找到知道小白楼内情的人了，了解到那个头像原件的最后去处。"徐晓东把鲁爷说的实情和盘托出。

尼尔森听了何彦生偷走头像的经过，跟那位黄先生讲的正好吻合，不由得暗暗吃惊，这位何彦生实在是胆子太大了！

"看来我们都受到何彦生的欺骗，冤枉了杨先生。"他对徐晓东说道。

"是呀，这不是往他身上扣屎盆子吗？老爷子清清白白大半生，哪受过这种栽赃陷害呀？"徐晓东说道。

"我现在感到非常内疚，不知道该怎么向他赔礼道歉？"

"你最好是当面跟他说，北京人的礼数多，解铃还须系铃人，别人没法代替。"徐晓东淡然一笑道。

这几句话把尼尔森逼得没了退路，他只好让徐晓东帮忙牵线，去约"盖板杨"。

徐晓东知道尼尔森的难堪，只好答应。当然，直接说尼尔森请客，"盖板杨"肯定不来，这会儿"盖板杨"心里还跟他较着劲呢。徐晓东想了想，只好去搬救兵，找詹爷出面。

詹爷听了事情的原委，不能不给尼尔森面子，正好苏爷过生日，便以这个名目，在北京饭店的"谭家菜"摆了一桌。

给苏爷祝寿，"盖板杨"不能不去，带着自己的作品《蟠桃会》作为祝寿礼，来到了北京饭店。

到了才知道，"久仁居"的"酒虫儿"只来了仨，而且苏爷的家人没来。他觉出这个寿宴有点儿名堂。

"这个寿宴苏爷本来不想办，我说那哪成呀？老哥儿俩怎么着也得喝杯祝寿酒呀。来吧，没外人，都是知己之交。再说跟杨爷也有日子没块堆儿喝了。"詹爷对"盖板杨"自我圆说道。

"七十六了，当不当正不正，办什么寿宴呀？家里孩子张罗我都给推了，晚上让老伴儿煮碗面，吃个鸡蛋、烧饼齐了，可詹爷盛情……"苏爷接过话茬儿。

"得了，苏爷不办，我上哪儿喝'茅台'去？""盖板杨"看见饭桌上摆着"茅台"，乐了。

詹爷透着性子急，对那两位爷说道："杨爷看见'茅台'，就把肚子里的酒虫儿给逗出来了。得了，别让您望眼欲穿了，还有两个人要来，不等了，咱们先动筷子吧。"

于是三个人先喝起来。酒过三巡，"盖板杨"半斤酒下肚，老哥仨酒酣耳热之际，徐晓东和尼尔森掐着钟点儿，拿着时候进来了。

"盖板杨"一见尼尔森，眼睛立马儿瞪了起来，撂下酒杯，抬屁股就要走，被詹爷给拦住了："您这是干吗？他又不是鬼神，您躲他干吗？"

"真要是鬼神，我就不怕了。""盖板杨"嘀咕了一句。

"杨爷，您可不能走。人家是专门给您赔不是来的。"徐晓东对"盖板杨"说道。

"什么，赔不是？他有什么不是？我有罪孽，我该给他赔不是才对！""盖板杨"拧着眉毛，气囊囊地说。

尼尔森走到"盖板杨"面前，鞠了一躬，谦和地说道："杨先生，是我不好，没有弄清楚事情的真相，就对你产生怀疑，伤了你的自尊，现在，事实证明我错了。我冤枉了你，向你诚恳地道歉。"说完，又给"盖板杨"鞠了三个躬。

詹爷笑道："德国人不讲究磕头，鞠躬就是大礼了。杨爷，看在我的面子上，您就原谅他吧。"

"我……我就觉得事情早晚会水落石出！""盖板杨"顿了一下

问道，"是什么让你醒过味儿来了？"

徐晓东把鲁爷讲的何彦生偷小白楼头像的经过说了一遍，"盖板杨"不由得惊叫起来："啊，敢情是他呀！"

詹爷也是第一次知道这件事，咧着嘴说道："真不是好鸟儿！小白楼头像在杨爷手里，可是他先散出去的。"

"什么叫栽赃陷害呀？嘁，杨爷这辈子犯小人，褪节上，他不害你一下，心里痒痒。"苏爷语气不恭地说道。

尼尔森见"盖板杨"说话平和下来，又把黄先生找他的事跟大伙儿说了一遍，大伙儿对何彦生的嘴脸看得更清楚了。

詹爷让徐晓东和尼尔森坐下，把各自的杯子里斟满酒，然后端起酒杯说道："林子大了什么人都有，小人想给杨爷脚底下使绊儿，咱们不上他的当，而且把他的缺德人品给看透了，不搭理他，臊着他，那咱们不就把他给胜了吗？来吧，为了杨爷能跟尼尔森先生达成谅解，我们喝一杯。"

尼尔森端起酒杯，走到"盖板杨"跟前，又说了句道歉的话，让"盖板杨"感到心头一热，举起酒杯跟他碰了一下。

詹爷看到两个人的和解，对徐晓东会意地一笑，说道："咱俩也喝一个吧！"

也许是因为"盖板杨"对尼尔森的通融和宽恕，让他内心的纠结有所松动，所以也破了酒例，中国的白酒他喝不惯，喝了一小杯意思一下以后，开始招呼啤酒。

尼尔森喝啤酒的量吓人，"盖板杨"喝一小杯白酒，他喝一瓶。那天，一个人一气儿喝了两箱啤酒，连跑了十几次卫生间。

让人惊奇的是他喝啤酒像喝水，喝到最后，他的脑子依然很清楚。看桌上的人喝得都有些微醺，他突然对苏爷问道："当年苏先生住家离小白楼不远，我想问问中国'文革'的时候，小白楼闹鬼的事儿你知道吗？"

"小白楼'文革'的时候闹'鬼'？"苏爷皱着眉头想了想，说道，"这事儿我有耳闻，但究竟怎么回事儿，我还真不知道。"

"盖板杨"看了看尼尔森，问道："你是听谁说的？"

尼尔森脸上滑过一道阴影，犹豫了一下说道："我是听一个了解小白楼的人对我讲的。'文革'时小白楼闹'鬼'不是广为人知吗？"

"不不，那是后来了。"詹爷接过话茬道，"咱们这位爷，当时还到小白楼跟'鬼'做过伴儿呢。"他指了指"盖板杨"说道。

"这个嘛，我知道，我是问'文革'的时候。当时小白楼没闹过鬼吗？"尼尔森又重复了一句。

"闹过，我想起来了，有一年我媳妇回来跟我提起过这事儿。她跟何彦生他妈杜婶一块儿聊天，杜婶一不留神从嘴里秃噜出来的。"苏爷一拍脑门说。

"哦，我明白了。"尼尔森端起酒杯，自言自语地喃喃道，"小白楼在'文革'时闹鬼，谁能够解开这个谜团呢？"

这句话，让在座的人听了面面相觑，大伙儿搞不懂他是什么意思。

第
三
十
一
章

　　尼尔森说出小白楼"文革"闹"鬼"的话以后，"盖板杨"他们这些胡同里的老人都陷入了痛苦的回忆。本来"盖板杨"还要跟尼尔森探究其中的隐秘，但尼尔森接到母亲的电话，家里有急事，突然回德国了。于是，这事儿成了一个谜。

　　更让大伙儿犯晕的是尼尔森万里迢迢来到北京，找人复制威尔逊头像的真实目的。为了复制头像，他舍了一辆"大奔"，难道就是要和中国的工匠叫板？可是头像复制完，他看了也拍案叫绝，但是又说复制头像，是为了得到它的原件，并且怀疑头像原件在"盖板杨"手里。与此同时还要再舍一辆"大奔"，要找回原件。当得知原件被何彦生偷走熔化成金项链后，他又抛出小白楼"文革"闹"鬼"的茬儿，到底他想搞什么名堂？

　　这一连串的举动，让所有知道这事的人都折进了八百里云雾之中。人们越琢磨越觉得这事蹊跷，连号称"大明白人"的"教授"也百思不得其解。詹爷因为儿子的关系，跟尼尔森走得最近，也弄不明白他葫芦里装的是什么药。

就在大家纷纷猜测，一头雾水的时候，尼尔森回来了。跟两个月前走的时候相比，尼尔森瘦了许多，脸上的神情流露着几分忧郁，面色也有些憔悴。

尼尔森入住酒店以后，便忙不迭地给詹爷打电话，想约詹爷、苏爷和徐晓东一起聊聊。

詹爷当然很高兴，因为"久仁居"的这些"酒虫儿"都等着尼尔森回来，揭开复制小白楼头像的谜底呢。

"我做东，本来嘛，应该给你接风呀！"詹爷对尼尔森说。

在请客吃饭这个问题上，德国人不懂客气，因为他们搞不懂中国人迎来送往的礼节，所以詹爷说他请客，尼尔森也就顺水推舟地答应了。

詹爷找了家北京的老字号饭庄，订了一个包房，把苏爷和徐晓东约来。因为"盖板杨"没来，他没舍得带"茅台"，拎了两瓶一般的白酒，知道尼尔森能喝啤酒，他提前预备下两箱。

但尼尔森似乎有什么心事，动筷子之前先声明，今天不喝酒。徐晓东也说开车来的，不能沾杯，所以詹爷带的酒便照顾了他和苏爷。

几杯酒下肚，詹爷对尼尔森问道："今儿这桌席，你为什么没张罗请'盖板杨'呢？"

"这正是我今天想跟你们说的事情，这件事我尊重讲述人的意见，不想让更多的人知道，所以没找杨先生。"尼尔森微微一笑道。

"您想让我们知道什么事儿呢？"徐晓东问道。

"你们记得我问过你们小白楼'文革'时闹'鬼'的事儿吧？"尼尔森问道。

"记得，但内幕我们并不清楚。"徐晓东点了点头说。

尼尔森迟疑了一下说道："其实内情我是知道的，我只不过是想通过你们了解更多的情况，以便跟讲述人说的对上号而已。"

"敢情你又是在'套'我们呀？"苏爷笑道。

詹爷抿了一口酒，问道："小白楼'文革'怎么闹'鬼'了，你说说。"

尼尔森若有所思地想了想，讲起了下面的经过：

"文革"时，何彦生为了报复汪家，在汪本基所在单位的造反派给他贴大字报的时候，偷着向造反派提供了汪本基的信函。

这无异于在汪本基身后捅了一刀，如果说之前造反派对汪本基的种种攻击，带有道听途说、无中生有性质的话，那么，这些信函则成了实质性的"罪证"。对汪本基来说，毫无疑问是致命的打击。当然，汪本基走了厄运，汪家在小白楼的日子也就不长了。

别看汪本基外表儒雅，文质彬彬，但他骨头挺硬，性格也很倔强，有点儿宁折不弯的劲头儿，这让他比别人受的苦更多。汪本基那时已经不能走路了，是原来给他开车的那个司机，动了恻隐之心，找了辆车，才把他拉回小白楼的。

但是，由打汪本基回到家，小白楼便不消停了。先是汪太太被胡同里的"居民革委会"叫去，跟胡同里的"牛鬼蛇神"[①]一起"早请示，晚汇报"，参加劳动，接受"思想改造"；后是汪先生中风脑梗，差点儿要了命。

汪先生的命保住了，但弹了弦子[②]。当时大女儿小曼去东北农

---

① 牛鬼蛇神："文革"时，对所谓地富反坏右分子的蔑称。

② 弹了弦子：即中风后的半身不遂。

村插队了，小凤因父亲的问题，影响她没上成上海音乐学院，只好回到北京，跟母亲一起照顾汪先生。

那年冬天，小凤在自己的房间，睡到半夜，被一阵哒哒的脚步声惊醒了，她慌忙打开灯，但听到的脚步声却没有了。她小心翼翼地走到屋门听了听，没有听到任何声响。

她以为是自己的一种错觉，便关上灯，回到床上想继续睡觉，但耳边又传来哒哒的脚步声。她屏住呼吸，竖起耳朵听了听，那声音由远而近，听着越来越真切了。

她不由得紧张起来，心也提到了嗓子眼儿，但她没慌，悄悄地下了床，躲到屋门后面，把耳朵贴在门上倾听，但脚步声戛然而止，她什么也听不到了。

这让她惊悚起来：难道是在闹"鬼"吗？她想起小的时候，听母亲说过小白楼闹鬼的故事，心里有点儿胆小了。

深更半夜，她不敢轻易惊动母亲，因为母亲照顾父亲，每天很晚才睡觉，所以只好悄没声地回到床上。但是只要她躺下，耳边就会出现脚步声，下了床，走到门口，那声音就听不到了。

折腾到天亮，她推开门，没发现什么异常情况。她问母亲，母亲说夜里没听到什么声音。

她心里疑惑起来，接连几天，每天夜里都"闹鬼"，动静跟前一天一样，闹得小凤惶恐不安，彻夜不宁。晚上，她只好住到母亲的房间，跟母亲共睡一个床。

本以为这样会消停，但是入夜以后，她的耳边依然能听到哒哒的脚步声，而且那声音越来越响，吓得她大气都不敢出。白天，她怕母亲知道后心里添病，也不敢告诉她，只好痛苦地忍耐着。

这天夜里，那种哒哒的脚步声由远而近，又传到小凤耳边。她的脑袋嗡嗡作响，感觉那脚步一点一点走过来，很快就像到了她床边，她咬着嘴唇，屏住呼吸，一动不敢动。

就在小凤战战兢兢，把心提拉起来的时候，猛然听到咣当一声，像是有人把什么东西碰倒了。她惊吓地喊了一声，猛地扑到了母亲的怀里。

母亲睡得正香，被她的惊叫弄醒。"怎么啦闺女？"她觉得小凤浑身颤抖，紧紧地搂着她问道。

"那儿……在那儿，鬼，鬼……"小凤慌乱地指着屋门，语无伦次地说。

母亲顾不上开灯，下了床，直接推开了屋门，只觉得眼前一道白光，"谁？"她喊了一声，随后跟着白光下了楼。

小凤在床上，猛然听到一声刺耳的响动，随后是扑通倒地的声音。然后就归于宁静，周围的一切阒无声息了。

小凤感觉母亲出了事儿，不顾一切地跑下了楼，定睛一看，果然母亲倒在了地上。

她扑到母亲身边，摇着她的头，大声喊叫，母亲微微睁开眼睛，神情恍惚地说："白人，小白人……"

这时，照看汪本基的小凤的舅舅也被惊醒，把楼里的所有灯都打开，跑到大门口看了看，外面什么东西也没有，他转身搀扶着汪太太回了屋。

"小白人……我看得真真儿的，小白人！"汪太太惊魂未定地指着门外。

小凤的舅舅又出去看了看，回来对汪太太说："姐，您睡蒙了吧？外头什么都没有。"

"有，我看见了。"

小凤的舅舅以为他姐在撒癔症，连声相劝："有也不碍的，有我在，'鬼'不敢来。"小凤的舅舅小时候练过武术，也会摔跤，动起手来，一般的人靠近不了他。

因为楼里的灯一直开到天亮，当天夜里，"鬼"没再来闹腾。但由打那天夜里，汪太太只要躺在床上，闭上眼就会看到一个"小白人"在她面前晃悠，而且"小白人"的面目狰狞，非常恐怖，吓得汪太太彻夜不安，甚至晚上不敢上床睡觉了。

小凤的舅舅胆大，把他练武术的棍棒拿了出来，夜里，拿着棍子在院子里守了几天，没发现什么异常，更没见到姐姐说的什么"小白人"。

"是不是你妈出现了幻觉？"他对小凤说。

小凤摇了摇头，把自己在夜里听到有人在走道的声儿，吓得不敢睡觉的事，告诉了舅舅。

"啊，你也看到'小白人'了？"舅舅问小凤。

"没有。我一直没敢睁眼。"

"这事儿可就怪了嘿。"舅舅纳闷道。

"是不是闹'鬼'了？"小凤问舅舅。

舅舅是老北京人，打小儿就听说老宅闹鬼的事儿。但他听老人说，"鬼"欺负老实人和软弱的人，汪本基是有身份和地位的人，"鬼"不敢上门欺负他。

他对小凤说："别胡思乱想，世上哪有'鬼'呀？你妈肯定是因为你爸挨批斗，一时想不开，神经错乱了。我不相信你爸真有什么问题，别看你爸现在挨整，运动过去就没事儿了。你爸没事儿了，你妈疑神疑鬼的'病'也就好了。"

话是这么说，可没过两天，舅舅自己居然碰上了"鬼"。

汪本基脑血栓瘫在床上后，小凤的舅舅一直在身边伺候。这天夜里，汪本基解手①，舅舅把他安顿完，回自己屋，正要躺下，猛然听到楼道里有脚步声，他打了个激灵，从床上跳下来，悄没声地推开屋门，循声追下了楼。

黑暗中，他只见一个白影在面前晃了一下。这是那个"小白人"吗？他心里打了一个闪儿。

"什么人？"他喊了一声。那个白影突然转过身来，啊！这是一副狰狞可怖的脸。

他只觉得身后有一股凉气袭来，正要转身，脑子嗡地一下，像有人在身后给了他一闷棍，顿时眼前一黑，栽倒在地。

第二天早晨，舅舅才被小凤发现。她赶紧把他送到医院，脑袋缝了十几针，在床上躺了几天才缓过神来。

自从遭遇到那个"小白人"，舅舅也胆儿小了。小楼夜里不敢关灯，而且按照老北京驱鬼的方法，在楼房的各个角落都撒上米，在楼门口放了一把桃木剑。这个法子让小白楼消停了几天。

但小凤母亲一直没有摆脱"小白人"的骚扰。冬天，小白楼烧暖气的时候，她夜里上厕所摔了一个跟头，大腿骨折，下不了床了。

这天夜里，汪太太做了一个梦，瞅见那个"小白人"在小白楼

---

① 解手：方便。解大手是拉屎，解小手是撒尿。

的门口晃悠，她恍恍惚惚地看见"小白人"朝她走过来。她正不知所措，"小白人"却不由分说，拉着她的手就走。

她跟着"小白人"走呀走呀，走过了许多高山和大河，来到了一个百花盛开、芬芳吐艳的奇妙境界。也不知"小白人"给她施了什么魔法，她不知不觉幻化成了一只白蝴蝶，在花丛中翩翩起舞。她感到心旷神怡，自由自在，无比惬意。

由打做了这个梦以后，汪太太像中了邪，整天念叨着要从窗口飞出去，到那片奇妙的境界里，享受春天的阳光。

那段时间，家里不断有造反派来折腾。白天汪太太忍受着造反派的折磨，晚上整夜失眠，只要闭上眼睛，就能看见那只蝴蝶在飞。

后来，她的这种幻觉越来越重了，虽然她住的房间，夜里总是亮着灯，还有小凤陪在身边，但她还是身不由己地闭上眼睛，看那只白蝴蝶在眼前飞舞嬉戏。这种幻境一直在吸引着她，她觉得挺好，起码可以摆脱眼前的这些烦恼。

这天晚上，小凤到一个同学家串门儿，舅舅在汪先生的房间里伺候他吃饭。汪太太一个人在自己的屋里，套上年轻时穿的白纱裙子和白皮鞋，然后走到窗口，拿起头天工人修暖气用的铁扳手，咣咣砸碎了窗玻璃，喊了一声，便跳了下去。

舅舅听到楼上她砸窗玻璃的声音，以为是有人在干活，并没在意，等他醒过味儿来，跑到她的房间一看，才知道出了事儿。

汪太太是从二楼跳下去的，虽然楼层不高，但她是脑袋先着地，所以当场脑浆子就出来了。

小凤对母亲的死，悲恸欲绝，但想不到更恐怖的事还在后头。

汪本基脑血栓
瘫卧床上凤的
舅舅晚上居然碰上了
鬼二

汪太太遗体火化那天，汪先生突然说出一句整话，要见汪太太。

舅舅无奈，只好骗他说汪太太在上海。汪先生摇摇头，指着窗外，"啊啊啊"地嘟囔着。谁也听不出他说的是什么，但明白他的意思。

舅舅帮着小凤和姐姐小曼处理完母亲的后事，对这姐俩说："你爸好像对你妈的'走'有感应，所以先把你妈的骨灰盒在家里摆几天吧。"

既然舅舅说出这话，小凤和小曼姐俩也不好说什么。但是，把母亲的骨灰盒拿回家的当天晚上，小凤就开始做噩梦。小曼知道她之前受了点儿刺激，只好搬到她的房间，跟妹妹一起住。

按说有姐姐相陪，小凤心里应该踏实一些，但她只要一闭上眼睛，就会出现幻觉。母亲清清楚楚地就站在她面前，跟她有说有笑。其实，母亲的骨灰盒，是放在她父亲房间的。

母亲去世一个月后的一天，京城下起了大雪。晚上，汪先生不知为什么闹腾起来，指指画画要上二楼。小凤的舅舅不明就里，用轮椅推着他到了楼下。汪先生神情恍惚地指着墙上的威尔逊头像的位置，支支吾吾地嚷着。

"文革"之初，汪太太怕这个洋人的头像招事儿，找人用泥给盖上了，外表看不出来后面有头像。舅舅也不知道那块明显涂着白灰的地方，遮盖的是洋人头像，所以，汪先生指着那地方，让他感到莫名其妙。

"你看到什么了？"舅舅冲着汪先生大声喊着。

其实，汪先生已经失语，嘴里说的什么谁也听不懂。舅舅问他，等于对牛弹琴。

汪先生愣愣地看着头像的位置，沉默半天，又望望窗外，嘴里嘟嘟囔囔地说着谁也听不懂的话。

夜里，"小白人"依然在小白楼频繁出没，吓得汪小凤战战兢兢，一到晚上，就钻进被窝儿不敢动了。

汪先生在每天夜里，开灯，睡不着觉，关灯，"小白人"又来闹腾。他经常被什么东西惊醒，醒来后又哭又叫，舅舅开开灯，又看不到任何异常情况。

这天，汪先生又在半夜三更惊醒，醒了之后，嗷嗷地喊着什么。

"怎么啦？"舅舅冲他大声问道。

汪先生哆哆嗦嗦，指着床边的立柜，嘴里含混不清地喊着汪太太的名字。

那个立柜摆着汪太太的骨灰盒。舅舅搞不清出了什么情况，转身看了看那个立柜，突然发现柜子上的骨灰盒不见了，他顿时惊出一身冷汗。

汪先生冲着舅舅"啊啊"地嚷着，不听使唤的右手指向了门口。

舅舅立马儿意识到什么，起身推开了门，看了看没有什么异常。他又推开楼门，走到院子里，院里空落寒寂，悄无声息，他只好转身回了屋。

汪太太的骨灰盒怎么会不翼而飞呢？汪先生似乎感觉到这种诡异，直勾勾地看着窗外，眼里汪着凝重的泪花。舅舅看着那个空落落的立柜，不禁毛骨悚然。

母亲的骨灰盒不知去向，让小凤惊恐不安，她感到会有什么诡异的事儿发生。但是让人匪夷所思的是第二天的夜里，"小白人"

在小白楼里闹腾，楼里的人都被他弄醒，打开灯，还是没发现任何异常。

但是当舅舅手里拿着棍子，跑到院子里的时候，意外地发现了汪太太的骨灰盒在一楼的窗台上放着，吓得他连喊了三声姐姐，就是不敢走过去，又喊了两声姐姐，赶紧转身回了屋。

挨到天亮，舅舅才把骨灰盒拿回屋，打开盒看了看，一切如初，舅舅重新找了个隐蔽的地方，把它放好。

骨灰盒找到了，但"小白人"依然不断地骚扰汪家人。这天晚上，天降大雪，汪家人早早地熄灯上了床。但是入夜后，汪先生又被奇怪的声音惊醒了。醒了之后，他又让小凤的舅舅推着他来到了二楼，指着头像的位置"嗷嗷"地嚷着。

舅舅看了半天，什么人也没有，只好劝慰汪先生回屋踏实睡觉。为了让他安然入眠，舅舅还给他吃了几片安眠药。

小凤同样被那哒哒的脚步声给弄醒。虽然屋里亮着灯，但是她不敢出屋，睡又睡不着，只好瞪着眼睛望着窗外。

窗外雪还在下，万籁俱寂，小凤的手抓着姐姐小曼的睡衣。此时，心里不装事儿的姐姐，睡得挺香。

大约夜里一点多钟，小凤迷迷糊糊正要进入梦境，家里突然没了电，屋里一片漆黑，只听到一楼发出扑扑通通的声响，小凤吓得紧紧抱住小曼。小曼也感到了异常，有些恐慌，姐俩蜷缩在床上，不敢作声。

折腾了有半个小时，屋里的灯突然亮了，只听到舅舅喊道："汪先生！汪先生没了！汪先生不见了！"

这声喊让小曼和小凤如五雷轰顶，她俩慌慌张张跑下楼，只觉得一股寒气迎面扑来，原来楼门开着，舅舅站在门口，一边穿棉衣，一边惊慌失措地看着门外嘟囔着："人怎么会没了呢？"

"怎么回事儿？"小凤惊魂未定，急忙问舅舅。

"是不是造反派来了？"小曼想到了父亲单位的造反派深夜来"拿"人。

"不会是他们。他们来，会直接敲门的。"舅舅想了想说。

"您什么时候发现我爸不见了？"小曼慌乱地理着头发，对舅舅问道。

"你爸头十二点被什么给惊醒了，我把他安顿下，迷迷糊糊地睡着了。等我睡了一小觉，睁开眼一看，他就不见了。这事儿真是太怪了！"舅舅嘟囔着在楼里各个角落踅摸。

"他能上哪儿去呢？卧床一年多了。"小曼纳着闷儿问道。

"别愣着了，你们赶紧穿上衣服，出门找吧！"舅舅像是突然想到了可能发生的意外，面带惧色地说。

小凤和姐姐急急忙忙穿上棉猴儿①，拿着手电，跟着舅舅出了门。

雪已经停了，漫天皆白，寒风卷着浮雪，吹在人的脸上，像用小刀割肉。他们在胡同口发现了倒在雪地上的汪先生，他早已经冻成了"冰人"。

悲恸欲绝的小凤，不顾一切地扑到父亲身上，号啕大哭起来，舅舅和小曼怎么拉也拉不开。在小凤摇动父亲的遗体时，她发现父亲的右手攥着一张字条，因为天黑，她看不清字条上的字，匆忙把

---

① 棉猴儿：一种帽子和衣服连在一起的棉衣、流行于二十世纪六十至七十年代。

它放进了衣兜。

当时京城已有"120"救护车，但救护车来了也无济于事，还是舅舅有经验，给汪先生的单位打了电话。汪先生毕竟是部里的干部，听说死在雪地里，单位马上派车赶到现场，把汪先生的遗体拉到了医院。

值班医生问汪先生的死因，当时正值"文革"，舅舅哪敢说出小白楼的那些诡异之事，只能闪烁其词地说他自己离奇出走。医生最后给出的结论是：神经错乱导致的迷失雪地，脑出血后被冻僵。

舅舅感到非常诧异，汪先生已经半身不遂，偏瘫一年多了，平时行动全靠轮椅，他怎么会一个人跑到街上，冻死在雪地上了呢？

小凤和小曼也觉得这事太蹊跷了，联想到"小白人"和母亲的死，还有母亲的骨灰盒神秘地不见了，又神秘地回来这些诡异之事，不禁感到毛骨悚然。

父亲遗体火化后，舅舅担心家里再闹"鬼"，便把汪先生和太太的骨灰盒都寄存在了八宝山。

小白楼的两位主人前后脚离奇地"走"了，让人纳闷的是他们"走"后，小白楼再没出现"小白人"。小凤夜里睡觉，也听不到哒哒的声音了。尽管如此，小凤和小曼也不敢再在小白楼里住了。

汪本基有个姓姚的老同学，是部队的军级政委，少将军衔，小曼和小凤都叫他姚叔。当时部队也在搞"运动"，但姚叔并没受到冲击。姚叔得知汪家的俩孩子的处境，便让小曼和小凤住到他在西山的将军楼。

小曼和小凤在将军楼住了几个月，在 1968 年底，姐俩一起报名上山下乡，到内蒙古插队。两年后，小凤通过姚叔的关系，进了部队文工团。小曼后来作为工农兵学员，上了复旦大学。

汪本基是 1977 年平反昭雪，恢复的名誉。部里组织部门落实政策下发的文件，写的是汪本基在"文革"中被迫害致死，但只有汪家的人知道他是怎么死的。

尼尔森讲完小白楼的这些往事，在场的几位爷听了，不禁唏嘘不已。当年的汪先生是那么地风流倜傥，谁能想到会死得这么冤，也这么蹊跷呢？

大伙儿沉默了一会儿，詹爷突然问道："这些事儿你是怎么知道的呢？"

尼尔森看了大伙儿一眼，迟疑了一下说："我是听亲身经历者讲的。"

徐晓东急忙问道："这个亲身经历者是谁？"

"汪小凤。"尼尔森直言说道。

"汪小凤？你会认识汪小凤？"大伙儿几乎同时睁大了眼睛，看着尼尔森。

"当然认识她。汪小凤是我妈妈！"尼尔森微微一笑说。

"啊！你是汪小凤的儿子？原来如此！"大伙儿差点儿没让尼尔森这句话惊掉了下巴。

第三十二章

尼尔森见大伙儿脸上的表情既惊愕失措，又疑惑不解，便把他母亲后来的经历，还有他为什么要来北京复制威尔逊头像的事儿和盘托出。

汪小凤通过姚叔的关系，在部队文工团当了几年小提琴演奏员。1978年恢复高考后，她如愿以偿地考上了上海音乐学院，毕业后，分到了上海交响乐团。

汪小凤出众的颜值和淑雅文静的气质，自然使她在女孩中显山露水。当时，乐团有几个小伙子在追她，其中有个吹黑管的演员追她最紧，但她因为家里的一系列变故，以及何彦生给她留下的心灵创伤，发誓此生不嫁。在1990年的"出国潮"时，她在英国的姑姑要她到国外发展，她觉得正好可以甩开那个疯狂追她的演员，便从乐团辞了职，办了去英国探亲的手续。

到了英国，她便想用自己手里的这把小提琴，在欧洲闯天下。但是单凭会拉小提琴，在欧洲是混不出来的，何况她还是没有英国国籍的"黑户"。拼搏了两三年，她也没有进入欧洲的主流社会，这让她感到失落。与此同时，她也三十大几了，再这么稀里糊涂地混下去，几乎看不到什么希望。

偏偏这时，她在伦敦的姑父和姑姑，带她参加了一个大型的鸡尾酒会，在这次聚会上，她动情动容地演奏了几支高难度的小提琴曲，让在场的人对她刮目相看。也正是在这个鸡尾酒会上，她认识了德国人霍顿先生。

当时霍顿已经五十多岁，他的夫人去世有两三年了，正感到孤单寂寞，听了汪小凤演奏的法国作曲家马斯涅的《沉思》，大受感动，更被汪小凤楚楚动人的颜值所倾倒。

演出结束后，霍顿为小凤献鲜花时，两眼脉脉含情，与汪小凤顾盼神离的目光相对，居然碰撞出了火花。后来在姑夫和姑姑撺掇下，两人步入了婚姻的殿堂。

汪小凤跟霍顿结婚，表面看是两情相悦，其实是她无可奈何。因为她当时的处境比较艰难，一个人在异国他乡，总住在姑姑家，那种寄人篱下的滋味实在不好受，而靠自己的这把琴闯天下的理想几乎成为泡影，回国发展又感到没面子。在这种尴尬的境遇下，她非常渴望得到心灵的寄托和家的温暖，所以才降低自己的身价，嫁给了大她近二十岁的霍顿。

让她感到意外的是，霍顿的爷爷正是北京小白楼的主人莫克林的哥哥，这种巧合似乎是某种天意。婚后，霍顿对汪小凤非常恩爱。

威尔逊家族在德国是非常有名的大庄园主，而且还有十几家公司。霍顿的家里非常有钱，可惜他跟前妻一直没有孩子，所以霍顿特别希望跟汪小凤结婚后能早得贵子。

汪小凤还算争气，五年的时间，为霍顿生了一个女儿，两个儿子，尼尔森是她跟霍顿生的长子。

虽然家里有保姆，但是当上了三个孩子的母亲，小凤还是放弃了自己的音乐梦，在家当了全职太太。不过，霍顿喜欢旅游，每年他们全家有小一半的时间在欧洲各地玩。

在德国的生活十分惬意，但汪小凤没忘北京的胡同，更没忘那个小白楼，有时跟霍顿家族的长辈一起聊天时，她还会想到胡同里的生活往事。

光阴似箭，眼瞅三个孩子一天一天地长大成人，汪小凤思念北京的心越来越切。她跟霍顿商量好，等他们的小儿子大学毕业后，两个人回中国住些日子。因为在北京住着的姐姐小曼，一直给她写信或打电话，要她回北京看看。

但是天有不测风云，人有旦夕祸福。汪小凤没想到自己的丈夫霍顿会突发心脏病，猝死在开车的路上。

处理完丈夫的后事，她的身心感到极度疲惫。在家族的庄园疗养了几个月，身心稍微好一些，但是在一次查体时，发现自己得了乳腺癌，而且是晚期，癌细胞已经扩散。

这一晴天霹雳的打击，让小凤顿时掉进了痛苦的深渊，经过一年多的化疗放疗后，她的病情依然没有好转。大夫告诉她，上帝留给她的时间最多有三个月。

三个月！时间对于汪小凤来说太紧迫了。她才六十多岁，是多么渴望享受晚年的幸福生活呀！但命运就是这么地残酷，她无法跟命运抗争。

当人的生命只浓缩成三个月的时候，她突然感到人生竟然如此地短暂。她想要干的事儿很多很多，但最想做的一件事就是回到北京，看看她朝思暮想的出生地，也就是那个小白楼。这时，她还不知道小白楼已经拆了。

然而这会儿，她的身体已经极度地虚弱，无法坐飞机了。没辙，她只好放弃了这个念头，想起这辈子要干的另一件大事儿，那就是解开她父亲的死因，也就是当年小白楼闹"鬼"这个谜团。

汪先生是冻死在雪地上的，汪小凤跟着舅舅和姐姐在雪地上找到父亲的遗体时，已经冻僵，但小凤在父亲的手里发现了一个小字条。这个字条上歪歪扭扭写着两个字：头像。

当时，小凤没有把这张字条让舅舅和姐姐看，一直珍藏在身边。多少年了，无论她走到哪儿，都没忘保留这张字条。当生命只有三个月的时候，她又把这张字条找了出来。

尽管字条已经泛黄，尽管小白楼闹"鬼"的事儿已经过去快半个世纪了，但小凤依然没忘那个诡异的夜晚，没忘看到父亲冻死在雪地上的悲惨一幕。所以，在自己即将告别这个世界前，非常想解开这个"谜"，否则将对不起自己的父亲，也是自己的人生遗憾。

为此她把自己在德国公司工作的儿子尼尔森叫到身边。在她的三个孩子中，小凤最喜欢长子尼尔森。从小就对他进行中国文化的熏陶，而且一直让他在华人办的学校念书，所以他的汉语能力很强。

汪小凤把自己的病情告诉了儿子，而且敞开心扉，把隐藏在心中几十年的小白楼"文革"闹"鬼"的事讲给了他。最后，她拿出父亲临终时写的字条，让尼尔森看，让他到北京寻找了解小白楼内情的人，解开这个谜。

别看尼尔森年轻，但办事比较严谨。听了母亲的讲述，他感到时间十分有限，自己贸然到北京寻找小白楼的当事人，如同大海捞针。

怎么才能尽快解开母亲说的那个谜呢？他煞费苦心想了几天，末了儿，想到了德国民间的福尔摩斯。

敢情德国有一种专门为市民侦破案情、答疑解惑的咨询公司，这种机构的专家有点儿大侦探福尔摩斯的劲头。听尼尔森把小白楼闹"鬼"的事儿说出来之后，对整个闹"鬼"情节做了细致的研究和分析，认为小白楼的头像是"鬼"的焦点。找到了头像，便能顺藤摸瓜找到"鬼"。

专家为尼尔森设计出找威尔逊头像的具体方案和步骤，让尼尔森感到庆幸的是他同事的父亲詹爷，是"盖板杨"的酒友，所以方案实施起来显得更得心应手，于是才有开头的舍"大奔"复制头像的情节。

众人听尼尔森讲到这儿，才明白为什么尼尔森会来北京，做出那些让人不可思议的事情来。

詹爷长长地叹了口气问道："你母亲的身体现在如何？"

尼尔森脸上滑过一道黯影，沉默半晌才抬起头看了看大伙儿，低声说道："她已经离开人世了。哦，就在我回到德国的两天以后……"

徐晓东问道："你最后知道小白楼闹'鬼'是怎么回事了吗？"

"知道了，所谓'鬼'，是'小白人'。而'小白人'就是那个何彦生。他当时想偷那个金板头像，特意装扮成'小白人'，夜里进入小白楼来吓唬汪家人的。他母亲杜婶有小白楼的钥匙，走的时候没有把钥匙交给主人，后来被何彦生给拿到手，所以他夜里出入小白楼比较自由。"

苏爷犹豫了一下，问道："这些事儿是谁告诉你的呢？"

尼尔森打了个沉儿说道："当年我外公有个非常要好的朋友，姓姚，是个将军，我外公外婆因为小白楼闹'鬼'去世后，我母亲和她姐姐在姚将军家住了些日子。母亲跟姚将军一家人很有感情，这么多年一直没忘了他们。这次我来北京，走的时候，母亲特意嘱咐我，要拜访姚将军。"

"1955 年的开国将军，估计他早就去世了吧？"詹爷插话道。

"是呀，我拿着母亲写给我的地址去找，那个将军楼早就物是人非了。我只好在网上查，最后找到了他的儿子。他的儿子都已经七十多岁了。听说我是汪小凤的儿子，他非常热情，非要请我吃饭。他也是军人出身，非常直爽，饭桌上，他笑着对我说，你母亲年轻时天生丽质，漂亮极了。他当时真想追求我母亲，但怕他父亲骂他乘人之危，拈花惹草，所以动心了，没敢动作。"

"他要是追到你母亲，这世界恐怕就没有你了。"詹爷笑了笑说。

"这位姚伯伯问我来北京的目的，我把母亲心里的谜团告诉了他。想不到他听了，突然哈哈大笑起来，说你找我算拜对了神。原来他跟何彦生曾经是非常好的朋友，两个人无话不说，何彦生不知道他认识我母亲。因为我外公是民主人士，一般人会认为他跟军人不搭界。有一次，何彦生喝醉了酒，跟姚伯伯聊起了小白楼和我母亲的事，一不留神泄露了埋藏在心里多年的隐私。就是在'文革'时跑小白楼装成'小白人'闹'鬼'的事儿。姚伯伯装作不认识汪家的人，一个劲儿地追问，何彦生酒后吐真言，把他的那些丑行都一五一十地倒了出来，就是我前面讲的那些。"

徐晓东听到这儿，猛然想起自己在公园碰到的那个让他找鲁爷的老头儿，对尼尔森问道："他是不是挺瘦，背有些驼？"

"是的。"尼尔森点了点头说，"姚伯伯通过这些，才认清何彦生的真正嘴脸，两个人从此再不往来。"

"你回德国以后，把这些都告诉你母亲了？"苏爷问道。

"是的。我母亲好像知道自己快不行了，才给我发信息要我马上回国。接到这样的信息，我也有这种预感。但是我到她身边时，她的神志还很清楚，好像特意在等着我。我把复制头像的事儿和见到姚伯伯的情况都讲给了她。当她知道当年小白楼的那个'鬼'是何彦生时，腾地坐了起来，两眼望着窗外，沉默了很久很久。后来她若有所思地说：'终于明白了。我冤枉他了。'我急忙问：'你冤枉谁了？'她喃喃道：'冤枉了那个姓杨的画家。'"

"啊？难道她一直怀疑'盖板杨'？"徐晓东忍不住叫道。

"是的。我母亲一直怀疑那个'鬼'是杨先生，当然这也是她听别人说的，因为何彦生一直在传杨先生偷走了小白楼的头像。但我母亲一直不敢相信，所以她要在告别这个世界之前，把这件事搞清楚。"尼尔森说道。

徐晓东真想对尼尔森说出"盖板杨"的心里一直恋着汪小凤，直到现在还在酒后出现的幻觉里，跟他的痴心恋人小凤幽会呢。但话到嘴边，忍了忍，又咽了回去。

"唉，可惜呀，她到了儿也没能回北京看看。"苏爷感叹道。

"不过，她在告别人世前，总算把小白楼闹'鬼'的事儿搞明白了。"詹爷喟然长叹道。

第
三
十
三
章

尼尔森在北京还有公司的业务要办，所以又待了几天才回国。

詹爷、苏爷和徐晓东在一起搞了个君子协定，从尼尔森嘴里说出的汪小凤的事儿，不能让"盖板杨"知道，甚至连尼尔森是汪小凤儿子这件事，也对"盖板杨"封上口儿。

毕竟"盖板杨"六十多了，他已经熟悉了自己的生活轨道，到了经不起折腾的岁数。而且，大伙儿也不希望破坏他几十年的爱情痴恋和幻梦。

"还是让他生活在自己的世界里，跟心爱的人一起缠绵吧。"詹爷说。

所以，"盖板杨"的日子，并没有因为小白楼头像的风波和汪小凤的去世受到任何影响。他的生活一切照旧。

开春的时候，鲁爷"走"了，他"走"得挺安详。头天，"盖板杨"还来看他。

他已然气若游丝，不能说话了，但是看到"盖板杨"显得异常激动，用手比画着，挣扎着非要跟"盖板杨"喝口酒，其实他已经连嘴都张不开了。

"盖板杨"似乎理解他的心气儿，打开一瓶"小二"，放到他的鼻子下边，让他嗅了嗅。他对"盖板杨"微微笑了一下。

"盖板杨"鼻子发酸，泪水在眼眶里打转儿：这就是老"酒虫儿"的最后时刻呀！一个人喝到最后，只能嗅一下酒了。

鲁爷出殡的时候，"久仁居"的"酒虫儿"们都来了。大伙儿心情未免有些沉重，只有"教授"面色如常，他似乎把人的死看得跟生一样淡然。

鲁爷的骨灰盒下葬的时候，"盖板杨"没忘答应鲁爷的事儿。悄然从兜里摸出一个锈钉子，看了看，在自己的嘴里嘬了一下，然后走到墓前，念叨了两句："鲁爷，您托付我的事儿，想着呢，让这钉子陪着您，没下酒菜的时候，您就嘬两下。"说完，他把那个锈钉子放在了墓穴里。

墓穴封好，埋上土之后，詹爷拿出一瓶二锅头，打开之后，"酒虫儿"们轮着拿着酒瓶，倒在了墓地的周围。

"教授"一边倒酒，一边对着墓碑说："鲁爷，您在那边喝点儿好酒，别整天喝七块五一瓶的。那个锈钉子是陪您玩的，我们在上边的日子好过了，您在下边的日子也错不了。想喝酒，让老伴儿给您炒几个好菜，别嘬钉子了。"

鲁爷的老伴儿是先"走"的，墓碑上刻着鲁爷和老伴儿名字。

"盖板杨"下意识地看了看墓碑，心里突然想到自己有一天"走"了，墓碑上该怎么刻名字呢？

那一定要刻上他和汪小凤的名字。"盖板杨"想，汪小凤是他真真正正的爱人呀！他们已经相爱了五十多年，到另一个世界去的时候，当然要留下他们在一起的墓碑，告诉后人他们是怎么相爱的。

走到墓地大门口的时候，"盖板杨"的脑子里还转悠着刚才想到的问题，自己"走"后墓碑怎么刻？碑上的字是用楷书呢，还是用隶书呢？

从墓地出来，"酒虫儿"们自然要到"久仁居"去喝顿酒，季三已经把酒菜预备好了。

"盖板杨"打车去"久仁居"，车走到东单十字路口等红灯的时候，他透过车窗，突然看到了一个熟悉的身影在过马路。定睛细看，敢情是何彦生，身边还有一个女舞伴。

何彦生穿着西装，步态轻盈，头发染得很黑，不像六十多岁的人。那个女舞伴儿看样子有四十多岁，化着浓妆，穿着妖冶，一副不嫩装嫩的样子，挎着何彦生的胳膊，俩人俨然是一对情侣。

他们这是去哪儿呢？"盖板杨"猛然想到这里不远就是当年的小白楼旧址，小白楼早已变成了二十多层的大厦。

他还能记起那个小白楼吗？"盖板杨"望着何彦生远去的背影，蓦然想到这个问题。

光阴像流水一样，冲刷着人们的记忆，岁月无情地将生命中那些有价值的和无价值的记忆，变成过眼云烟。人一旦失去记忆，"魔鬼"就会出现，它会把善良变成丑恶，把真诚变成虚伪，把好人变成坏人，也会把坏人变成好人。

小白楼早就拆了，小白楼的主人早就死了，也许胡同里的老邻居们也早已经把那个小楼给忘了。当然，忘了的还有这个何彦生。但是谁能想到现在的何彦生，依然活得那么逍遥自在，那么得意洋洋，那么欢蹦乱跳呢？

也许光阴会淡去所有记忆，但生活还在继续，也许昨天的故事，今天还会发生，但已经不是原来的主题。"盖板杨"坚信一条，月有阴晴圆缺，日有朝升夕落，但不管天阴得多沉，太阳总会升起，所以善良必会战胜邪恶，真诚也会征服虚伪，好人永远是好人。想到这些，他心里也就宽慰了，明朗了，舒服了。

他实在不愿多想生活中的那些糟心事儿，虽然他并不想把那些痛苦和酸涩的记忆丢入忘川，但他知道人活着要往前看，所以要想生活中快乐的事儿。正因如此，扭脸的工夫，他就把何彦生忘在了脑后，想起了汪小凤。

晚上喝了酒，他在幻境里见到自己的爱人小凤，该说什么呢？跟她商量商量墓碑的事吧，碑上该刻什么体的字儿呢？他觉得小凤更喜欢隶书。

想到这儿，他的脑子里不由自主地出现了那个酒字，咽了咽口水，忍不住对司机说："兄弟，'久仁居'还有多远？能不能开快点！"

初稿写于 2018 年 9 月 20 日

二稿改于 2018 年 10 月 30 日

图书在版编目（CIP）数据

酒虫儿／刘一达著. -- 北京：作家出版社，2024.8
（人生戏码：刘一达"虫儿系列"京味小说丛书）
ISBN 978-7-5212-2804-5

Ⅰ.①酒… Ⅱ.①刘… Ⅲ.①长篇小说 – 中国 – 当代
Ⅳ.①I247.5

中国国家版本馆 CIP 数据核字（2024）第 084836 号

酒虫儿

作　　者：刘一达
责任编辑：王　烨
装帧设计：今亮后声·张今亮　闫　磊
插　　图：马海方
出版发行：作家出版社有限公司
社　　址：北京农展馆南里 10 号　　　邮　　编：100125
电话传真：86 - 10 - 65067186（发行中心及邮购部）
　　　　　86 - 10 - 65004079（总编室）
E – mail: zuojia@zuojia. net. cn
http: // www. ZUOJIACHUBANSHE. com
印　　刷：北京盛通印刷股份有限公司
成品尺寸：145 × 210
字　　数：210 千
印　　张：9.625
版　　次：2024 年 8 月第 1 版
印　　次：2024 年 8 月第 1 次印刷
ISBN 978 - 7 - 5212 - 2804 - 5
定　　价：75.00 元